U0682900

仵作

明玉 著

辽宁人民出版社

© 明玉 2025

图书在版编目（CIP）数据

仵作 / 明玉著 . -- 沈阳：辽宁人民出版社，2025．1.

ISBN 978-7-205-11225-7

Ⅰ．I247.5

中国国家版本馆 CIP 数据核字第 2024QG6962 号

出版发行：辽宁人民出版社

地址：沈阳市和平区十一纬路 25 号　邮编：110003

电话：024-23284191（发行部）　024-23284304（办公室）

http：//www.lnpph.com.cn

印　　刷：天津光之彩印刷有限公司

幅面尺寸：160mm×230mm

印　　张：18

字　　数：223 千字

出版时间：2025 年 1 月第 1 版

印刷时间：2025 年 1 月第 1 次印刷

责任编辑：赵维宁　段　琼

封面设计：乐　翁

版式设计：一诺设计

责任校对：吴艳杰

书　　号：ISBN 978-7-205-11225-7

定　　价：59.80 元

目 录

楔子 　　　　　　　　　　001

第一章　绝配 　　　　　　002

第二章　空墓 　　　　　　011

第三章　夜探 　　　　　　023

第四章　琉月 　　　　　　044

第五章　证据 　　　　　　057

第六章　验尸 　　　　　　066

第七章　并案 　　　　　　078

第八章　合作 　　　　　　090

第九章　果蝇 　　　　　　101

第十章　剖析 　　　　　　110

第十一章　远行 　　　　　126

第十二章　庄主 　　　　　132

第十三章　风波　　　　　..........146

第十四章　圈套　　　　　..........163

第十五章　蒙冤　　　　　..........174

第十六章　尸斑　　　　　..........188

第十七章　隐情　　　　　..........200

第十八章　心意　　　　　..........213

第十九章　细节　　　　　..........227

第二十章　眉目　　　　　..........235

第二十一章　利用　　　　..........241

第二十二章　身份　　　　..........252

第二十三章　大白　　　　..........268

楔子

南宋咸淳六年（1270），一场惊涛骇浪的风潮冲垮了素有"钱塘秋波"美称的北海塘，兵家必争之地的南襄隘道上血流成河，千钧一发，一国之命悬在弓弦之间。

千里之外的静江府也不太平，刚入夏，雨就没停过，漓江之水漫过河岸、农田……一家之命尽在老天爷的股掌之间。

洪水过后，哀鸿遍野，逝者已逝，生者如斯。阳光落下的数日，似乎带走了应该带走的一切，一切恢复到最初的平静。

鹁鸠山的南麓又响起了铮铮的凿石声，一幅流芳百世的《静江府城池图》，细腻、精准地将"倚山为壁，因江为池"的城毫无保留地留在坚硬的崖壁上。

"哎，听说了吗？方知县要成亲了。"一位工匠放下铁钎，瞄了一眼正在比对城池比例的年轻男子。那男子的面色凛然而温润，眉宇间锁着执着的英气。他全神贯注地盯着绢上的小样，锋利的眼神宛如曲尺。

另一位工匠手中一顿，一块斜角的碎石飞了出去："鬼知县娶妻？"

第一章　绝配

农历七月十五中元节，夜色微浓。

当街巷间祭奠先人的火龙燃得正旺时，一阵嘈杂的唢呐声打破了周围的死寂。

落安镇的街坊百姓纷纷交头接耳："快来看啊，快来看啊，鬼知县娶妻了！"

小河上用来超度亡者的荷花灯朵朵如莲，借着那微弱灯光，一群人抬着寒酸的花轿，迈过三生桥的石阶。

"新娘子是谁？"多事的问道。

"秦九家的女儿，不然谁家能选这么吉利的好日子？"回答的人挤眉弄眼。

"啊？"周围的人纷纷举起大拇指，"秦九家的女儿和鬼知县，那可真是绝配，天赐良缘！"

"对，天赐良缘！"这四个字重过轻飘飘的花轿。

突然，"扑通"一声，三生桥上传来惊慌的喊叫声："不好了，新娘子跳河了！"荡漾的水面早已没了新娘子的踪影。

正有人犹豫着要不要跳下去救人时，凝固着死亡气息的水面上冒出一个长发及腰的女子，唇青脸白，最令人称奇的是她的头上顶着一盏正在燃烧的荷花灯。

"鬼啊——"看热闹的人吓得拔腿就跑。

"咳咳——"

"女鬼"秦吱吱瞪着大眼睛，吐了一口呛在嗓子眼儿的水，歪着头自言自语道："鬼？鬼在哪里？"

过了好一会儿，她才回过神，原来鬼就是自己。

她是怎么掉河里的？是那串佛珠？秦吱吱的脸更白了。

"哎，我不是鬼哈，你们见过这么漂亮的鬼吗？来个人，拉我一把呀！"秦吱吱一边嘟囔着，一边手脚并用地爬上了岸。

"小，小姐，快上花轿，错过时辰，不吉，不吉利。"吓傻的轿夫吞吞吐吐地说道。

爬上岸的秦吱吱大口地呼吸着新鲜空气，难道她真的逃不脱嫁人的命运？

秦吱吱垂头丧气地摘下头顶的荷花灯，刚想用力地吹一下，荷花灯就灭了。一想到父亲的嘱托，她无可奈何地上了花轿。

这是灯的归宿，这也是她的命！

这么一折腾，吹唢呐的早被吓跑了，剩下几个胆大的、等着拿喜钱的轿夫，胆战心惊地抬起了花轿。或许是心理作用，轿夫们都觉得花轿一下子重了许多，不过，谁也不敢乱说话，一路小跑地奔向县衙。

花轿中的秦吱吱紧张地拧着湿漉漉的嫁衣：冷静，见机行事。

"哎，怎么才到？我都要睡着了。"站在衙门口的王喜娘嘟嘟囔囔地迎了过来，将满身狼狈的秦吱吱推到喜堂。

门口那些看热闹的百姓看到落汤鸡一般的新娘，再从轿夫口中打听到刚才发生的事情，都喊着晦气，散了个干净。

是啊，这是中元节。遇上这样的事可是要倒霉的，还不快走避避晦气！

这样一来，也没人非议新郎官不来踢轿门迎新娘的事了。

"方知县，可以开始了。"王喜娘咧开大嘴，努力做出兴高采烈的模样。

"好。"身穿丧服的方一正站到同心喜烛下，牵起不停滴答着水的花球。

"慢。"秦吱吱一把拽下头上的喜帕，甩在地上。

"使不得，使不得！这是要三拜喜堂，喝过合卺酒后，由新郎官用秤杆挑开的！"王喜娘惊呼。

"无碍，由着她吧。"方一正丝毫没有在乎秦吱吱的胡闹。

秦吱吱看着方一正胸前的大白花：人家婚嫁是红妆，他竟然戴白花，这情形不是有仇，就是有怨。爹爹，既然新郎官不愿意，那就不能怪她了。

"嗯，我们谈谈。"秦吱吱小声地说。

"谈什么？谈你的嫁妆？"方一正不屑地笑了笑，"你那个贪财的爹已经允诺过了，你的嫁妆就是一品棺材铺。"

棺材铺怎么了？秦吱吱不服气地扬起头，她的确是棺材铺家的女儿，但是爹爹凭手艺吃饭，也没做过伤天害理的事情。反倒是眼前这位，可不是什么吉祥物。

方一正，落安镇县令，其母死后生下他，人称鬼生子，以至于高中状元郎，却只做了一个小小的知县。

当地人都叫他鬼知县。

她实在搞不清楚，爹爹去了一趟寺院，回来就让她嫁人，奇葩的是还嫁给了鬼知县。要知道，她可不是吃素的，她也是手艺人，只是她的手艺——秦吱吱搓了搓小手。

方一正见秦吱吱不语，以为这个习惯伸手死要钱的姑娘在盘算，他嘲讽地说："说起来，我还真是要感谢你，当初若不是你爹给了我娘一口薄皮棺材，入土没多久就散架了，我娘也不会生下我，我也不会有命娶你。"

"既然如此，我们就是五十步笑百步，说起来也算般配，你为何要穿成素白娶我？这也太羞辱人了吧？"秦吱吱努力地为自己争取最大的权益。

"如今襄樊战局吃紧，正是举国生死存亡之际。若不是为满足星云师父的愿望，我怎么会迎娶你？"说起此事，方一正心伤满怀，"星云师父对我恩重如山，他所求，我都答应。他定下今日要我迎亲，我做到了。不过，这是他老人家的头七祭日，我总该尽一尽孝道。"

方一正轻蔑地看向浑身湿漉漉的秦吱吱："说这些你也不懂，听说你大字不识一个，只会做棺材。"

"做棺材怎么了？"秦吱吱叉着腰，一副要打架的架势。只是这一叉腰，娇小的身子越发玲珑有致，方一正刻意避开，没吭声。

"哎，别啊，小两口床头打架，床尾和。和气，和气生财哈。"大嘴王喜娘拦下秦吱吱，满脸堆笑地说道："时辰不早，姑奶奶，别闹了，快拜堂吧。"

"不行，此事必须说清楚。"秦吱吱故意拖延时间，打着自己的小算盘。

"做好你的知县夫人，待过三载，我愿意与你和离。"方一正贴在秦吱吱的耳边细语，郑重其事地许诺，但更像是蛊惑，他严肃地说道："我保证，不会碰你。"

成交！秦吱吱满意地点了点头。

"一拜天地——"王喜娘扯开长调。

"二拜高堂——"高堂都没来，两人拜祭了孔夫子的画像。

"夫——"王喜娘用尽全力高喊最后一拜，只为早点拿钱回家。

"报——"一位腰间佩剑的衙役拱手进来。

"什么事？"方一正转身问道。

"大人，上坟烧纸的王二，在城郊发现一座被掘开的新坟，陪葬的金银玉器被偷走了，连棺椁也凌乱不堪。"衙役唐狄恭敬地禀告。

"什么也没留下？"秦吱吱听到有案子，心头一动，再次拽下喜帕。

"哎哟！"王喜娘赶紧捡起喜帕，"祖宗啊，快蒙上！"秦吱吱直接将她推开，重复道："什么也没留下？"

唐狄被秦吱吱的架势吓到了，老老实实地回答："的确有东西留下来了。听说留下了一口上好的柳木棺材。"他偷瞄着方一正。

秦吱吱失落地点点头，真没见识，柳木算什么上好的木料？

方一正摘下胸前的白绫花，义正词严地说道："我不过去静江府督办几日城防图，便给了大凶大恶之人机会，走，随我走一趟。"

"是，大人。"唐狄跟上方一正的脚步。

"哎，还有夫妻对拜呢。"王喜娘着急地追过去。

"不必了，送她回房，她已经是知县夫人了。"方一正消失在夜幕中。

"哎，等等，等等我。"

秦吱吱紧随其后，可是刚踏出门口，一阵冷风袭来。

"阿嚏——"

秦吱吱揉了揉鼻子，浑身透心凉。嫁妆也不知道被方一正锁哪个屋子了，她扯着嗓子问道："有没有干爽的衣服？给我找一件来。"

"还换什么衣服啊，回洞房睡觉去吧，床上有小衣。"王喜娘打了个哈欠，"我要回家了，拜别知县夫人。"她胡乱行个礼，拎着一包喜桌上的点心就往外走。

又来了一阵阴风，院落里飘落了一层凄冷的树叶。空旷的县衙，只剩下秦吱吱一个人。

好可怜的新娘子！秦吱吱鼻子酸涩，为自己难过了片刻。

哼，没关系，自己动手，丰衣足食。

秦吱吱以最快的速度，在县衙的耳房里找到一套崭新的衙役袍子，又以最快的速度将湿衣换下，把袍子套到自己身上。虽然有些大，但是好过那一身徒有虚名的喜袍。快追！眉清目秀的"小衙役"秦吱吱提着灯笼开始一路狂奔。

没有人比她更了解去坟地的路线了，两盏茶后，秦吱吱追上了方一正。

"夫人……"唐狄吃惊地咽下了一肚子话。

"真是麻烦！"方一正气恼地说，"你来干什么？"

"看热闹。"秦吱吱卖起关子，她笑嘻嘻地说，"今天是我们的大喜日子，我一整天都在闺房涂脂抹粉，沐浴更衣，错过了在三生桥放荷花灯的热闹。那是我足足等了一年的大事呢，你自然要赔给我一个更大的热闹。"

"胡闹，简直胡闹，凶案现场不是热闹！"方一正恼心地痛斥。棺材铺家的女子真是凶悍，毫无女子的温柔贤淑。他越发头疼了。

"我不管，你是县令，自然认为凶案现场没什么大不了的。但对于我，那就是热闹。"秦吱吱厚着脸皮，"官人，就带上我嘛。"其实她想说，你穿一身素白去凶案现场，小心把鬼给吓倒。

"大人，夫人既然来了，便一同去吧。"唐狄见两人针尖对麦芒地杠上了，打起了圆场。

"随你吧。"方一正黑着脸，挥了挥衣袖，显得衣袍更亮白了。

三人一路前行。半响后，唐狄指向一处："就在前面。"

"哎哟，大人，你们怎么才来呀？吓死小人了！"一个又矮又驼的老汉，不满地跑过来抱怨。

"不好意思，落安镇是清水衙门，没有马，只有一匹老骡子，平日里不舍得骑，路远的，才骑，路近的，都靠脚力。"唐狄歉意地说道。

方一正拱起手："不好意思，让老人家久等。"

唉！要不是手里提着纸灯笼，怕摔倒引起火灾，秦吱吱早就一头钻地里去了。这是多么清贫的衙门？当的什么知县？可笑的是有人在喜堂上振振有词，不在乎一品棺材铺。

方一正倒是不卑不亢，没有半分羞涩。

"你们自己去吧。"那老汉见没有什么油水可捞，随口说道，"坟地的排场挺大，墓前的石碑和石狮很新，非常好找。老汉腿脚慢，就不去了。"

"老人家——"方一正的话没问完，老汉早就一溜烟地跑了。

三人深一脚、浅一脚地走入树林。正如那老汉所说，坟地的排场挺大，墓碑已经断成三段，看不清姓氏，不过，"香蓋之墓"四个字清晰可见。

"香止，名字真好听。"秦吱吱小声嘀咕，破坏人家的墓碑真是罪大恶极。

方一正蔑视地扫向秦吱吱："不识字，就别乱说话，别失了知县夫人的身份。"

"你说谁不识字？"秦吱吱高傲地抬起头，她可是自学成才，《洗冤集录》里的每个字她都认识，可以倒背如流的。

"夫人，那是香蓋（蕊）之墓。"唐狄当起和事佬。

"呃……"秦吱吱顿住了，世上竟然有这么奇怪的字？唐狄认真地解释道，"这是盗墓人惯用的手法，他们知道自己做的是见不得人的勾当，怕惊动墓主人，就会将墓碑砸成三截，让墓主人找不到回家的路。"

秦吱吱看向破碎的石碑："真是可惜。"

"唐狄，不要多话，快下来帮忙。"方一正已经开始认真地查看墓穴中的情况。

秦吱吱挑高了灯笼，眼前一片凌乱。整座坟都被无情地刨开，柳木棺材倒扣着，露出没有腐烂的白绫。厚重的棺材盖立在土堆上，四周散落着女子家陪葬的衣裙和小玩意儿。

方一正和唐狄仔细地清理着。

"这是仵作的活。"秦吱吱捡起一条绣着荷花的手帕。

"夫人，万万不可。"唐狄挡在秦吱吱面前，"夫人今日大喜，莫染了晦气。"

"他都不怕，我怕什么？"秦吱吱借着灯笼的微光认真地查看起来，"多个人手，好办事。"

"夫人不愧是秦家的女子，真是厉害，若是寻常女子早就吓得魂飞魄散了。"唐狄钦佩地说道。秦吱吱笑而不语。

唐狄怕她生气，解释了几句："夫人，咱们的县衙小，师爷和仵作都是一个人兼着，恰巧顾师爷昨日染了风寒，大人应允了病假。"唐狄看向方一正，"大人为人耿直，办案公正，任何事情都是亲力亲为，小小仵作的工作，足以胜任。"

"小小仵作？仵作是破解案情的关键，怎么能是小小的仵作呢？"秦吱吱出口反驳，"他不是专业仵作，越俎代庖事小，错过证据，是人命关天的大事。"秦吱吱说话里话外透露出不信任的架势，她俯下身，寻找蛛丝马迹。

"秦吱吱，我警告你，不要卖弄你那半瓶子的学问，乖乖地在上面站着，若是敢胡闹，乱动墓穴里的东西，小心我治你个扰乱凶案现场的罪。"方一正义看向秦吱吱，"别以为我不知道，你为什么而来。"

"你怎么知道我为什么而来。"秦吱吱惊讶地张大嘴巴，难道鬼知县会读心术，看出她拥有一品仵作的好手艺？

方一正的嘴角微微上翘："一品棺材铺那些见不得人的勾当，你若是敢带到县衙来，休怪我大义灭亲。"

"你，你血口喷人，诬陷我爹！"秦吱吱急了，方一正是在嘲笑父亲秦九曾经盗人棺木的事情，那已经是多年以前的事情，而且事出有因。也就是因为那次离奇经历，父亲才和宋提刑有了缘分，成全了她的手艺。

她自幼丧母，由父亲秦九养大成人。父亲虽然爱财，被街坊邻居唤作秦九抠，但对她宠爱有加，呵护备至。

父亲做了一辈子的棺材，都是在为她攒嫁妆。

哼，绝对不能让外人随意诬陷父亲。

"你再敢污蔑我爹，休怪我大义灭亲。"秦吱吱的学习能力很强，方一正没空搭理她，继续收集散落在棺木外面的衣物。

"各忙各的，我才不稀罕和不近人情的呆子一般见识。"秦吱吱见好就收，也开始忙碌。

这类盗墓掘坟的举动，虽然不大，却是罪大恶极，在百姓中影响极坏，所以要尽快破案，还死者安宁。

"咦？"秦吱吱在棺盖上发现一个奇怪的印记，似乎是一个掌印，但是非常不完整。

秦吱吱睁大眼，缓缓地回忆起《洗冤录集》里的一行行字迹。

"别动。"方一正也发现了。

这时，秦吱吱脚底一滑，整个人直挺挺地扑向棺盖。

"哎呀——"秦吱吱大呼倒霉，护住脑袋。

可是，倒下的瞬间，她并没有感到疼，反而闻到了一股淡淡的药香。方一正稳稳地抱住了她。

唐狄的表情最为夸张，他从惊讶到微笑，又到脸红，最后会意地转过身，心里偷着乐：什么都没看见，什么都没看见哈。

第二章　空墓

秦吱吱毕竟是女儿家，哪里有过这般的经历，她的小脸全红了，不好意思地问："疼吗？"

方一正的语气不太对："我不是叫你在上面待着，不要乱动吗？"

"谢谢你救我。"秦吱吱依旧沉浸在难为情中。她长这么大，还是头一次被男子抱着，有点不习惯。

"别谢我，我是怕你弄坏了关键的证据。"方一正松了手。

秦吱吱睁着大眼睛，原来是自作多情了。哼，离本姑娘远点儿，她郁闷地转过头。不想，这一侧脸，却和方一正的脸挨在了一起。

脸颊一片嫩滑……方一正心头一荡，急忙也侧过身，女子真是麻烦。

秦吱吱离得远了，她无意间拍打了棺盖，传来空空的声响。

不对，细心的秦吱吱再次敲了敲棺盖，"这里面有夹层。"她肯定地说。

方一正眼眸一闪："夹层？"

"对，我不会听错的，你听……"秦吱吱再次敲打棺盖，"我从小在棺材里睡觉，玩闹，听惯了这种声音，绝对不会错的。快来帮忙！"她推了推棺盖。

方一正和唐狄虽然将信将疑，但还是当了帮手。三人合力，费了好大的劲，终于将棺盖推开。

秦吱吱提着灯笼看了过去，那是一个染满血迹的肚兜包。解开一看，三人皆大惊失色，里面竟然裹着一个血肉模糊、还没有成形的婴孩。婴孩浑身青紫，小得可怜，显然没有足月。

"咳咳——"方一正刻意地挡在秦吱吱前面，"你回避一下。"

没想到鬼知县还是个温柔体贴的公子，秦吱吱心头一暖。不过，她怎么可能害怕呢？棺材铺里什么没见过？无声的尸体哪能抵过歹毒的人心和兵荒马乱的世道？

"死婴浑身青紫，有可能是中毒而亡或者是缺氧窒息而死，要拿回去验一验。"秦吱吱毫不避讳地裹起肚兜包，"可能是墓主人的孩子，也许这不是一件简单的掘坟案。"

"你不怕？"方一正迟疑地看向秦吱吱。他要重新审视自己的这位夫人了，据说她不识字，粗鲁蛮横，单从名字就能看出她的品行。吱吱，那是老鼠磨牙的声音，谁会给女儿家取这样的名字？也只有做棺材的秦家了。

不对，那分明是做棺材时，锯棺料的声音。

"吱吱，吱吱……"

方一正猛地打了一个寒颤。

"我是秦家的女儿，我不怕。"秦吱吱将肚兜包放入唐狄带来的木盒里。

"夫人真是女中豪杰。"唐狄收好木盒，说道，"大人，衣裙和物件儿已经收拾得差不多了，不如我们三人合力将那棺木翻过来，让墓主入土为安。"

"好。"秦吱吱和方一正同时走向棺木。

这时，远处出现一个模糊的身影："大人……"

"是王汉。"唐狄认出同僚，他和王汉同为县衙的衙役。

"出了什么事情？"方一正敏锐地觉察到王汉的慌乱。

"大人，月浓花坊的花姨娘前来报案，花坊的琉月姑娘死了。"王汉上气不接下气地说，"大人不在衙门，李牢头找了属下，又惊动了顾师爷。顾师爷已经去月浓花坊查案，特意叫属下前来禀告大人。"他换了口气，把事情的缘由讲了个清楚。

又有一案，中元节真是晦气多。秦吱吱暗自琢磨，要不要穿些朱色避避晦气？

"顾师爷病了，他如何去月浓花坊查案？"方一正眉头一紧。

"大人不必担心，顾师爷身边有砚竹姑娘陪着。"王汉瞥了一眼女扮男装的秦吱吱，好眼生呢，县衙什么时候进新人了？

"胡闹，砚竹性情婉约稳重，怎能出入月浓花坊那种不干不净的地方？"方一正的脸色极差，"这里已经处理得差不多了，唐狄，你留下善后，我随王汉去月浓花坊。"

"是，大人。"唐狄点头应声。方一正提起纸皮灯笼，欲随王汉离去。

"哎，哎，等等我。"秦吱吱噘着小嘴，"你走了，我们怎么办？"

"你不是喜欢棺材吗？那就留下帮唐狄善后，然后回县衙，做好你的知县夫人。"方一正匆匆离去。

"做事情有始无终，那么着急干什么？"秦吱吱瞪了两眼。

"夫人别生气，大人是担心顾师爷。"一脸质朴的唐狄解释道。

"顾师爷？顾砚竹？阿嚏，阿嚏，阿嚏……"秦吱吱连打三个大喷嚏，脑袋昏昏沉沉。她眼花了？怎么总感觉有人盯着她呢？

秦吱吱揉了揉眼睛，是发情的野猫？好像还发着绿莹莹的光呢？

"啊……"唐狄正在奋力地挪动棺木。

"你这样可不行。"秦吱吱摇了摇头，四处张望，找到一根结实的木棒。她将木棒作为撬棍插在棺木底部，"过来帮忙。"

"夫人好聪明，大人好福气。"唐狄使出浑身的气力压下木棒。沉重的柳木棺材在木棒的撬动下，缓缓翻开。

"怎么会这样？"唐狄看着空棺愣住了，"难道是空墓？"

"不是空墓。"秦吱吱指向棺木中发黑的痕迹，"这里有水银的印记，应该是保存墓主尸身的。"她又拍了拍棺木，"这棺木又新又重，应该是用近年的柳木制成，既然是新棺，底部的尸油痕迹更能证明不是空墓。不过，墓主人的尸身哪里去了？"

"盗尸？"唐狄倒吸一口冷气。

"盗尸？"秦吱吱想了想，说道，"盗墓是为求财，盗走陪葬的值钱物件也就罢了，盗走尸身做什么？难道是配冥婚？"

唐狄摇头道："落安县已经将近二十年没有发生过盗尸案了，自从大人上任以来，一起冥婚都没出过，到底是什么人如此胆大妄为，触碰大人的忌讳？"

"方一正的忌讳？"秦吱吱想到了什么。这是落安县尽人皆知的事情，据说正是因为贼人盗尸，挖了墓洞，方一正才侥幸活了下来。

"夫人，咱们回去吧。"唐狄扣好棺盖。

"等一下，我再瞧瞧。"秦吱吱认真地看着空棺，不愿错过任何细节，"咦？这是什么？"秦吱吱在棺底发现许多散落的小圆珠。

"好像是棋子。"唐狄挠着后脑勺，"是随葬的棋子吧？若真是棋子，这棋子也太小巧玲珑了。"

秦吱吱仔细翻看，又找到十几颗。奇怪的是小棋子都湿漉漉的："唐狄，你再找找，看看有没有相同的棋子。"墨翠的小棋子在烛光的映衬下，晶莹剔透。

突然，秦吱吱喊了一声："谁——"这不是幻影，她清晰地看到了隐在暗处的光。

"什么人？快快现身！"唐狄拔出腰间的佩剑，挡在秦吱吱身前。

可是，喊了半天，也没有看见一个人影儿。

"我眼花了？"秦吱吱努力地看着周围漆黑的一片，继续在空棺中摸索。什么东西，毛茸茸的？秦吱吱取出帕子，将一只死老鼠包好，放入盒子。

"夫人，我找到好多小棋子。"唐狄的收获颇丰。

"好。"秦吱吱搬起盒子。

"使不得，使不得，让属下来。"唐狄夺过盒子。

"嗯。"秦吱吱眼神一转，"月浓花坊在哪里？"

"在寇河的南岸，南岸有好多家花坊，月浓花坊是最大的一家。"唐狄解释。

"你先回县衙，我去一趟月浓花坊。"打从出生，她就在棺材铺生活，还没见识过真正的市井生活。

"夫人还是回县衙等大人吧。"唐狄劝慰，"今日本是大喜之日，却凶事连连，害得夫人一夜辛劳，您不如早点回去安歇。"

"那他们会如何断月浓花坊的案子？"秦吱吱关切地问道。

"看过现场之后，顾师爷和大人会在茶房查验证物。"唐狄感到哪里不太对劲，他总觉得夫人在套话，夫人关心这些做什么？看来秦九抠家的女儿真是与众不同，难怪没有人敢去一品棺材铺提亲。

"那咱们就回县衙。"秦吱吱打定主意。

"好。"唐狄抓紧忙碌，盖棺入土。此时已近寅时，墨蓝的天边见了白。

秦吱吱和唐狄各抱一个大盒子，回到县衙。

"夫人休息吧。"唐狄火急火燎地喝了口茶，"属下去月浓花坊与大人会合。"

"好，你去吧。"秦吱吱另有打算。唐狄一走，她就开始整理带回来的证物，整着整着，头愈发地痛，额头也开始发烫。

糟糕，先落水，再吹风，定是染了风寒。孤身在外，最怕生病，真是怕什么来什么，秦吱吱琢磨着是不是要回娘家养病。

不行，昨日爹爹送她上花轿时千叮咛，万嘱咐：要自己守住幸福，守住家。

但是两个陌生人，如何能守住幸福？何来守家？世间最简单的事，亦是最难的事。

现在怎么办？秦吱吱又打了三个大喷嚏。

"夫人，喝碗姜茶，暖暖身子。"一位和蔼慈祥的中年妇人端着木盘走了进来，"夫人是不是着凉了？"

"还好。"浑身发冷的秦吱吱端起姜茶，大口地喝下去。一碗辛辣的姜茶下肚，鼻子顺畅多了。

"谢谢。"秦吱吱感动得眼泪汪汪，人生最难得的不是锦上添花，而是雪中送炭。

"我熬了些肉粥，等夫人缓缓，再喝。"中年妇人微笑道，"我侍奉大人好多年了，大家都叫我莲姨。"

"莲姨。"秦吱吱也随着叫道。

莲姨生出几分哽咽道："夫人，大人是难得的好官、好人，也会是好夫君。不过，今后千万不要跟着他乱走了。他办案总是四处奔波，女儿家跟着，岂不是太辛苦？"

"他办案不分白昼和黑夜？"他和爹爹有些像，秦吱吱心想。

"是呀，大人为人公正，满腹才华，若不是被鬼生子的名声拖累，哪能窝在小小的落安县。"莲姨为方一正鸣不平，"夫人只要为大人守住家，大人迟早会光耀门楣，熬出头的。"

秦吱吱羞愧地低下头，莲姨哪里知道方一正与自己假成亲的事情？再说，连她都知道襄樊战事吃紧，听闻朝廷已经准备南下迁都了。

落安县地处偏僻，只能算安于一时。不过，莲姨对方一正倒是真的关心。两个女子东一句、西一句地聊开了。原来莲姨是苦命之人，接连死了丈夫和儿子，被小叔霸占家产，诬陷坐牢，是方一正为她洗清冤屈。莲姨为报答方一正的恩情，自愿留在县衙里照顾方一正。这真是个知恩图报，皆大欢喜的故事。

"莲姨，你也是好人。"秦吱吱感慨地说道。

莲姨微笑着从怀中取出一枚同心结："大人心地善良，外表看上去冷冰冰的，心是热的。这枚同心结是我亲手编织的，送给你当作贺礼，希望你们夫妻同心，白头偕老。"

"多谢莲姨。"秦吱吱不好意思接受礼物，却又盛情难却。或许一同办案，作为工作伙伴，也是可以的。

秦吱吱拢了拢鬓间的碎发："莲姨，我的嫁妆在哪里？"

莲姨笑了："都在卧房。"

"那我找些东西。"秦吱吱飞速跑向茶房。

"慢点，慢点。"莲姨苦笑地摇头，看来夫人也是个急性子，和大人真是绝配。

秦吱吱用最快的速度找到了自己的宝贝，那是一套完美的验尸工具，爹爹为她亲手做的。有了这套工具和昨夜的收获，她就不用再纸上谈兵了。

这是她真正从事件作生涯的开端，就像爹爹第一次做棺材那样。

秦吱吱抱着工具，来到了唐狄口中的茶室，这里是方一正的地盘，她开始检验证物。

良久，秦吱吱盯着从死老鼠肚子中取出的小块骨头，呼出一口气，果然不是一起简单的掘坟案。

死者是被毒死的。真可怜，凶手到底有多大的怨恨，竟然对身怀六甲的孕妇下手？

秦吱吱感到很悲伤，世上总有十恶不赦的恶人，怎么抓也抓不完，世上何日才能真正太平？

"你来做什么？出去！"方一正一身疲惫地推门而入。

"你回来了。"秦吱吱揉了揉眼睛。

"这不是你来的地方。"方一正并没有注意到秦吱吱苍白的小脸。

"我和你说完话，就出去。"秦吱吱咬牙坚持着。

"你要说什么？"方一正斜眼望向秦吱吱解剖过的死老鼠，讽刺道，"它得罪你了？"

"方一正。"秦吱吱气愤地说，"我是在帮你破案。"

"就凭借这只死老鼠？"方一正随手一指。

"对。"秦吱吱提高声调，"你千万别小看这只死老鼠，它在是棺中发现的，我仔细查验过。"她拿起乌黑的银针，"死老鼠是中毒而亡，因为吃了有毒的食物。"

方一正扫了一眼银针："有毒的食物？"

"对，就是这个。"秦吱吱拿起粗瓷碗，"我怀疑这小节指骨是墓主人的小脚趾，但一般女子的小脚趾也不会如此细，所以墓主人极有可能是六指。"

"真是不错。"方一正嘴角上扬，仔细盯着秦吱吱，"你到底跟着你爹偷了多少无名的棺材？"

"我没有。"秦吱吱见方一正不信自己,辩解道,"你不要捕风捉影乱说话,我现在是在和你讨论案情,不要总提我爹的事情。你也一定听唐狄说过了吧,这个案子并不是掘坟案这么简单,还是一起盗尸案。"

秦吱吱话音刚落,方一正的脸色变得越发难看。

秦吱吱停顿了几分,继续说道:"依据我的判断,这还是一场凶杀案,因为墓主人是非正常死亡。"

"就凭这只死老鼠?"方一正黑着脸问道。

"对。"秦吱吱低头想了想,"还有那个不足月的死婴。死婴浑身青紫,是在母体中染了毒。我仔细查验过,死婴的体内虽然没有毒素,但和母体曾经连接的肚脐里有大量淤积的毒血。"

"你查验了死婴?"方一正震惊地看向秦吱吱,女子哪能如此粗鲁,应该像砚竹那般的温柔贤惠才是最好的。"纸上谈兵。"方一正瞅了一眼被秦吱吱弄得乱七八糟的验尸台,"你怎么确定墓主人一定是个女子?"

"那些陪葬的衣裙,还有棺木的尺寸,都可以证明墓主人是女子。"秦吱吱着急地说,"而且我查验过棺底的尸油痕迹,肩窄胯宽,分明是女子的特征。"

此时,秦吱吱浑身发烫,她看向方一正:"说了半天,你就是不信我?"

"人命关天的事情,我怎么信你?"方一正探口气,"就凭你看过几遍《洗冤集录》?"

"我是宋提刑的关门弟子的弟子。"秦吱吱重重喘着气,"你敢不敢跟我打赌?"

"打赌?"方一正掀开白麻布,顿住了。解剖的刀法精准极了,刀刀恰到好处。

她竟然有如此娴熟的技巧?

方一正认真地审视着秦吱吱。秦九抠的女儿，自幼以棺材为床，性格刁蛮任性，目不识丁，脑子反应特别快，看一眼死者，便知道做多大尺寸的棺材。而且算账从来不用算盘，张口就来，精灵得过了头，曾经吓走了五十多个媒婆，害得秦九抠花重金到处求人为女儿说媒，却无人问津。

若不是星云大师圆寂前让他迎娶，恐怕秦家的女儿此生都嫁不出去。

没想到她认识几个字，看过《洗冤集录》，传闻似乎不可全信。

如果她是男子，还真是做仵作的料，只可惜她是女子。

关门弟子的弟子？亏她想得出来。

"你想赌什么？"方一正突然觉得眼前这个灰头土脸的女子有点意思。

"眼下不是有两件案子吗？那咱们就赌一赌，看谁先破案。"秦吱吱傲气地抬起头，虽然个子小，但在气势上绝对不能输。

"好。"下一刻，方一正就后悔了。他自己怎么能由着秦吱吱胡闹？破案是县衙的公事，他一贯公私分明。

"君子一言，驷马难追。"秦吱吱怕方一正反悔，马上用力地撞击方一正的肩膀。

可惜秦吱吱发力过猛，一头钻进方一正的怀里，被方一正搂个正着。好暖和啊，秦吱吱瑟瑟发抖地拱了拱。

"喂。"方一正一时间手脚无措，不敢乱动，他稍稍低头，刚好扫过秦吱吱耳边的碎发，弄得他鼻子痒痒的，心里乱极了。

"方大哥。"一位穿着鹅黄色衣裙的女子走进屋内，见到抱在一起的两人，神色慌乱地说道，"对不起，方大哥。"

"砚竹。"方一正有些手足无措。

"方大哥，爹爹和王汉已经将月浓花坊的证物抬回来了，爹爹问是不是按照老规矩，先送到这里。"顾砚竹转了过去。

"一切照旧。"方一正感觉到好像抱了一个小火炉，他伸手一摸，好烫。

"我先出去了。"顾砚竹推门而出。

"嗯。"方一正的心情低到谷底，他与砚竹再不会像以往那般亲近了。还好那夜，他没有对砚竹表明心迹，否则伤心的岂不是两个人？星云大师为什么要他必须娶秦吱吱呢？

方一正无奈地将秦吱吱抱了起来，回到冷冷清清的洞房。喜烛已经灭了，合卺酒的酒杯、缠着红绸的如意秤杆和各种吉祥寓意的干果纹丝未动，喜床上的鸳鸯锦被连个褶皱都没有。他们错过了洞房花烛夜。

方一正将秦吱吱放在喜床上，欲转身离去。睡梦中的秦吱吱抓住方一正的手，不肯松开："别走。"梦里的她又回到幼年，每次生病总是依赖爹爹来减轻痛苦。

方一正看着她那副可怜的模样，低沉地说道："逞强。"从小到大，熟读圣贤书的方一正，怎能喜欢粗俗、野蛮的女子？而这几样，秦吱吱都占了。

其实他对她谈不上有什么敌意，终归是两路人。和离的法子最好，希望她找到真正疼爱她的男人。

秦吱吱睡相讨喜。方一正只能坐在床边一边陪着，一边回想昨夜发生的两起凶案。

第一起掘坟盗尸案不管是不是凶杀案，最要紧的是先找到墓主的尸身和亲人，再顺藤摸瓜地查下去，估计很快就会水落石出。

相比之下，月浓花坊的案子要棘手得多，死者琉月姑娘曾经是花坊的头牌，卖艺不卖身，既风雅又素净，是一位出淤泥而不染的雅妓。

因此得罪不少富绅豪客，此番因醉酒失足，落入池中身亡，有众多疑点。方一正的直觉告诉自己，此案不像表面那般简单。

只是琉月姑娘的尸身在哪里？

"哈——"整夜奔波实在是太累了，方一正打了个哈欠。此时，外面的阳光正暖，屋内也亮堂堂的，一缕缕暖暖的光影跃动，方一正也昏昏沉沉地睡了。

不知不觉中，两只手握得越来越紧……

第三章　夜探

"水，水……"秦吱吱醒了，方一正睡得沉，没听见。秦吱吱的喉咙干得厉害，浑身要喷火的感觉，她缓缓地睁开眼睛。

荔枝！秦吱吱在恍惚中见到一串荔枝，极力想去握住，手却被什么东西压着，就是抬不起来。她真是使出吃奶的劲儿，还是不行。

秦吱吱快急哭了。迷迷糊糊中，她听到簌簌的脚步声，一个绰绰的人影落在眼前。

我要荔枝！秦吱吱费力地睁开眼，眼前的荔枝不见了，只有一串佛珠。

"夫人，夫人。"莲姨摸了摸秦吱吱滚烫的额头。

这时，方一正也醒了，看到自己与秦吱吱暧昧的姿势，脸红得厉害："莲姨。"

莲姨的眉宇间透出担忧："夫人昨夜落了水，吹了凉风，大人快给瞧瞧吧。"

病了？怪不得一个时辰前，在茶房里讨论案情时，她声音都变了，原本以为她是因为争执才耳红面赤的，原来是病了。

还是个认真偏执的丫头。

方一正坐直身子，他的手缓缓地覆上秦吱吱的手腕，静心说道："只是染了风寒，没有祸及心肺。莲姨，去熬些草药吧。"

秦吱吱质疑地看着方一正，业余的仵作来看病？县衙不会穷得连郎中都请不起吧？

方一正看穿了她的小心思，说道："放心，我的本家是郎中。"秦吱吱惊讶地张嘴，又合上。

"是啊，夫人放心，大人医术高明，比镇上的那些郎中强上百倍，是不会诊错的。"莲姨又倒了杯热茶递给方一正。

"莲姨客气了，我哪有什么本领，不过都是半家子。"方一正显露出读书人的羞涩。秦吱吱索性用被子盖住了头，他再好，也不是自己的良人。

莲姨指向瓷碗："这是我用桂花熬制的肉粥，你们尝尝。"

"顾师爷和砚竹用过了吗？"方一正关切地问道。秦吱吱目光一顿。

莲姨偷偷地使了个眼色，说道："顾师爷和砚竹姑娘回家了。我让唐狄给顾师爷和砚竹姑娘送过去了。放心，住得近，都是邻居，桂花粥还是热的。"

"那就好，砚竹体寒，吃不了太凉的粥食。"方一正缓下一口气，"还是莲姨想得周到。"

莲姨见方一正三句话不离顾砚竹，直接把话挑明，说道："大人多关心关心夫人，你们已经是夫妻了。砚竹姑娘自然有别人照顾。"

"谁和他／她是夫妻？"秦吱吱和方一正异口同声道。

"瞧瞧，整个落安镇的百姓都知道你们是夫妻。"莲姨语重心长地回答，"你们是天赐良缘，绝配。"

"哼。"秦吱吱摔开大红缎面的龙凤被，背过身去。

"你看看，新婚燕尔，怎么能吵架呢？"莲姨劝慰方一正。

"看来你还有些力气，病得不是太厉害。"方一正语气带有几分埋怨，"快起来，粥都快凉了。"

秦吱吱赌气地转过身，一不小心硌到了手。她仔细地向鸳鸯锦下摸去，抓出一大把花生、桂圆和红枣等干果小食。

这是取"枣生贵子"的习俗。谁跟你生子，想得美，秦吱吱怒气冲冲地将干果扬了出去："你咒我病重吗？"

"哎，哎，别吵架，别吵架。"莲姨使着眼色，推搡方一正一把，然后离去。方一正满脸茫然，不知所措。他稳了稳心神，舀了勺肉粥送到秦吱吱的嘴边。

"你……"秦吱吱瞪着大眼睛。

"气归气，闹归闹，总是要吃饭的。"方一正一本正经地说。

秦吱吱闻着香喷喷的肉粥，听话地张开了嘴。

"你尽快好起来，过几日，我带你去趟灵归寺。"方一正专心地掏出绢帕，擦了擦秦吱吱嘴边的残渣。

"好。"秦吱吱顺从地又张大了嘴。

"不好了，不好了！"屋外传来王汉焦躁的声音。

"发生了什么事？"方一正走出内间，来到外堂。秦吱吱竖起耳朵偷听着。

"启禀大人，月浓花坊的证物都搬过来了，可是落了一样，花姨娘说什么也不让带走。"王汉垂头丧气地说道。

"不让带走？她真是好大的胆子，我去月浓花坊……"唐狄莽撞地说道。

"不行，不行。"王汉拦住唐狄，"月浓花坊背后的金主是静江府的显贵，我们不能给大人找麻烦。"

外厅里的唐狄止住脚步："那怎么办？总不能去月浓花坊的现场去检验证物吧。"

"此法可行。"方一正点头。

"不行，不行。"王汉摇头，"大人，你可知那证物是什么？"

"是什么？"方一正和唐狄都是一头雾水。秦吱吱心中暗笑，真是笨到家了，这都猜不出来。

"是琉月姑娘的尸身。"王汉怨声叹气，"我挂好了牛车，准备带琉月姑娘的尸身回县衙，哪承想花姨娘带着一群人拦下了我，并且拿出了琉月姑娘的卖身契，说什么活是她的人，死是她的鬼，根本不让我靠近。"

"卖身契？"方一正神色沉重，"琉月姑娘已经为她赚了几百倍的钱，她还想怎么样？"

"别提了。"王汉偷瞄方一正黑沉的脸色，"我偷偷问了打杂的下人，琉月姑娘生前清高孤傲，得罪了不少人，那花姨娘本就是六亲不认，只认金银之物，听信了小人之言，说是要召集曾经垂怜琉月姑娘的恩客，要，要……"

"要什么？"方一正直勾勾地问道。

"花姨娘要摆一出送花宴，出价高者便可赎回琉月姑娘的尸身。"王汉恨恨地回答，"我离去的时候，告示都贴出来了，告示上写得露骨香艳，什么琉月姑娘体香四溢，冰清玉洁，送花宴就在今晚举行。"

"天下奇闻，天下奇闻。"方一正重拍单薄的桌案，"如此违背人伦之事，竟然出现在我的管辖之内。我要去月浓花坊找那个黑心的花姨娘。"

"对，她若是不服气，不听大人管教，我将她绑来县衙。"唐狄随声附和。内间的秦吱吱险些将桂花粥吐出去，没想到有人挣钱不要脸，还有人花钱不要命。

"不可啊，大人。"王汉拦住义愤填膺的方一正和唐狄。

"花姨娘做得的确过分，这送花宴咱们还是静观其变，要是没人赎回琉月姑娘的尸身，岂不正好顺应了大人的心思？大人又何必去得罪花姨娘背后的金主呢。"

"王汉，你总是前怕狼，后怕虎，咱们的小衙门真是委屈你了。"一根筋的唐狄不服气地说。

"唐狄，我都是为大人好，也是为咱们衙门好。大人为官清廉，大家都是看在眼里的，只可惜朝中无人。只要大人政绩显赫，或许过几载后，会有升迁的机会。"圆滑世故的王汉满怀激情地说，"这几载，关键不是破多少案子。"

"那关键是什么？"唐狄侧目相问。

"不要得罪人。"秦吱吱一身清朗地从内间走出来。

"还是夫人懂得大是大非。"王汉钦佩地恭敬行礼，"恭喜大人喜得贤内助。"

"这是什么大是大非？分明是邪门歪道。"方一正一身正气，"做官就是要为百姓做主，为皇上分忧。做人更是要黑白分明，忠厚正直。我不怕得罪人，若是谁做了凶恶的事情，无论王侯将相，我必将其绳之以法。"

方一正不由得心头一酸，这些话有什么用呢？襄樊战事吃紧，谁预料将来呢？

秦吱吱思前想后，计上心头。她舒展着酸痛的手臂，探到方一正耳边，"我来助你一臂之力。我们交换案子，你去查盗尸案，我去查月浓花坊的案子。"

"交换？"方一正神色犹豫地盯着秦吱吱，两起案子相比，盗尸案似乎更为明朗。

"因为我不怕得罪人。"秦吱吱顽劣地笑了，"我是县衙的仵作，这样做起事情来，也顺手。"

"你毕竟是女子……"方一正抬起头，"还是远离凶险为妙。"

"嗯，不如让王汉跟着我，案情有任何进展，随时向你汇报。"秦吱吱开始软磨硬泡，压低声音，"你要是不答应我，我现在就要和离，更不会随你去什么灵归寺。"

"你出尔反尔！"方一正着急地瞪起眼睛。

"什么出尔反尔？我答应你了吗？有人证还是有物证？再说，你饱读圣贤书，难道不知道世间唯有女子与小人难养也吗？"秦吱吱也瞪起大眼睛，一副不服气的神态。

"秦吱吱！"方一正的脸色气得发白。

"对，我就是秦吱吱。"秦吱吱傲气地仰起头。四目相对，暗流汹涌。

唐狄和王汉悄悄地向门口移动，想尽早离开是非之地。

"唐狄、王汉。"方一正大声唤住移动到门口的两人。

"大人。"唐狄耷拉着脑袋，收回推门的手。

"大人，我和唐狄再想想办法，你和夫人慢慢聊。"玲珑的王汉弯着腰，恭维地说道。

方一正说道："王汉，你协助夫人去调查月浓花坊的案子。"

"夫人查案？"王汉张大了嘴。

秦吱吱见时机成熟，麻利地掏出两个绣着双喜的荷包，分别交到王汉和唐狄的手里："两位办案辛苦，又为我们的婚事忙碌，这是给你们的红包，沾沾喜气，不要嫌弃哈。"

王汉和唐狄又是一愣，在衙门干了数年，还没有得到过什么红包，夫人给的荷包沉甸甸的，少说也得有五两银子，真是大手笔。方一正对秦吱吱收买人心的做法颇有微词，刚想开口，却被挡了回去。

"这是爹爹亲手包的红包，只为讨个喜气，人人有份。"秦吱吱甜美地说道。

"莲姨、顾师爷和砚竹姑娘的那三份，劳夫君大人先收着。"秦吱吱不由分说地将三个一模一样的荷包交到方一正手里，"唐狄和王汉外出办案太辛苦，哪能全靠脚力？会耽误办案速度。"

方一正勉为其难地看着手中的荷包，说道："你什么意思？"

"我的意思啊。"秦吱吱提高语调，"先买几匹脚力好的马，套个马车。你毕竟是朝中的官员，是要撑一撑门面的。"

"谢谢夫人。"王汉率先道谢，"夫人真是善解人意，此乃……"方一正黑着脸瞪向王汉。王汉没有敢再说下去。

唐狄一脸肉疼的模样："那要不少银子的。"

"你去买就是，不用管银子的事。记住，一定要买最好的。"秦吱吱偷笑，爹爹节俭吝啬一辈子，对她却极为慷慨。一品棺材铺，其实是个隐形的聚宝盆，这就叫闷声发大财。

"别愣着呀，快去，越快越好，我要坐着马车去月浓花坊参加今晚的送花宴，看看花姨娘到底要什么手段。"秦吱吱将两个大银锭塞给唐狄和王汉，两人惊喜而去。外堂内只剩下秦吱吱和方一正。

秦吱吱露出甜美的小梨涡，说道："我在茶房对你倾心相诉案情，现在轮到你给我讲讲月浓花坊的案情了。"

提到案子，方一正的眸子顿时闪亮如光。他缓缓讲道："死者年方十七，生前冰清玉洁，洁身自好，琴棋书画样样精通。我看过她画的梅花，气韵幽深，风骨卓然，是画中的极品。如此才女佳人，死了真是可惜。"

"你少怜香惜玉，既然是花坊中的卖笑女子，为何有如此的才情？"秦吱吱歪着脑袋，神色极为娇俏。

方一正顿了顿，说道："花姨娘说琉月姑娘当年是自愿卖身到花坊的，花姨娘见着可怜便收留了她，立下了卖笑不卖身的规矩。"

"自愿？"秦吱吱的脑海中起了疑问。

方一正接着说道："月浓花坊顾名思义，贵在月浓，引来河水，在花坊内修建了曲曲折折的大小水榭，可谓处处景致。听闻在月圆之夜，每处都能映衬出明月，别有一番诗情画意。琉月姑娘是在月浓花坊最美的溪园小榭溺水身亡的，只不过那池中水，只有半人深，根本淹不死人，所以才会报案，说是凶杀案。我和王汉赶到溪园小榭时，琉月姑娘的尸体已经打捞上来，可惜，那副花容月貌碰到溪园里的假山石，伤痕极多。"方一正皱起眉头，"我实在不懂花姨娘的心思，琉月姑娘的尸体经河水浸泡，浑身胀白，哪位恩客会出钱买具尸体回去？真是笑话。"

"有没有其他的证物？"秦吱吱追问。

"顾师爷和王汉打捞上来几双鞋子、手帕、绢扇和女儿家的首饰，都是零零碎碎的东西。"方一正应道，"昨夜是中元节，月浓花坊的客人不多，花坊的姑娘都去河边放荷花灯悼念亲人，谁也没留意琉月姑娘。我去过琉月姑娘居住的海棠苑，海棠苑一切如初，我以衙门的名义暂时封存，贴上了封条。"

"那我和王汉便去夜探海棠苑。"秦吱吱琢磨着应对之策。

"一切小心。"方一正关切的眼神看向眼前执着自信的秦吱吱，想来秦九抠也是能人，养出了如此与众不同的女子。

傍晚时分，迎着漫天火红的晚霞，一身富家少爷打扮的秦吱吱与王汉先后到了三生桥。

"你在明，我在暗，一切看我的眼色行事。"站在桥上的秦吱吱盯着远处河岸上的那片火红灯笼，小声吩咐着王汉。她挺直腰板，展开竹扇，举手投足间说不尽的潇洒风流，走向迷人的月浓花坊。

"呦，这位公子好面生呀。"姹紫嫣红的花丛中，一位徐娘半老、花枝招展的老鸨子——花姨娘搭上秦吱吱的肩膀。

秦吱吱微微浅笑，温文尔雅地与花姨娘还礼。悄无声息间，她将圆润的珍珠手串放入花姨娘的手心，说道："初来贵地，有劳姨娘。"

"哎呀，"花姨娘的桃花眼顿时直了，"好大的珍珠啊，公子真是慷慨，我们月浓花坊最喜欢慷慨的公子。"

秦吱吱暗笑：天下老鸨子一般黑。

花姨娘敞开大嗓门，喊道："莘月呀，快来招呼贵客。"

"哎，来了。"一位身姿婀娜的女子手持芭蕉绢纱的蒲扇，妩媚地喊了一声，"公子好。"秦吱吱的牙酸溜溜的。

"公子呀，这是我们月浓花坊里最红的姑娘——莘月。"花姨娘献媚地说道，"公子一定会喜欢的。"

"哦，莘月姑娘。"秦吱吱开始装模作样地搭讪，"多谢姨娘。"莘月主动挽住她的胳膊，往里走。

这时，身后传来花姨娘的厉声痛斥："王汉，你怎么又来了？你这一天来三遍，还让不让我开门做生意？"

"花姨娘，我也没有办法，你既然报了案，我必须要查案，早知如此，你又何必自找麻烦？"王汉把责任推了出去。

"是我报了案，那你也不用天天来花坊查案呀。"花姨娘不停地拍打绢帕，"走走过场也就罢了。"

"身不由己，还请花姨娘见谅。"王汉贴近花姨娘的耳边，"你也知道我的为人，是不会给你捣乱的。你看，我没穿官服，只是随意走走。"

花姨娘点点头，说道："还是你识大体，比那个不懂人情世故的鬼知县强多了。你请便吧，别打扰我挣钱就行。"

王汉也进了门。

"公子，咱们快进去吧。"莘月温柔地贴上秦吱吱的肩膀。

"好，让我见识见识月浓花坊。"秦吱吱踏步而进。

月浓花坊果然是纸醉金迷的温柔乡，庭院内别有洞天，遍布园林，皆是素雅怡人。

川流不息的小溪，曲径回旋。东隅还种了满池的荷花，洁白的荷叶层层叠叠、婀娜多姿。

一簇簇花丛暗影中，三三两两的女子正在欲拒还迎地与恩客打情骂俏。

"公子？"莘月甜甜地唤道，"还不知道公子如何称呼？"

"免贵姓秦。"秦吱吱坦诚相告。

"原来是秦公子，不知秦公子喜欢在庭院中赏月饮酒，还是喜欢在屋内饮酒作乐？"莘月娇滴滴地拂过秦吱吱的手，故作娇羞之态。

"我是初次到此地，还请莘月姑娘带我开开眼界。"秦吱吱眼珠一转，计上心来。

"好呀。"莘月亲密地拉起秦吱吱的手，"秦公子的手又滑又嫩。"

"哈哈。"两人不约而同地朗声大笑。

不过，秦吱吱总感暗处有双眼睛在注视着她，难道她什么地方露馅了？

秦吱吱镇定地扬起扇子，轻吟道："花间一壶酒，独酌无相亲。今日到了这里，我才深有体会啊。"

"秦公子喜欢太白先生的诗？"莘月挑眉说道，"真是不巧，论起诗词，花坊中的琉月……"

秦吱吱停止脚步，说道："琉月？"

"秦公子听错了，我陪你去那边走走。"莘月避开秦吱吱的话。

"我们去那儿瞧瞧。"秦吱吱不动声色地指向一侧的假山。

"不能去，不能去。"莘月赶紧拉住秦吱吱，"那里不吉利。"

"哦？"秦吱吱故作惊讶，"何来的不吉利？"

莘月压低声音，问道："秦公子没看到外面贴的告示吗？"

"送花宴？"秦吱吱眸色一暗，"很有新意，可谓别出心裁。"

"哎，什么新意呀，不过是为花姨娘挣最后一笔钱罢了。"莘月心情低落地说道，"虽然琉月清冷孤傲，不和我要好。但是我也为她可惜，或许我的下场更惨。"她转而笑道，"瞧我，竟说些晦气话，还请秦公子见谅。"

"送花宴？"秦吱吱故意说道。

"送花宴在子时举行，花姨娘还请了做法事的大师父，应该在后院。"莘月指向远处。

"花姨娘的脑子真的灵光，竟然想出送花宴的好戏。"秦吱吱抛出疑问。

莘月摆手说道："是明月的主意。明月和琉月都是花坊的头牌，她们争风多年，这女子之间咬尖儿的事情，秦公子想必也是懂的。"莘月细心解释，"如今琉月死了，明月自然要出一出憋在胸中的恶气。秦公子，这边请。"莘月将秦吱吱引到二楼的梨花苑。

圆桌的正中间摆着葫芦酒壶，周围是六个金鱼形状的碟子，碟子里装着小食。

莘月倒上了酒，说道："秦公子，尝尝我们月浓花坊的花露醉。"

秦吱吱缓缓坐下："有劳莘月姑娘将窗关上，风有些硬。"

"好。"莘月转身去关窗。秦吱吱借机在花露醉里加了点药粉。

"秦公子请。"碰撞之间，莘月渐渐语无伦次，伸出双手，"秦公子，你长得好美，我还没见过如此俊美的男子呢？除了琉月那个……"

"琉月什么？"秦吱吱追问。

"琉月的那个恩客——湘公子呀，湘公子虽然戴着斗笠，但那身段……"莘月已经不省人事。

"药效不错。"秦吱吱好一阵忙碌，恢复女儿家的装扮。她蹑手蹑脚地走出梨花苑。王汉在外接应着："夫人。"

"去海棠苑。"秦吱吱低头相随。

两人绕过一片竹林，王汉说道："第二间。"

秦吱吱蹑手蹑脚地走进奢华的卧房，直接撞到一个满脸横笑，浑身肥肉的大叔身上。

什么情况？走错房间了？秦吱吱揉了揉眼睛，无辜地说："大叔，你哪里不舒服吗？"

"黄大爷我浑身上下不舒服。明月呢？爷为了捧她，花了不少银子。谁让她技不如人，让琉月得了月中仙子的美名。但琉月死了，今后的月中仙子就是明月。今天，她必须要兑现承诺，陪爷风流快活一晚。"黄员外色眯眯地盯着秦吱吱，"你先陪爷一晚也行。"

原来这里是明月的房间，秦吱吱惊恐地躲避："我也是来找明月的。"

黄员外缓缓地走向她，说道："你把爷侍奉好，爷一高兴，娶你做十一夫人。"

"啊……"秦吱吱悄悄地往屋外移动。

"嘿嘿，爷喜欢，爷就喜欢性情活泼的女子。"黄员外不停地追逐着秦吱吱。

秦吱吱累得气喘吁吁，怎么办？

此时，房顶上有双狡黠的眼睛，正不耐烦地看着猫捉老鼠的游戏，显然，秦吱吱的吵闹，打扰了他的清梦。

"停，先喘口气。"秦吱吱扶着梨花木的圆桌，喘息道，"来喝口水。"她递过一杯热茶，"你叫什么？"

有意思！暗处的眼睛变得越发的闪亮。

"我是黄五。"黄员外一口喝下热茶，"我说你啊，留些力气在床上好不好？春宵一刻值千金啊，我还要去参加送花宴呢。"

"你对死人感兴趣？"敏锐的秦吱吱抓到关键点。

"什么死人？我只对美女感兴趣，只要是美女，我就喜欢。"黄员外咧着大嘴，一把将秦吱吱抱在怀里，"好香。"

秦吱吱扬起脖子，求助："救我！"可惜没有得到回应。

秦吱吱扫过黄员外的胯下，以仵作角度上讲：此人有隐疾。

不如？秦吱吱狠下心，奋力一脚……

好生猛的女子，房梁上的人差点掉下来。

"哎哟！"黄员外捂着要害，疼得龇牙咧嘴。

秦吱吱拢了拢衣裙，严肃地说道："我看你身子虚弱，恐怕此生无子，不如直接断了你的念想。"

黄员外怒气地骂道："你怎知爷膝下无子？爷新娶的十夫人，为我生了两个儿子，两个女儿。"

"那你要好好查查。"秦吱吱笑着说道。

"你等着……我去找花姨娘。"黄员外一边弓着腰，一边拽了件袍子，走出门去。

秦吱吱松了口气。不过，屋内一片狼藉，有人来问，如何是好？

不如……秦吱吱果断地将目光瞄向了雕刻精美的梳妆盒。对，就这么干！

暗处一声冷笑，庸俗的女人！

秦吱吱打开梳妆盒，被金光闪闪迷了眼。哼，男人啊，在外边找野女人，就是舍得花钱。演戏要圆满，她撕下半片艳红的牡丹床幔，将金银首饰一股脑地倒在里面，她想一会儿让王汉再神不知鬼不觉地还回去。

在房梁上看热闹的李秋实看得是目瞪口呆，好一个没见过世面的柴火妞，连不值钱的插花琉璃瓶都不放过。再多看一眼，他的眼珠子差点掉在地上。

这女子下手太狠了，只见她头上插着十来支金钗步摇，脖子上挂满各色的珠子，手腕套着翡翠镯子，脚踝还套了两圈金铃铛。

画面太美，李秋实暂时忘却了那场烧红天边的死战。

秦吱吱满意地拍拍手，故意仰起头，给李秋实一个大大的微笑。李秋实微微侧目，好熟悉，哪里见过？

突然，一声痛斥传来："敢来老娘的地盘撒野！"花姨娘领着一群人闯了进来。

"发生什么事了？"王汉随后而进。

秦吱吱传递着复杂的心情：做贼没经验，栽了。

"你来得正好，快帮我拿了小毛贼。"花姨娘扇动着绢帕。

王汉疑惑地问道："是不是有什么误会？"

"哎，这不是明月的珊瑚珠子吗？怎么会在琉月这里？"一位妖娆妩媚的女子指着秦吱吱的脖子说道。

另一位女子随声附和："是啊，这珊瑚珠子是宁宝斋的丁老板送给明月的，怎么会在海棠苑？"

秦吱吱竖起耳朵，琉月，明月？看样子她没有走错房间，这里就是海棠苑。

"你们看好了，这是鸡血石的珠子，不是珊瑚珠子。"浑身素雅的明月冷冷地说，"这原本就是琉月的东西。"

"呦，我看错了。"酸溜溜的淡月话中带话，"没想到明月和琉月这般要好，若是琉月还活着，心里一定很高兴。"

秦吱吱低着头，这里就是海棠苑，黄员外怎么会出现在贴着封条的海棠苑？有人故意引他来？

只见明月扫了一眼秦吱吱，漫不经心地说："花姨娘，今日的送花宴甚为重要，就不要另生是非了，不如将此人交给我处置。"

"不行，我要带她回衙门。"王汉终于在恰当的时候，说了恰当的话。

"你哪里凉快哪里待着去，月浓花坊轮不到你做主。"花姨娘反驳王汉，"就按明月说的做。"

"谢花姨娘做主。"明月微微点头。

她想做什么？秦吱吱觉得明月不简单，正想着反击之法，恰巧与房梁上的李秋实四目相对。

李秋实的脑袋里闪过不好的预兆，她要起什么幺蛾子？

"事到如今，你还不下来吗？"秦吱吱满是金黄之物的小手指向房梁。

李秋实险些被闪亮的金子晃了眼睛。

瞬间，所有人都仰起头。

秦吱吱扬起尖尖的下巴，怒气地指向花姨娘，说道："我的夫君背着家人来花坊买醉，还将我的首饰送给了琉月。既然她死了，我自然要拿回自己的东西，那是娘家给我的嫁妆。你若敢扣下，我就将街坊邻居都叫来，大闹花坊。"

"什么，你与他——"花姨娘语无伦次地眨着眼睛，"你们……"

"你们花坊明着弹曲卖唱，暗地里皮肉卖笑，不知拆散了多少美满的家庭。今天，我就要为苦命的姐妹讨要一个公道。"秦吱吱下了一剂猛药。

"你敢！"花姨娘也不是吃素的。

王汉满脸都是汗珠子。

李秋实吊儿郎当地说道："姑娘，药能乱吃，话可不能乱讲。"

秦吱吱从容地做出一个杀人的手势，说道："我知道你心里有我，怪只怪这些老妖精和小妖精，勾了你的魂。我今天一把火点了花坊，省得她们再去害人，大不了和她们一起同归于尽。"众姑娘吓得向花姨娘靠拢。

"你可不要胡言乱语。"李秋实有些慌乱，这女人疯了。

花姨娘的态度一百八十度地逆转："姑娘，我不追究了。琉月死了，你想带走什么，就带走什么。哎哟，姑奶奶呀，一会儿我这里有场子，你赶紧走吧。"

"好，我走。"秦吱吱见目的达到，抬腿就想走。这一出闹剧，也算是险中求胜，歪打正着，既然是琉月的遗物，先带回衙门，好好验一验。

王汉也松下一口气，浑身却已经湿透了，和夫人一同办案的感觉真是奇妙。

"慢，我要和夫人一同走。"李秋实从房梁落下。

一位青衣公子，宛如仙子下凡。

秦吱吱凶悍地痛斥道："赶紧走，孩子还没吃饭呢！"

"呃！"这女子太直接了，三言两语连孩子都出来了。李秋实一个跟跄，朝着秦吱吱的方向倒了过去。

秦吱吱躲闪不及。恰在这时，人群中挤出来一个满脸胡须的男子，稳稳地扶住了李秋实。

"兄台，站稳了。"男子冷冰冰地说。

"马有失蹄，多谢仁兄。"李秋实拱手相谢。

秦吱吱觉得哪里不对劲？这人什么来头？

花姨娘不难烦地嚷嚷道："姑娘呀，我奉劝你几句，好好学一学侍奉男人的本领。天下的花坊那般多，你烧得完吗？守住自己的夫君才是真本领。姑娘们，散了，散了，都回房去。你们要穿上最好的衣裙，扮上最好的妆容，打起十二分的精神去招呼客人，务必办好这场送花宴。"花姨娘扭动着水桶腰，离开海棠苑。

海棠苑静了下来，秦吱吱却闻到了火药味。

"你是来办案的，还是来偷窃偷情的？"满脸胡子的男子指着秦吱吱劈头盖脸地痛斥，"怪不得你如此慷慨，出手大方，敢情那银子都是偷来的，还竟然，竟然……"方一正的手恨恨地垂下，眼中装满怒火。

"没有，我没有。"秦吱吱彻底傻了眼，怪不得总觉得有人盯着自己，原来他也跟来了。谁会猜到豪爽硬汉的真容是温润如玉的鬼知县呢？

他的内心够强大的，适合做棺材。

秦吱吱装作忙碌的模样，抬脚就溜："我还有事，有空再聊。"可是一不留神，被几颗落地的珠子绊住，整个人扑在方一正的怀里。

秦吱吱龇牙咧嘴地嘀咕道："这是什么毛，好扎人。"

"哼。"方一正懊恼地推开秦吱吱，乔装的胡子掉了一缕，飘飘浮浮地挂在那支金钗上。太气人了，他好不容易从骡子肚皮上拽下来的绒毛。

"哈哈，哈哈……"李秋实指着秦吱吱和方一正，一扫心中的郁闷，爽朗大笑。

"笑什么？都怪你，该出手时，你不出手。"秦吱吱将怒气引给李秋实，"不该出手时，你跳下来捣乱。哦，我知道了，你才是毛贼。"

"我，我没有。"李秋实神情大变，"我是行走江湖的大侠。"

"还不承认，王汉，快擒了他，回到衙门，十八般的刑具都试个遍，我就不信他不招。"秦吱吱挽起袖子，露出一大串镯子。

"夫人。"王汉小声提醒秦吱吱，方一正的脸色愈加暗沉。

"你是什么人？怎么会知道我们的身份？"方一正突然盯住李秋实，抓住了重点，"你怎么会出现海棠苑？"

李秋实微笑道："鬼知县和棺材铺家的女儿真是绝配，连打扮起来都是心有灵犀，特别般配。我是谁，不重要，重要的是：你们俩谁会赢，我等着看好戏呢。"李秋实大摇大摆地离开海棠苑。

"真是岂有此理。"方一正的脸色如乌云压顶，"你怎么不跟他一同走？孩子饿着肚子呢。"

"我错了。"秦吱吱理亏地低下头。

"自作聪明。"方一正冷冷地说道，"你以为找线索是玩闹吗？左一个逢场作戏，右一个随机应变，衙门不是戏台，轮不到你来耍花样儿。到头来，案子没破，反倒将自己搭进去了，连累我跟着受辱。"

秦吱吱不服气地回击："我哪里让你受辱了？我们不是约定好各管各的案子吗？你来做什么？"

"我是来监督你的。"方一正当仁不让。

秦吱吱笑道："我的本业是仵作，不是捕快，你破案子是厉害，却连最重要的物证都没有弄回来，我只能亲自出马。"

"这么说，你还不服气？"方一正反讥道，"别以为看了几遍《洗冤集录》就是宋大人弟子的弟子了。"

"我就是！"秦吱吱坚定如初，"别小瞧人，我会成为出色的仵作！"

"话说得漂亮，但是做事糊涂。"方一正深度质疑道。

"我怎么糊涂了？要不是你搅局，我早把证物弄回衙门了。"秦吱吱指着大大的包裹，"有人为我们设了局，我也算是破了此局。"

方一正嘲讽道："你倒是说说看，如何破的局？"

"这很简单。"秦吱吱串联着所有的一切，眼神闪亮地说道，"王汉，我且问你，你当时可看清了牌匾，到底哪个是海棠苑？"

王汉摸着头："说来也奇怪，昨晚贴封条时，我记得是第二个屋子。方才引夫人上楼时，我只看到了封条，并没有看到牌匾。但是对面召棠苑三个大字，我看得清楚，所以我认定这间是海棠苑。"

"问题就出在这里。"秦吱吱转过头，"你现在出去瞧瞧，是不是海棠苑的牌匾又回来了。"

"不必了，我进来时，就看到匾额了。"方一正皱起清秀的眉宇，"有人故意对调了牌匾，黄员外才会出现在海棠苑。到底是什么人做了手脚？"

王汉叹息道："偏偏我内急，哎……"

"是有人设了请君入瓮的局，你是不是喝了什么不干净的东西？"秦吱吱侧目问道。

"进门口渴，我只喝了杯热茶。"王汉恍然大悟，"难道是那茶水……"

秦吱吱肯定地点头说道："我们的身份早被人发现了，此人步步为营，一定有不可告人的秘密。"

"是那个登徒子？"王汉暗指离开的李秋实。

这时，一阵清香飘来，明月走了进来："没想到方大人和夫人对此案如此用心，明月万分佩服。"

秦吱吱盯着明月，说道："你费尽心思，弄了出好戏，到底什么意思？"

明月微微蹙眉，笑道："方夫人早就看透此局，我倒是班门弄斧了。"

"是你偷换了海棠苑的牌匾？"秦吱吱抬头问道。

明月点头说道："我虽然不认识方夫人，但从你们一进门，我便发觉端倪。你和王汉来了，连方大人也乔装来了。所以我认定，你们都是为琉月而来。"明月眸光深邃地说道，"我居住的召棠苑与琉月居住的海棠苑刚好对门，格局大小、布置装饰极为相似。我便偷偷撕下封条，互换了匾额，故意引黄员外来到海棠苑，只为逼迫你大闹海棠苑。"

"那毛贼是和你一伙儿的吗？"秦吱吱想起可恶的李秋实。

"这就出乎我的意料了，还好方夫人够机警，善于随机应变。"明月面带愁容，"我怀疑此人也是奔着琉月来的，但什么来路，就不得而知了。"

"琉月是一名花坊女子，为何会如此引人注目？"秦吱吱不解地自言自语。

"我也不得而知，因为琉月在遇害之前，经历过痛苦之事。"明月陷入回忆，"我担心她出事，果然没有几日，真的出事了。"

一言不发的方一正发问道："昨日，我和王汉封锁海棠苑，明月姑娘并未多言，今日明月姑娘设下此局，到底有什么企图？"

"月浓花坊出了此等大事，花姨娘下了死命令，谁要是多嘴，就将其卖入最下等的青楼。所以，你们谁也问不出琉月的任何事情，当着众人的面，我自然也不会乱说。"明月沾了沾眼角的泪花，"我和琉月同年入坊，同年出坊，自然是结下深厚情谊的。为了不引起花姨娘和外人的注意，我们在背地交心，故意在外人面前争风吃醋。琉月性格多变，时而高兴，时而忧伤，爱使小性子，我也习惯了。"

秦吱吱默默地摸着镯子，从古至今，每个卖笑女子的身后都有耐人寻味的故事，能结下深厚的友情，着实不易。

方一正问道："莫非你知晓琉月姑娘的死因？"

明月"扑通"一声跪倒在地，哭诉道："方大人，方夫人，琉月溺水而亡，之前又受人侮辱。她一生苦难，请大人明察秋毫，为琉月申冤。"

秦吱吱扶起明月，郑重地问道："她生前被侮辱过？那为何你迟迟不言，偏偏要兜个大圈子，在她死后才说出实情呢？"

"我也是不得已而为之。"明月伤感地说道，"其一，我身处花坊，看过太多的悲欢离合，深知达官显贵的厉害和虚伪，我要试一试方大人的本领和性情。其二，花坊人多口杂，每个人都暗藏心思，方夫人如此一闹，让所有人都放松了警惕，岂不两全其美？"

"明月姑娘不但真性情，恐怕也暗藏心机吧。"秦吱吱微笑道，"明月姑娘引我入局，引起花坊众人的注意，无非是想，若是方一正无能力破案，你就自己找出凶手。"

明月欠身一礼："正如夫人所言，我确有此意。"

"你怎么知道我是方夫人？"秦吱吱不解，难道她和方一正有夫妻相？

明月掩住樱桃小嘴，说道："方大人迎娶秦九的女儿为妻，落安镇无人不晓，方大人一进门就偷偷跟着方夫人，那关切的神态，我是不会看错的。"

"明月姑娘所言极是，大人对夫人呵护有加。"王汉点头赞同。

方一正并未辩解，直接说道："明月姑娘不如与我回衙门详谈。"

"不可。"秦吱吱抬手阻拦，"明月姑娘不能去衙门，或许凶手与月浓花坊有千丝万缕的关系，明月姑娘若是贸然前去，恐怕会打草惊蛇，弄不好要惹祸上身。"

明月咬住发白的嘴唇，说道："那凶手若是想杀我，动手便是。我与琉月在黄泉路上为伴，也不会孤单。"

秦吱吱拉起明月的手，安慰道："命最为重要。今夜大家都在忙碌送花宴，海棠苑暂时无恙，你可以将所知的一切讲出来。"

第四章　琉月

明月望着袅袅的烛光，讲述着过往。

原来，在三年前，她与琉月同日出台，为月浓花坊赢得了满堂彩，却引来了当时的花魁——宝月的不满。宝月为人阴险，多次出手暗中谋害两人，琉月心高气傲，不肯顺从宝月，吃了不少的苦。

"有一次，宝月将石灰掺入琉月的沐汤，害得她浑身烧得通红，多亏花姨娘请了醋坊的老师傅，才医好了她。但琉月落下不能吃醋、不能饮酒的病根，花姨娘因此重罚了宝月。但宝月毕竟是月浓花坊的花魁，也是花姨娘的摇钱树，很快她又被放了出来。那时候，琉月找到我，暗中与我结盟，对付宝月。我们联手后，抢了宝月'月中仙子'的名号，将她彻底打败。"明月说道。

"你们是那个时候交心的？"秦吱吱不动声色地问道。

"算是吧，毕竟未出台之前，说不上几句话。琉月和谁都不亲近，连贴身的丫鬟都躲得远远的，得了个'冰美人儿'的称谓。"明月轻轻拂过鬓上的流苏，眸中的光彩缓缓散去，"只可惜，冰总会融化的，再美的容颜，也有老去的那一日。我和琉月扳倒宝月之后，深知一家独大是花坊的忌讳，为了不重蹈宝月的覆辙，我们故意互为竞争，表面不合，暗里互助。"

"宝月哪里去了？"方一正追问道。

"宝月受不住一落千丈的境遇，成了黄员外第十房小妾。"明月轻抚额头，"也算是有个好归宿。"

秦吱吱顿了顿，原来黄员外的第十房小妾出自月浓花坊。

明月继续说道："宝月走后，月浓花坊唯我和琉月身份尊贵。我擅长书画，琉月擅长琴棋，日子过得还算不错。可是好景不长，琉月自从认识了湘公子，性情大变。"

"她想随湘公子离开月浓花坊？"秦吱吱径直问道。

"或许是，或许也不是。"明月同样疑惑，"湘公子颇为神秘，每次来时，总是戴着白纱斗笠，举止言谈彬彬有礼，出手阔绰。而且每次来花坊，只点琉月一人，只有莘月无意中见过他的真容，据说是个温润如玉、清秀优雅的富家少爷。"

"那湘公子是何方人氏？为何不以真容示人？"方一正抓住疑点。

"那湘公子听口音，应是静江府人。"明月解释道，"来花坊取乐的男子，形形色色，各有不同。有的是明目张胆，大摇大摆；有的是偷偷摸摸，畏首畏尾。湘公子倒不像是胆小之人，但流连烟花之地，还是有损清誉的。就像大人来，不也是乔装一番吗？"

"琉月有没有向你提过湘公子的过往？"秦吱吱转而问道。

"湘公子半月左右会来一次，最长也不过一个月，算不上常客。琉月从未提过湘公子，花坊都是些闲言碎语。大致是湘公子是官宦之后，有家室，酷爱下棋，来找琉月，就是为切磋棋艺。"明月拂过桌案上的棋盘，"每次湘公子走后，琉月就像变了个人，关门闭客三五日，花姨娘拿她也没有办法。"

"或许琉月对湘公子已萌生爱意。"秦吱吱轻轻敲打规矩的棋盘。

"我觉得琉月对湘公子是有情的。"明月羡慕地说道,"之前,我认为两人是逢场作戏,但是琉月亲口对我说要和湘公子远走高飞。"

秦吱吱挑起柳叶弯眉:"湘公子要替她赎身?"

明月摇头道:"琉月是月浓花坊的摇钱树,花姨娘不会轻易地放她走,她的意思是和湘公子逃走。琉月说,是湘公子提议带她走的。不过,人算不如天算,世道这么乱,琉月到底没有逃过花坊女子的身份和命运。"

明月顿了顿,谨慎地朝着外厅看去,悲伤地说道:"就在琉月逃走之前,出了事,琉月被破了身,她也变得郁郁寡欢。"

"她不是卖艺不卖身吗?"秦吱吱糊涂了。

"嘘,小点儿声,花坊中,谁也不知道此事。"明月微微俯身,白皙的手指抵在唇边,胸前真是春光一片,诱惑难挡。

秦吱吱傻了眼,满脸羡慕,又低头看看自己,人生处处不公啊。她偷偷瞄向面不改色、丝毫未动的方一正。装,真能装。不对,一个可怕的念头涌现,他不会有隐疾吧?

秦吱吱越想越不对劲,假成亲,不碰自己,和离,对女子没反应,这绝对是有隐疾啊。

方一正觉得秦吱吱的眼神怪怪的,问道:"你没事吧?"

"没有,没有。"秦吱吱及时转回正题,"琉月既然是清倌,花姨娘又怎么逼迫她接客呢?"

明月凄楚地压低声音,说道:"恐怕花姨娘也是无可奈何,花坊里卖艺不卖身的清倌贵在一个清字,清倌不仅要容貌出众,更要有才艺傍身,既有出淤泥而不染的风采,又有冰清玉洁的性情,这样才会吸引众多沽名钓誉的追随者。清倌的冰清玉洁最为摄人心魂,所以清倌的处子之身也是必然要守住的,这也是吸引客人之道。"

秦吱吱恍若大悟地捂住嘴说道："你的意思是，琉月被人侮辱，花姨娘为保住琉月的清倌名号欺瞒了下来。是谁？"

明月说道："三个月前，花坊来了贵客，连仆人都是自己带来的，花姨娘也只能远远地站着，不能上前侍候，大家都猜测此人是月浓花坊背后的金主，那位金主酷爱下棋，花姨娘便举荐了琉月。琉月被关在金主房中整整三日，才被放出来，我偷偷瞧过，琉月被折磨得不成样子，是被人扛回海棠苑的。琉月原本就心高气傲，哪能受得住如此侮辱？自那以后，整日都郁郁寡欢，闷闷不乐，甚至要寻死，花姨娘也没有办法。"

方一正侧目："花坊女子也是人，哪能任由他欺凌？"

"那位金主甚为神秘，没住几日就走了，都说是京城中的大人物。"明月叹气道。

"近来，静江府并没有迎过朝廷大员。"方一正陷入沉思，"这么说，琉月姑娘的死和湘公子有关？"

"这就是问题的关键，琉月被欺凌后的数日，湘公子如约而至，两人之间还算平和。"明月面带忧色地讲述，"谁知道湘公子第二次登门，两人在海棠苑大吵一架，花坊很多姐妹都听到了。之后湘公子甩袖而去，足足两个月都没有来过，琉月寝食难安，整个人都瘦了。还好，中元节那日，湘公子又来了，却只坐了半盏茶的工夫便走了。不久就有人在溪园发现了琉月的尸身。"

"如此说来，湘公子的嫌疑最大？"秦吱吱看向明月。

"可是湘公子走后，琉月心情大好，还在河边与我们一同放了荷花灯呢。"明月不解，"琉月当时的心情特别好，我亲眼看到，她将一个'湘'字放到灯中，希望能和湘公子永结同心，但因为她放的荷花灯太大，为了让荷花灯飘得远点，她在河边费力扑水，弄湿了衣裙，花姨娘知道她身子弱，便让她先回去了。"

"她先回的花坊？"方一正追问。

"对，她先回花坊换衣裳。"明月坦言。

"那你们是何时回花坊的？"秦吱吱提起精神。

"半个时辰左右，因为夜深，又没有什么客人，我们早早回房睡了。"明月回忆，"我回去时，海棠苑并没有掌灯，我以为琉月已经睡了。可是打更的沈二发现琉月死在了溪园。沈二胆小怕事，跑出去报官，被花姨娘训斥。"

"也就是说，琉月是在你们回到花坊前的半个时辰里遇害的。"秦吱吱自言自语，"她丢了什么东西？"

明月蹙眉摇头道："我偷偷查验过琉月的遗物，一切都在，就是少了一本棋经。那本棋经琉月视为珍宝，整日不离手，连睡觉都要放在瓷枕下面压着，连我也只看过一眼。是些残棋、死棋之类罢了。后来听侍奉琉月的丫鬟小蝶说，那本棋经在中元节的晚上送给湘公子了。"

"棋经算不得值钱的宝贝，一定另有隐情。"方一正微微颔首，"湘公子会来今夜的送花宴吗？"

明月漠然地摇头："我也很好奇，今夜的送花宴上他会不会出现。毕竟送花宴是我出的主意，就想将所有人聚到一处，从中找出杀害琉月的凶手。"

"果然是好办法。"秦吱吱钦佩地看向明月。

"大人，夫人，送花宴快开始了。"门口的王汉进门禀告。

"还请两位移步送花宴，早日找出杀害琉月的凶手。"明月款款一礼，"在此别过，有事可择选他日，再行详谈。"

"一切小心。"秦吱吱关心地嘱咐。明月小心翼翼地走出海棠苑。

"王汉，你先把这些东西安顿个地方，我回去换装。"秦吱吱迅速地摘下身上的金银赘物，弄得手腕脖子通红一片。

"我看你还是不要去了。"方一正冷冷地说，"免得打草惊蛇，耽误办正事。"

"我为什么不能去？别忘记我们之间的约定。"秦吱吱偷偷溜出门，回到梨花苑。莘月还在呼呼大睡。

秦吱吱麻利地对着铜镜涂涂抹抹，又成为风流倜傥的公子哥。她用最快的速度奔向后院。

好大的场面！

后院有个大戏台，戏台建在湖中央，连接九曲蜿蜒的细流。

此时，宾朋恩客座无虚席，各个左拥右抱，毫无悲恸之意。

戏台角落，一袭白裙的明月弹奏着高山流水觅知音的曲目。

戏台中央摆着一张大木床，铺满鲜花，根本看不到琉月的尸身，三五个婀娜的女子挎着花篮，扬撒着花瓣，花姨娘穿梭着招呼客人。

人走茶凉，不过如此。秦吱吱开始找寻方一正的身影。

方一正静静地坐在戏台东边的角落，自斟自饮，看上去很寂寞的模样。

秦吱吱眼珠一转，计上心来，拦住左右忙碌的小龟公，塞了几两碎银子，小龟公频频点头，满脸献笑道："公子放心，我会找来花坊最漂亮的姑娘。"

秦吱吱抿嘴微笑，花坊虽小，却包含大千世界形形色色的人，连小小的龟公都如此市侩。花坊里最漂亮的姑娘此时都在戏台上，可惜一个死的，一个活的。

不过，小龟公办事还算稳妥，方一正身边坐了两位妖娆丰满的女子，就是年纪大了点。

"秦公子。"莘月气喘吁吁地追来，"秦公子好坏，把人家独自一个人扔下了。"

"我是想让你多睡会儿。"秦吱吱不好意思地说。

"秦公子，你真体贴。"莘月羞答答地拉起秦吱吱的手。

秦吱吱抬起头，刚好对上方一正无奈并无助的眼神。心情大好的秦吱吱随即展开风雅的扇面："莘月姑娘，陪我去那边坐坐。"

"好。"莘月引着秦吱吱走向方一正。

方一正见到秦吱吱来了，脸色更加沉暗，独自端起酒杯，一饮而尽。

侍奉在右边的红衣女子轻轻地倚向方一正，软声细语地说道："官人，花露醉要慢些喝，才能喝出香醇，若是喝急了，岂不白喝了？"

方一正欲推开她时，却对上秦吱吱笑盈盈的眼神，他反而揽过红衣女子丰腴的腰，抬高语调："多谢姑娘。"

这等姿色的大姐，也下得去手？秦吱吱有些失神。

这时，左边的绿衣女子轻蔑地挑衅道："呦，这不是小麻雀——莘月吗？有什么好消息，说给大家听听，也好乐和乐和。"

红衣女子随声附和道："你上次说百里香的胭脂便宜，姐妹们都去了，得了不少的实惠呢。"

"实惠是实惠，那胭脂的味道，实在是……"绿衣女子掩住口鼻坏坏地笑。

红衣女子更是毫不掩饰地大笑："那味道虽然重了点，但是和莘月极为相配。哎哟，莘月今夜怎么没有涂胭脂呢？如果不快些用，恐怕到八十岁也用不完呀。"

"哈哈，八十岁，那不是要带到棺材里了。"绿衣女子挽住方一正的手臂。

"呦，那还不如给戏台上躺着的那位。"红衣女子也故意靠过去，"听闻琉月破了相，花了脸，涂胭脂盖盖，最好不过了。"

"花姨娘铺了足足一尺厚的冰去保存琉月的尸身，冰里还有上百朵的玫瑰花瓣呢，与莘月的胭脂最相称。"绿衣女子指向戏台。

"绿月，红月，你们别得了便宜还卖乖，那是陈芝麻烂谷子的事情了。"莘月气得小脸通红，"我当时只是随便说说，是你们爱占便宜，怪不得我。"

"还不是你嘴快，百里香的那批胭脂和药材混了香气，贾老板就是故意说给你听的，没想到你真着了他的道。"绿月尖酸刻薄地说，"这月浓花坊谁不知道小麻雀莘月呀，莘月知道的秘密，不足一个时辰，全花坊就都知道了。"

"你们，你们……"莘月气得眼泪汪汪的。

忽而，花灯熄灭了一半，小河中素白点点。一盏盏小巧精致的荷花琉璃灯顺着河流穿梭在宾客中间，意境凄美。

"送花宴开始了。"莘月指向高高的戏台，方一正和秦吱吱同时望过去。

戏台两侧挂着一串串写着"琉"字的白纸灯笼。

"我的女儿呀！"戏台上传来花姨娘号哭的长调。

"花姨娘，打住。"台下一位身穿蓝绸长衫、肥头大耳的公子站了起来。

花姨娘收回酝酿好的情绪，拿开沾满辣椒水的帕子，问道："沈公子的意思是？"

"我们今日是为琉月而来，你就别故弄玄虚了，直接开价吧。"沈公子掏出檀香佛珠，套在脖子上，"我去庙里求了菩萨，特意请了条避祸的佛珠，今夜是势在必得。"

"你那算什么？"一位瘦小的公子从怀中掏出一座小金佛，"我这个才是真身，遇妖斩妖，遇鬼杀鬼，今夜我必定要带琉月走。"

"哈哈，你们真是没见过世面。"另一位年长的老头儿哆哆嗦嗦地从腰间解下一把巴掌大的木斧，"我这个是当年钟馗用过的，定能牵住琉月姑娘的魂魄，与我夜夜笙歌。"

秦吱吱差点儿一口气没上来，老不正经的，还夜夜笙歌。一场送花宴，真是演尽人间丑态。

方一正更是双拳紧握，险些拍案而起。

戏台上的花姨娘露出市侩虚伪的本相，说道："既然大家都是有备而来，我也不卖关子了。大家放心，我花重金请了茅山大师为琉月安魂，哪里有什么妖魔鬼怪？琉月既然去了，希望各位昔日的恩客能念旧情，领琉月回去，给她一个安身之处，带她脱离花坊，也算是告慰她的在天之灵，这起价嘛——"

花姨娘举起戴着猫眼绿的手指头："一千两银子。"

"银子好说，我们就是来捧场的，只是竞拍之前，花姨娘得让我们看一眼琉月吧。"戏台下此起彼伏的喊声。

"好！"花姨娘拍了拍双手。瞬间，戏台上的白纸灯笼熄灭一半，从天而降一道琉璃珠帘。秦吱吱和方一正都瞪大双眼，花姨娘搞什么鬼？

"这里曾经演过杜娘子的戏。"莘月轻声提醒道。

秦吱吱恍然大悟，传言杜娘子是一部精美香艳的禁戏，想必这小戏台内有乾坤。果不其然，伴随吱吱的响动，铺满鲜花的大床被徐徐抬高。

所有人都屏住了呼吸。

朦胧的烛光下，琉月穿着香色衣裙，额上描绘着小莲花，鹅蛋脸颊上还留着几朵娇柔的花瓣。整个人簇拥在花丛中，宛如熟睡的仙子。

"我出两千两！"沈公子率先举起小胖手。

"四千两！"白公子不甘示弱。

"五千两！"赵老爷不落人后。

"六千两！"白公子再次拍案。

"八千两！"沈公子一副势在必得的模样。

花姨娘笑开了花，摇旗呐喊道："八千两，沈公子出八千两！还有人高过八千两吗？"

"这些人是不是疯了？放着我们这些如花似玉的活人不要，偏偏花高价去争一个死人！"绿月恨恨地说。

"哎，琉月活着，我们争不过她，如今死了，我们还是争不过她，这就是命啊！"红月连连摇头。

"你们拿什么跟琉月比？"莘月终于逮到机会数落她们。

"是呀，我们唯一可比的就是命，至少我们还有命在。"绿月讥笑还击，噎得莘月哑口无言。

秦吱吱落寞地问道："你说，值得吗？"

"心爱之物，无价之宝。"方一正若有所思地端起酒杯。

"一万两。"一位久久不言的男子稳重地喊道。

"一个穷秀才，都没有见过银票，竟然敢喊一万两？"沈公子怒声奚落。

"是柳师傅。"莘月激动得站起来，"柳师傅来了。"

"柳师傅？"红月和绿月也喜悦地望去。一位身穿藏青衣袍的男子，深情地盯着戏台上的花床。

"他是——"方一正疑惑地问道。

"柳师傅在花坊教授琴艺。"莘月解释道，"一年前，不知道为什么，他离开了花坊，柳师傅是个好人。"

"他不但为人和气，才华横溢，而且从来没有瞧不起我们，我们花坊里的姑娘都很尊重他。"红月痴情地盯着柳师傅，"只可惜柳师傅命薄，家中败落，否则哪能委屈当琴师。"

戏台上传来花姨娘愤愤不平的嘲弄声："柳师傅，你来做什么？想拆老娘的台吗？"

柳师傅无视所有质疑的眼神，从怀中取出一叠银票，缓缓走上戏台。忽而，他手臂一扬，银票纷飞落地。

"哎哟，哎哟……"花姨娘贪婪地捡起银票，"柳师傅赢得琉月！"

后院沉寂无声，戏台下的公子哥和老爷们，谁也没有想到会被昔日穷酸的琴师拔得头筹。秦吱吱的火牙隐隐作痛，有种不祥的预感。

她努力地睁大眼睛，模糊地看到柳师傅已经走到琉月身边，轻轻在其脸上不停地抚摸着，整个人都沉浸在巨大的悲恸中，如戏如梦，亦幻亦真。

突然，一道白光刺痛众人的双眼，琉月身上突然燃起亮白的火苗，慌乱中的柳师傅不停地奋力拍打，但火势越来越大，柳师傅生生成了火人。戏台上的两团火融为一团，在漆黑的夜里，晃得人睁不开眼睛。

"着火了！"送花宴乱作一团，宾客们纷纷逃窜。

"救火！"花姨娘连滚带爬地跑下戏台。丫鬟和小龟公们用瓷碗、碟子等手边的小物件舀水灭火，但无疑是杯水车薪，无济于事。

眨眼的工夫，柳师傅便倒在琉月的花床上，不见了踪影。秦吱吱想去救火，被方一正按下。

"你做什么？"秦吱吱执拗地挣扎。

"来不及了。"方一正眉峰紧锁。

"试试再说！"秦吱吱跑去救火，方一正不放心地跟了上去。

天空渐白，火终于灭了，空气中散发着呛人的气味。

秦吱吱直起腰，抹了把黑漆漆的小脸，深深地喘口气，她好像看到了一个神秘的白衣身影："湘公子？"

"在哪里？"方一正四处张望。

秦吱吱指向前院的红柱，方一正顺眼望去，红柱前却空无一人。

"你太过劳累了。"方一正扶住单薄的秦吱吱。

"我没眼花。"秦吱吱揉了揉眼睛，"我看到了斗笠，一定是神秘的湘公子。"

"我会让王汉和唐狄去查。"方一正说道。

真是说曹操，曹操就到，话音刚落，唐狄和王汉从前院跑了进来。

"大人，夫人。"王汉看着狼狈不堪的两人，"你们没事吧？"

"无碍。"方一正摇摇头。

"我回县衙送证物，耽搁了时间，让大人和夫人受苦了。"王汉后悔地举起双手，深深一礼。

"意料之外的一场火，你不用自责。"秦吱吱满不在乎地摆手说。

神色凝重的唐狄上前一步："大人，我已经查到城郊空墓的主人，是棋局山庄的小姐，宁香蕗。"

"棋局山庄？"方一正自言自语道。

"正是。"唐狄仔细解释道，"宁家在落安镇有个带温泉的宅院，宁香蕗便是在此处染病而亡，因为她还没有出嫁，不能葬入祖坟，就近埋在城郊的树林，听闻宁庄主体弱多病，还不知道偷尸掘坟一事。"

"待处理完这里，你随我去棋局山庄走一趟。"方一正若有所思地说道。

"我们不是各有分工吗？"秦吱吱扫了扫身上的黑灰，"你先忙去吧。"

"可是，"方一正叹息地看过戏台，"琉月和柳师傅的尸体已经烧毁，如何检验？"

"说此话，还尚早。"秦吱吱连蹭带踹地爬上戏台，毫无淑女形象的行为，镇住了众人。

"大人？"唐狄目瞪口呆地看着方一正。

"一同上去瞧瞧。"方一正使着眼色，棺材铺家的女子果然是真性情。

三人也费力地跳上戏台，眼前狰狞的一幕让人不敢直视。两具冒着热气的尸体分辨不出原来的模样，从尸体内部渗出的血水和尸油顺着残缺的床腿滴滴答答流下来，似乎还有肉香。

"呃……"王汉险些呕吐。

方一正侧过身，在花床背面发现一个瘦小的身影，正低着头，在厚厚的黑灰上画着什么。棺材铺家的女儿胆子大得上了天。

第五章　证据

"保护现场。"秦吱吱毫不客气地指挥唐狄，"你去拿绳索将戏台围起来，任何人不得入内。"

"是。"唐狄听话地去寻绳子。

秦吱吱又吩咐王汉："你去台下西角的第三个桌子，去找一找柳师傅曾经留下的线索。"秦吱吱惋惜地自言自语，"宾客乱走，估计留下的线索不会太多。你绕过第二个桌子，顺着小河，再转过那处盆景树，走到戏台上来。记住，路线不能错，不能放过任何线索。"

"夫人放心。"王汉得令而去。

方一正疑惑地看向秦吱吱，说道："你的记性倒是不错。"

"你也别闲着，帮帮我。"秦吱吱开始在地上画线。方一正渐渐地明白了，她是在画柳师傅曾经站过的地方和戏台的布置。方一正也捡起一个碎碟子，凭借记忆，帮忙画线。

秦吱吱满意地拍拍手，说道："首先要保护现场，然后勘测现场，不能放过现场任何细节，如果能找出死者生前的活动范围，更有利于分析案情，进而尽快破案。你看……"

方一正脸色微变："画线的地方烧得最为严重，而四周却差了些。"

"那是柳师傅走过的地方，证明他的身上有助燃的引子。"秦吱吱坚定地说。

"酒？"方一正俯身捏起厚厚的黑灰，"酒是助燃最好的引子，昨夜的送花宴上，到处是酒香，大火是柳师傅故意燃起？"

"他有什么作案动机？"秦吱吱追问。

"和琉月共死？"方一正看向凄凉的花床。

"不对，那火分明是从琉月身上燃起的，柳师傅去灭火，反而引火上身。"秦吱吱回忆起昨夜的惊魂一幕，"或许有人在琉月身上做了手脚？不对，谁会害一个死人？"

方一正提到重点，说道："柳师傅自始至终都没有喊过一声救命。"

"他不但没有喊救命，似乎只喊过一声。"秦吱吱依稀记得柳师傅只在起火时，惊叫过一声，此后再没有喊过。

"他不疼？"方一正疑心重重。

"都是凡人，哪能不疼？"秦吱吱盯着血肉模糊、形如黑炭的尸体，"只有一个解释，那就是他的确是想和琉月一同赴死。琉月身上起火时，柳师傅奋身扑救，谁知道引火上身，但柳师傅停了好一会儿，眼睁睁地看着火烧起来。"

"不错，正是那份迟疑，让火苗瞬间将他包围。或许，他知道此火救不了。"方一正推断道，"那就是说，他知道凶手是谁。你记得他当时……"

"他当时看向那里。"秦吱吱指向通往前院的廊厅红柱。

"湘公子？"方一正接着推断道，"昨夜湘公子不但来过，而且隐在暗处，看到了柳师傅和琉月被同时烧死。"

秦吱吱将目光落到花床上："将尸体搬回去，我要验尸，快过来帮忙。"

"唐狄，取些麻布来。"方一正见秦吱吱动了真格的，立刻吩咐下去。

"是。"唐狄一边答应，一边推搡着前来的莘月。

"秦公子，秦公子！"莘月不停地呼喊。

此刻，秦吱吱发鬓凌乱，露出女儿家的真容。毕竟骗人在先，她有点儿不好意思："莘月。"

莘月捧着月白色的袍子，震惊地说道："秦公……"

"这是方夫人。"朴实的唐狄介绍道。

"叫我吱吱吧。"秦吱吱俏皮地使了个眼色。

"方夫人，我回去换件衣裳。"莘月恍然大悟。

"不必，这件刚刚好。"秦吱吱接过袍子，优雅地披在身上，"多谢莘月姑娘。"

"秦公子……不，吱吱。"莘月偷偷在秦吱吱的耳边说，"湘公子来了，给了花姨娘一笔银子，拜托花姨娘好生安葬琉月。"

"人在哪里？"秦吱吱焦急问道。

"已经走了，花坊里好多姑娘都看到了，听闻湘公子在海棠苑坐了好一会儿，情真意切，几度哽咽，真是重情重义的男子。"莘月红着眼睛，"琉月真是命薄，哎，无福无命呀！"

秦吱吱想了想，说道："莘月，你能帮我个忙吗？"她对着莘月轻轻耳语。

莘月连连点头，笑道："吱吱姐放心，这个我最在行了。"

看着莘月离去的背影，秦吱吱开始整理花床。

"这些要全部带走？"方一正惊愕地问道。

"对，全部带走。"秦吱吱脱下干爽的衣袍，铺到戏台上，"麻布来不及取了，就用衣袍代替。从现在开始，我拿的每块尸体，你都要看好，能做到吗？第一块，疑似头骨和颈部。"秦吱吱用小木板小心翼翼地托起烧焦的骨头，"骨节较大，应该是柳师傅。"

"还是我来吧。"方一正总觉得这种活儿不适合姑娘家做。

"第二块，疑似内脏。"秦吱吱低头闻了闻，"过火了，真可惜。"

方一正下意识地后退几步。秦吱吱露出一对小梨涡，心想一点儿幽默感都没有。在凶案现场，面对逝去的生命，更要珍惜美好的生活，千万不能沉浸在悲伤浓重中，适当的调侃和放松可以缓解紧张的情绪。为死者申冤才是对死者最大的敬畏。仵作也是人，面对死亡，必须要有强大的信念和执着。

"第三块，疑似……"秦吱吱扬起手，"你说这是什么？"

方一正仔细看了看鸭蛋大小的肉块，沉思片刻道："女子的胞宫？"

"从取的位置来看，应该是胞宫，也就是子宫。"秦吱吱疑惑，"你怎么知道？"

"我翻看过闲杂的医书，还……"方一正红着脸，"还看过屠夫杀猪。"

"不错，继续……"秦吱吱开始忙碌。

这时，王汉沮丧地回来了，说道："启禀夫人，我仔仔细细找过三遍，一无所获。"

"意料之中的事情。"秦吱吱盯着混乱无序的台下，昨夜宾客都是慌乱离去，破坏了案发现场，很难留下线索。

"我在第三张桌子下发现了这个。"王汉捧着手帕。秦吱吱闻了闻白色颗粒状的泥土，捏了捏，若有所思。

"是盐吗？"方一正盯着白色颗粒。

"的确是盐。"秦吱吱肯定地说，"不过不是佐料，而是另一种盐。唐狄回来了。"满头大汗的唐狄抱着一大摞苎麻白布走向戏台，说道："大人，只找到这些。"

"够了。"秦吱吱将花床上厚厚的炭灰和杂物放到布上。

"你要干什么？"方一正不明白这种奇怪的做法。秦吱吱顾不上清秀的形象，埋下头一顿刨灰，弄得灰头土脸。

"夫人，我来弄。"忠厚的唐狄挽起衣袖道。

"唐狄，你将这些用最快的速度送回衙门。"秦吱吱阻拦道，"若是别人问起，你就说是炭灰，要用来埋在地里种花的。"

"照说就是。"方一正沉着脸，真是难得，棺材铺家的女儿还懂得种田。

秦吱吱懒得解释，自顾着低头刨灰，动作相当麻利，她满意地将白布裹成小包："大功告成。"

"是啊，人已经到了。"方一正指向台下。明月走了过来，她双眸红肿地哭道："琉月的命好苦啊，多年相处的姐妹，今日竟成为一捧灰，这叫我如何不悲伤？"明月越加悲伤，哭诉道，"听莘月说，杀害琉月的人竟然是柳师傅。柳师傅心仪琉月，琉月移情湘公子，最终酿成昨夜的惨剧。如此说来，此案便已经告破，真相大白了？"

方一正一脸疑惑。秦吱吱径直说道："莘月所言不假，柳师傅的确是因爱生恨，昨晚，故意设下圈套与琉月同归于尽的。"

"那柳师傅的银票是从何而来？"明月直奔疑惑，"我瞧过花姨娘的一万两银票，是盛丰联上月新出的银票。柳师傅贫困一生，怎么会有如此大笔的银子？"

"此案涉及太多，结案时，会逐一解释。"秦吱吱偷瞄方一正一眼，只见他冻得直打哆嗦。

明月压低声音说道："不知方夫人是想欲擒故纵，还是想草草结案，为方大人博取政绩？"

秦吱吱满脸无辜地微笑道："人都已经烧成灰了，欲擒故纵如何？博取政绩又如何？你既然是明白人，就应懂得'难得糊涂'四个字的含义。"

明月脸色骤变，反驳道："难得糊涂？方夫人真是能言善辩，没想到我信错了人，高看了你们。胡乱判案，你算什么清明为官？"

"明月姑娘……"方一正欲解释，秦吱吱拦住了他。

明月语气哀怨地说道："花坊事情多，我先回去了。"转身愤怒而去。

方一正讽刺道："没想到你撒起谎来眼睛都不眨一下。"

"你懂什么？这是在迷惑凶手。"秦吱吱的话还没说完，肚子不争气地叫了起来。

方一正踏步而行，说道："若想填饱肚子，就省些力气。"

为了口粮，姑且忍了，秦吱吱满脸不情愿地追了上去，坐上王汉赶来的马车。

一路上晃晃悠悠、颠颠撞撞，好不容易到了县衙。

在门外等待的唐狄迎上来，禀告道："大人，夫人，顾师爷到了，在茶房。"

"他在茶房做什么？"秦吱吱听出唐狄话里有话。

"验尸。"唐狄着急地回答，"顾师爷已经进去好一会儿了，带了一大桶清水，说什么要洗尸。"

"洗尸？"秦吱吱直接蹦下马车，一瘸一拐地大喊，"叫他马上住手！"

方一正忙跟了上去，"秦吱吱，休得无礼！"

秦吱吱三步并作两步地跑进茶房，伸出双臂挡在木桶前面，大声："住手！"

"哪里来的要饭花子？竟然到县衙胡闹！"顾师爷趾高气扬地痛斥。

"顾师爷，这是秦吱吱。"追来的方一正无奈地解释。

"夫人……"发鬓泛白的顾师爷仔细地打量秦吱吱的小花脸，双手轻轻拱起，"老夫眼拙，还请方夫人见谅。"

"见谅好说，不过，你必须停下来。"秦吱吱费力地从木桶中捞出两节湿漉漉的碎骨头。

"大人，"顾师爷故意提高声调，"难道县衙里改了规矩？"

"顾师爷误会了。"方一正谦恭而语，"此番尸体烧得厉害，我本不想带回来，是吱吱坚持要带回来，不知顾师爷是否有办法检验？"

"那是自然。"顾师爷高傲地仰起头，"顾家祖传的仵作铁卷可不是浪得虚名的。"

方一正有些神情踌躇，秦吱吱担心地跺脚道："完了，完了！"

"夫人何出此言？"顾师爷面露不喜。

秦吱吱叹息地说道："火烧后的尸骨上附着黑灰，我本想根据灰的成分，找出因何着火。现在洗个干净，这法子根本不行。听闻顾师爷染病未好，还是去歇一歇，别染上尸毒……"

"秦吱吱！"方一正拉扯秦吱吱的衣襟。

顾师爷惊愕得张开嘴，说道："书中早有记载，火烧后的尸骨必须用清水洗净，才可看清尸骨的颜色，从而判断死者的死因。你倒是说说看，老夫哪里错了，别以为会做棺材，就会当仵作！"

秦吱吱笑道："顾师爷说反了，我不会做棺材，只会验尸。若是如顾师爷所言，微小的细节被清水洗净，直接看尸骨颜色，那还检验什么尸体？其实看清尸骨颜色有很多办法，并非要用水洗。取醋来，我要醋酸，越多越好。"

"我去取。"王汉早就看不惯顾师爷倚老卖老的样子，今日真是痛快。

"大人！"顾师爷看向方一正。

"不如先让秦吱吱试试，如果不行，再请顾师爷出山。"方一正深知顾师爷的脾性，但看到秦吱吱认真的模样，心中的天平默默地倾斜。

"既然大人袒护夫人，老夫也无话可说。但丑话说在前头，天底下，这烧焦的尸骨只有我顾家有办法验得明白，今日不用我动手，他日也休想请我出山。"顾师爷拂袖而去。秦吱吱连头都没有抬，一心看尸骨。

"老吾老以及人之老！"方一正语气微重。

"我没有不尊敬老者的意思，但事事都以经验之谈压制别人，那就是倚老卖老。"秦吱吱出言反驳。

"希望你不要让我失望。"方一正盯着墨黑的灰水。

"那是自然。"秦吱吱将几节碎尸放在王汉取来的醋酸中，碎尸顿时变了颜色，还不时地冒出细小气泡。

"中毒？"方一正神色凝重地问。

"不是。"秦吱吱夹起一小块，"醋酸和骨起了反应，都会有变化，你瞧……"她指着碎尸上密密麻麻的白泡泡，"如果气泡均匀，证明死者生前没有中毒，身体一切正常，而且这样的死者大多是青壮年，以男子居多；若气泡分布不均又很少，证明死者生前骨质疏松，说明死者可能是老人或是生育过孩儿的女子；若只有零星气泡，证明死者生前长期服用过酸性的药物，包括救命的草药，也包括害人的毒药。"

秦吱吱将尸块放到木桌上，继续说道："这些只是粗略的检验、简单的推测。要是碰到无名尸骨，总结一系列众多的推测，通过排除法，才会找出更大的疑点，以助破案。"

方一正听得目瞪口呆。秦吱吱挽起黑乎乎的衣袖，说道："我要仔细检验，然后写一份详细的验尸结果。我去取工具。"

秦吱吱在茶房的角落抱起一个木箱子，熟练地打开。刀具、勺子、银针等器具一应俱全。

"这刀？"方一正顺手拿起长长的刀柄。

"这是刀柄，上面是刀片，刀片和刀柄是分开的，刀片有大有小，用途也不同。"秦吱吱指着尖头的刀片，"刀柄和刀片可以随意组合。"

"刀如此小？用起来会不会……"方一正盯着尖头刀片表示质疑。

"不会的。"就在秦吱吱和方一正闲聊时，房门大开，月浓花坊的李秋实走了进来。

"梁上君子。"秦吱吱说道。

李秋实没有说话，方一正警觉地问道："听你口音，并非静江府人氏，你是——"

"襄、樊。"李秋实清晰地说出两个字。

"啊？"方一正和秦吱吱皆是一惊，南宋子民谁不知襄樊呢？襄樊已经被围困三年之久，虽然静江府地处南隅，不知还能过几日的安生日子？

"你是逃出来的？"方一正关切地问道。

李秋实拱起双手，笑道："我自幼习武，不喜欢拘束，一个人独来独往惯了，整日四处游逛。前几日刚好来到贵地，碰到月浓花坊的案子，本想暗中帮助大人找些线索，没想到却弄巧成拙，还请大人见谅。"

"夫人。"甜美柔和的声音打破寂静，顾砚竹来了。

"我叫你砚竹，你叫我吱吱，省去烦琐，又显得亲近。"秦吱吱微笑道。

顾砚竹回应歉意地说道："我是来替爹爹道歉的，爹爹年纪大，脾气倔犟，还请吱吱姐海涵。"

没想到顾师爷竟然养出一个知书达理的好女儿，秦吱吱有些不好意思："我的态度也不大好。"

"这位是……"顾砚竹疑惑地问道。

"在下李秋实。"李秋实大声道。

第六章　验尸

茶房里的光线昏暗，遮住了顾砚竹双眸里的情愫。

"不如一起用餐吧？"秦吱吱摸摸空空的肚子。

"也好。"李秋实揉了揉头，他已经好久没有头疼了。

"我去帮莲姨。"顾砚竹喜悦地说。

秦吱吱抓住大好机会，说道："咱们先说好了，饭不能白吃，你要替我办件事情。"

"说吧。"李秋实冷漠地说道，"闲着也是闲着。"

秦吱吱直接说道："你帮我去查一查，柳师傅的一万两银票是从何而来。"

"好。"李秋实抬腿就走。

"不吃饭了？"秦吱吱大喊。

"先办正事。"李秋实没了踪影。

方一正愣住了，她真是个神秘的女子，总是给人惊喜，却让人不敢靠得太近。难道这就是星云师傅所说的缘分？

方一正的心乱了……

自幼在寺院居住的方一正养成了少言寡语、不善交际的性情，凡事都偷偷放在心里，反复琢磨推敲。

抛去男女之间的情感，她的确是个奇女子，世上哪有女子敢做仵作？

"你为什么要让李秋实去查案？"方一正问。

秦吱吱扫过方一正那身洗得发白的布衣，伸出两根手指头，说道："世间的朋友有两种，一种是路遥知马力，日久见人心；另一种只需要相识。李秋实便是第二种，直觉告诉我，他是个值得交的朋友。别忘记了，他来自襄樊。"

"襄樊？"方一正顿住了。

"我怀疑他有头疾。"秦吱吱一语道破。

"你什么意思？"方一正追问。

"你我皆知，襄樊如今什么样子，襄樊到这里有多远，他却只字不提，并非他不提，而是他故意忘却。"秦吱吱淡定地说道，"我认真看过他的瞳孔，分明是失忆的表现。别忘记了，那里在打仗，打了好久。"

战乱，方一正熟读圣贤书，维护正统之心天地可鉴。他直接说道："昨夜未睡，你先休息吧。"

方一正走了出去。

秦吱吱偷偷溜回卧房，莲姨已经准备好了沐浴的热水，她用最快的速度脱下衣袍，一头钻入木桶……

秦吱吱用餐的时候，顺口问道："方一正呢？"

"有人来报官，说是镇上的老井发现了尸首，大人去查案了。"莲姨为秦吱吱添了碗热粥，"听说死者是个开客栈的寡妇，哎。"

"莲姨，寡妇并不让人笑话，如若有合适的男子，你可以再嫁的。"秦吱吱真心劝慰道。

"使不得，我在夫家坟前发过誓言，此生不会再嫁。"莲姨激动地不停地摆手，"我现在已经很知足了。"

"你是好人，一定会幸福的。"秦吱吱被莲姨的善良所感染。

"只要你们幸福，我就幸福。"莲姨疼惜地拂过秦吱吱湿漉漉的长发，"趁着我身体还行，你们早点生个孩子。哎呀，大人特意交代，不能告诉你凶案的事情。"

秦吱吱急匆匆地往外跑，和迎面的方一正撞个正着。

"你！"秦吱吱吱指责道，"落入井里的尸首呢？"

"停放在城西的义庄。"方一正不动声色。

"为什么不拿回来检验？"秦吱吱不解地问。

"夫人，大人认定此案有疑点，但死者的公婆死活不让验尸，所以只能暂时停放在义庄。"唐狄解释。

义庄？秦吱吱最熟悉不过了，每隔几日她就会跟随爹爹去义庄送棺材，送去那里的棺材大多是最便宜的薄皮棺材，因为停放在义庄的尸首大都是贫困人家或是客死他乡的冤魂。

爹爹为了给她积善缘，薄皮棺材都是白送的。

"死者不是客栈的老板娘吗？怎么会寒酸到停尸义庄？"秦吱吱质问。

"确切地讲，客栈的老板是死者的公婆。"唐狄唉声叹气，"可怜那一对儿女。"

"到底怎么回事？"秦吱吱满脸不解。

"那死者是落安镇的刘寡妇。"唐狄应声道，"丈夫前年刚刚因病去世，她守着一对儿女与公婆一同生活，听闻因家里琐碎事情，受到了公婆的指责，公婆扬言要收回客栈，将她赶出门去，刘寡妇一时想不开，便投井自尽了，但……"

"唐狄。"方一正大声制止，"你也劳累一日，快去歇息，准备随我远行。"

"哦。"唐狄看了眼秦吱吱，满脸无奈地离去。

秦吱吱正听到兴头上，却被方一正阻止，气得牙痒痒。

"睡好吃饱了？"方一正瞥了眼满脸不高兴的秦吱吱，"干活儿。"

两人走进茶房，开始忙碌，一切都有序地进行着。

秦吱吱一边拿着剔骨刀，一边若无其事地问："你是不是发觉刘寡妇的死不是表面那么简单？"

"刘寡妇不过二十几岁，守着一对儿女开着客栈，生活富庶，断然是不会因为受了几句公婆的指责就投井自杀的。"方一正仔细看着秦吱吱准确狠绝的刀工，默默地回答，"从尸身表面来看，头在井下，脚朝上，无肚腹涨，无脚底皱，无甲缝泥沙，身上无擦痕，不像是自杀，极有可能是被人推入井底身亡的。"

"或许真是她自己投井呢？"秦吱吱用力地掰开头骨的上下颌，试探地问道。"若是她自己投井，落水后，势必会挣扎，气脉往来，撺水入肠，腹中定有积水。"

方一正加重语气说："我用力按压过死者的腹部，并无积水。报案人账房先生和刘寡妇的公公一口咬定死者是投井自杀。"

"他们为何如此肯定？"秦吱吱瞄了一眼方一正。

"因为刘寡妇身上钱财都在，而且死后双眼微开，双手握着半拳。"方一正细心解释。

"如果是自己投井，双手的确是呈握拳状态。"秦吱吱若有所思地将头骨整理干净，放入清水中。

"所以我也一直想不通，刘寡妇到底是因何而死。"方一正侃侃而述，"她双眼微开，似乎死不瞑目，若是被人害了性命，又为何双手弯曲僵硬？"

"你可曾为她验伤？"秦吱吱凝眉问道。

"那眼老井许久不用，尸身已经在井里泡了将近二日，浑身肿胀，肤色发白，我查验过，表面并无伤痕。"方一正微微叹气，"毕竟男女有别，死者又是寡妇，我也不好仔细验身。"

"那你为何不用红绸伞验伤？我怀疑她是被人勒死后，扔入井底的。"秦吱吱猛地用绳索套住方一正的脖颈，用力勒住。

方一正下意识地用双手握住绳索，试图将其拉下，怒声斥责："秦吱吱，你想做什么？"

秦吱吱缓缓地松开绳索，指着方一正弯曲的双手，说道："你瞧，若是在毫无防备下被人勒住脖子，她必定会用双手拽住绳索挣扎，那样双手便是微微弯曲的形状，咽气之后，手指便会保持半拳的姿态，即使泡在冰冷的井水里，也不会展开，就定格在半拳的瞬间。"

方一正听着秦吱吱新奇的解释，问道："既然是勒死，那她的双眼为何是微开而不是紧闭的呢？"

"因为她不信凶手会真的勒死自己，就像你刚才的反应，根本没将我放在眼里，但没想到凶手真的杀了她，最后她无力挣脱，只能认命。"秦吱吱转向方一正，直视那双深邃的眼睛，平静地说道，"人在死亡之前，会陷入一种浅度的昏迷，瞳孔自然地放大，这时眼底的血流迅速骤停，眼皮的力量达到最小，根本无力自主支撑住眼皮，才会睁眼而亡。换句话说，虽然死者当时睁着眼睛，事实上她已经失去意识，看不见任何东西，并不是什么死不瞑目，明白吗？"

方一正默默地点点头："你从哪里知道这么多？"

"我说了，我是宋提刑关门弟子的弟子。"秦吱吱大大咧咧地笑了。

"那宋提刑关门弟子是谁？"方一正又问。

"嗯，这个嘛。"秦吱吱想到爹爹，立刻摆手说道，"你明日拿着红绸伞去义庄，看看她的脖子上，是不是留有勒痕。"

"此法真的可行吗？"方一正面露踌躇道，"我只在书中见过用红绸伞验伤一说，不知此法是否有效。"

"明天你尽管去，此法可行，而且有据可依。"秦吱吱鼓励方一正道。

"什么依据？"方一正对秦吱吱有了初步的信服。

"嗯，实物的颜色，比如人的手，取决于两个条件，其一是：它能反射哪种颜色的光，其二是：用何种颜色的光来照射它。"秦吱吱仔细地讲解，"而透亮物体的颜色，比如红绸伞，是由它本身所透过和反射的颜色光所决定的。"

方一正轻轻点头，语调迟缓地说道："是不是《墨经》中所讲清水镜面的原理？若是照你的意思红绸伞借助的是天上太阳发出的光？"

"对，就是镜面的原理。"秦吱吱笑眼弯弯地说，"这世上大多数透亮的物体反射的色光跟透亮的色光是相同的。当各种颜色的太阳光照射到红绸伞上时，除了红光能够通过之外，其他颜色的光都被吸收了。而人体上的瘀血基本都是青紫色，在寻常光的照射下，不大明显，而在红光的照射下，就会呈现出浓重的黑色。"

秦吱吱将头骨从清水中捞出来，说道："红绸伞就像个过滤颜色的镜子，此法有据可依，你可以放心大胆地去做。"

"原来如此。"方一正神色愉悦地说道，"明日一早，我便去义庄。"

"最好午时去。其实此案并不复杂，若是依照我的推断，两个报案人最有嫌疑，他们即使不是凶手，也脱不了干系。"秦吱吱说道。

"你是说账房先生和刘寡妇的公公？"方一正震惊，"账房先生是读书人，屡考不中罢了。刘寡妇的公公读书不多，不过以读书自居。"

秦吱吱全神贯注地将茶壶中滚烫的热水倒入清理干净的头骨中，一针见血地说："最怕这种有点小学问又没大本事的人，如你所言，他不但一再误导你，而且极力反对你验尸，还反复强调刘寡妇是自杀，分明是心中有鬼。"

秦吱吱一边说话，一边低下头，仔细盯着从头骨的五官洞里流出的细沙。

方一正紧盯秦吱吱有条不紊地洗骨，说道："凶手为何要杀人？"

"杀人动机一般都是情仇爱恨、贪婪钱财，破案是你的本职，我只是一名小仵作，只能提供线索。"秦吱吱埋下头，舀起落入清水中的几颗白晶晶的沙粒，神情凝重地说，"这才是琉月姑娘的真正死因，她是溺水而亡。"

"不可能，溪园的水，你也看到了，只有及腰深，根本淹不死人。"方一正摇头反驳道，"琉月身姿修长，若是落水，只要站立，便可脱离危险，何来溺水一说？你是不是验错了？"

"清水洗沙是非常普遍有效的手法，我怎么能弄错呢？你瞧，这沙粒分明是从她口鼻中洗出来的。"秦吱吱指着盆底的沙粒。

"那这些沙粒会不会是死后进入口内？"方一正低头沉思，串联所有的案情。

"绝对不可能，溪园里的水虽然是活水，但流动缓慢，泥沙大多沉底，若是死后而来的泥沙，只会在口鼻浅处，根本不会进入鼻腔的深处。"秦吱吱指向头骨一处擦痕继续说，"她生前，额头曾经受到过猛烈的撞击，此等撞击必然会大量出血，进而导致暂时性的昏迷，或许正是琉月昏迷了，才会被凶手误认为死了，才慌乱地将其扔进水里的。所以，必须找到案发第一现场，那里留有琉月的血迹。"

"月浓花坊？"方一正眼前一亮，秦吱吱赞同地点头示意。

"难道琉月是被凶手扔进水中之后而苏醒并呛水而亡？"方一正与秦

吱吱视线交融，肯定彼此的推测。

"再看看这个。"秦吱吱切开一块焦红的碎肉，"她的左右双肺均有气泡，气泡中有细微的水藻，由此可见，她因溺水而亡是千真万确的。"

"那她为何不求救？"方一正随即想到最关键的问题，"如果她浑身无力，但只要喊出救命，或许还有一线生机，但花坊的人都说，什么都没听见。"

"或许是她自己想死，不愿意苟活于世，"秦吱吱盯着冷冰冰的头骨，生命如此脆弱，要且爱且珍惜。

方一正继续推测道："明月说过，她要和湘公子远走高飞，在河边放了一盏很大的荷花灯，她怎能寻死？依我看，是凶手将她按到水中，呛水窒息而亡。"

"即使凶手知道她当时未死，不过是昏迷不醒，那凶手怎么会用如此笨拙的手段来杀她？因为呛水是令昏迷的人快速苏醒的最好办法。"秦吱吱反驳道，"依我看，琉月生前见过的最后一个人——湘公子，最为可疑。"

"我已经安排唐狄去盯着琉月的衣冠冢，若是见到他，必定将他擒拿。"方一正夸奖道，"没想到你办案很讲策略。"

两人继续埋头干活。

"咦，这是什么？"秦吱吱轻轻地用小夹子夹起一粒粒大小不一、类似种子的东西。

"从哪里发现的？"方一正接过剪刀，将其放入清水，颗颗小种子沉入盆底。

"从位置上看，应该是琉月姑娘的胃。"秦吱吱从桌子上的小瓷罐中取出一勺面粉洒在发白的腐肉上，白肉瞬间变成墨色。

"她生前喝过酒。"秦吱吱笃定地说，"不过，明月说，琉月不饮酒。"

"或许是不常饮酒？"方一正夹起一颗小种子。

"绝对不是，依明月所说，琉月不是普通的不饮酒，而是对酒有反应。"秦吱吱总感觉哪里出现了错误，却找不到源头。

方一正并未在意秦吱吱的话，指向小种子，说道："这些是苦杏仁和樱桃核。"秦吱吱不解，琉月吃樱桃不吐籽吗？

"是不是苦杏仁和樱桃核有毒性？"方一正想了想，说道，"若是遇到酒，毒性发作得更快。正如你的推测，琉月是想自行了断。"

秦吱吱觉得可笑，摇头道："天底下根本没有食物相克的说法。"

"不可能，你读书太少，我去给你拿医书。"方一正转身走向靠着墙的书架。

"别。"秦吱吱伸手阻止，"若真有食物相克，那这几种食物要吃上万斤才会积累足够的毒素。试问，天底下，谁能吃得下？你若不信，我可以做个实验给你看，明天你去集市买几样相克的食材回来，我亲自品尝。"

"你——"方一正最终不得不放弃，"我信，你千万别试。"

"嗯。"秦吱吱心中偷笑，但反过来一想，既然连方一正都如此认为，琉月也会如此想，那样不就恰好证明琉月是想自杀吗？

"琉月吞食苦杏仁和樱桃核，本想自裁而亡，没想到被凶手撞伤而投入溪园的水中。琉月在溪水中醒来，但她本意想死，没有呼救，遂了凶手的意愿。"秦吱吱一气呵成，"若事实果真如此，那她在半人深的溪园中溺水而亡，便顺理成章了。"

"凶手定是她维护之人、熟知之人，即使不是湘公子，他也逃不了干系。"方一正应声而答。

"或许凶手就是月浓花坊中的人。"秦吱吱默默推测。

"凶手与琉月似乎有纠缠不清的情缘，甚至深情厚谊，才会让琉月有轻生的念头。"方一正也想不明白，琉月为何要寻死呢？

"火烧柳师傅和琉月的人，和对琉月下毒手的人，是不是同一人？"秦吱吱喃喃自语，她指向水盆中检验过的尸骨，"琉月的尸骨已经检验完毕，具体的细节，比如说牙齿数量等，你再帮我复查一遍。如果一切没有问题，你就可以记录在案了。"

"好。"方一正认真地低下头。原来做仵作如此轻松，她竟然一边验尸，一边与他讨论了沉尸案，样样都做得极好。

以往验尸，他都反复琢磨，推敲不定，不时地翻看古籍，生怕错过任何细节。但秦吱吱熟练快捷地用一个时辰做完了他一整天的事。

棺材铺家的女子，世间难寻第二人。

方一正缓缓放下笔，秦吱吱正拿着木棒在清水中不停地搅动，水中冒出小白气泡，并传出刺鼻的气味。

"这是？"方一正低下头。

"离远点。"秦吱吱阻挡靠近清水的方一正，"这是从柳师傅身上刮下来的尸灰。虽然我没有十足的把握，但也猜得八九不离十，这应该是白磷，换句话说，柳师傅身上有大量的白磷。"

"是术士炼丹用的白磷？"方一正惊讶地问道，"莫非是做法事的人留下的？"

秦吱吱顿了顿，说道："江湖术士总是利用白磷来装神弄鬼。你记不记得，火是从什么地方燃起来的？"

方一正凝神，缓言道："在琉月的脸上。我记得柳师傅的手颤颤巍巍地摸着琉月脸上那几片玫瑰花瓣，琉月脸上瞬间起了耀眼的白光，柳师傅用衣袖奋力去扑火，反倒引火上身。"

"对，白磷燃烧有三个特点，一是特别低的温度，温水的温度即可燃烧；二是燃烧时，有特别亮的白光；三是有刺鼻的气味。这场火恰恰满足以上三个条件。"秦吱吱举起三根手指，"白磷是柳师傅带来的。昨晚有风，花床周围都是白烛，即使烛光没有直接点燃白磷，就是硬烤，白磷也会燃烧。琉月脸上起火后，柳师傅试图灭火，火势却越来越大，他就停住了。因为他明白那火根本救不了，便直接倒在琉月身上，与其同死。只是柳师傅的衣袍都燃尽了，没有了线索。"

"柳师傅与琉月之间到底发生过什么？"方一正盯着散去气泡的清水。

"先等等李秋实的消息。"秦吱吱微笑道。

"算你有眼光。"一身清爽的李秋实出现在两人面前。

"你不会敲门吗？"正在拿剔骨刀的秦吱吱手一偏，切错了位置，刀上粘上了黏糊糊的东西，令人作呕。

李秋实似乎什么也没闻到。

秦吱吱将刀尖送到他的鼻前，李秋实毫无反应地问道："是糯米吗？"

方一正顿住了，他到底经历过什么？连嗅觉都失去了？

秦吱吱放下刀，递过眼神，径直说道："不是糯米，是汤圆，他生前吃过汤圆。奇怪，又不是上元节，他怎么会吃汤圆呢？好像还是花生五仁儿馅的。"

方一正的眸底愈发深幽，没有言语。

"从食物上来看，柳师傅在死前两个时辰内，饮过酒，吃过汤圆。"秦吱吱又抓起面粉，扔到切开的白肉上。

"送花宴是统一的酒菜，八菜一汤，并没有汤圆。"方一正看向秦吱吱。

"他是先吃过汤圆，来参加送花宴的呗。"李秋实双手交叉，护在胸前。

秦吱吱又认真地翻了翻从花坊搂回来的尸灰，用肯定的语气说："白磷极其危险，稍有不慎便会惹火上身，凶手若是想成全柳师傅和琉月同生共死的夙愿，定在两个时辰内与柳师傅见过面，暗中下毒手，凶手或许也吃过汤圆？"秦吱吱缩小了追查的范围。

"能在两个时辰内到达月浓花坊，就在落安镇附近。"方一正所管辖之地地广人稀，以地处中心的落安镇最为繁华，落安镇周围有零散的村落，百姓生活还算富庶。

秦吱吱开始埋头整理零零碎碎的尸骨，说道："手骨略微变形，这里嘛……"她拿起小斧子奋力地朝一块大骨头砸去，浑浊的液体从裂开的骨缝中流出，"腿骨中有积水，他得了痹症。"

"柳师傅的一万两银票到底从何而来？"秦吱吱问道。

李秋实笃定地回答："棋局山庄。"

第七章　并案

"棋局山庄？"方一正和秦吱吱面面相觑，那不是盗尸案中墓主人的家吗？这也太巧合了吧？

"他解开了水流云在的棋局？"方一正侧目问道，李秋实点点头，秦吱吱满头雾水。

方一正轻言解答："听闻棋局山庄风景秀致，布置巧妙，山庄中处处以棋子和棋盘为景致，尤其一处绝崖峭壁上，刻着残破棋局，相传无人破解。因峭壁下有清溪流过，从下向上望去，刻在峭壁上的棋局遥不可及，故名曰：水流云在。棋局山庄的宁庄主是高雅的读书人，每年都会在水流云在举办一次以棋会友的比赛，引得天下读书人到此，水流云在是小有名气的。"

"因为没有人能解开水流云在的残局，宁庄主悬赏了一万两银子。"秦吱吱若有所思，"柳师傅精通棋道，解了残局。"

李秋实点头道："我查到，柳师傅离开月浓花坊后，一直住在棋局山庄，教授宁庄主女儿琴艺，后来不知什么缘故离去。近日他又重返棋局山庄，解开了水流云在的棋局。宁庄主有言在先，柳师傅便得到了一万两银子。"

难道此案与盗尸案有关联？秦吱吱忙追问道："宁庄主的女儿叫什么？"

李秋实怔住了，摇头道："你也没让我打听宁庄主女儿的名字啊。"

方一正质疑道："你从哪里查到此事的？"

"这还不简单，自然是去钱庄打听，再顺藤摸瓜抓个棋局山庄的下人。"李秋实如实说道。

"钱庄都为金主保密，他怎么会告诉你真话？"方一正依旧满脸疑惑。

"他若是想要活命，自然会告诉我实情。"李秋实握住佩在腰间的宝剑，"这不长眼睛的剑架到脖子上，你说是命重要还是钱重要？"

"没错。盗尸案和月浓花坊的案子都与棋局山庄有关联，那我们就去趟棋局山庄。"秦吱吱清了清嗓子，"或许两件案子的背后是同一个凶手。"

"我随你去棋局山庄走一趟。"李秋实表示赞同，"我偷偷潜到宁庄主在落安镇的温泉别院，逮到个下人。据他说，温泉别院里一直住着个神秘的客人，那客人整日在房中，饭菜都是下人端到门口，待他用完餐后，再从门口将空碗拿走。"

"那位客人戴着斗笠？"秦吱吱想起了一个人。

"下人也没见过此人，据说那位客人喜爱泡温泉，温泉处烟雾缭绕，根本看不清长相。但宁家的两位小姐都与其交好，尤其是宁家大小姐，总是与其在一起下棋，尊称为先生，但是此人到底是谁，长什么样子，谁也不知道。"李秋实好似想起来什么，"对了，我想起来了，宁庄主有两位女儿，柳师傅便是给小女儿做琴师。"

方一正脸色微变："是宁香蕥。"

"对，就叫宁香蕤，据说数月前病死了。"李秋实缓缓回忆，"神秘人在宁香蕤去世后不久离开。"

"温泉、汤圆、神秘人……"秦吱吱自言自语道，眼神无意中落在碎尸上，恍然大悟道，"神秘人是柳师傅。"

方一正低沉地问道："柳师傅是杀害琉月和宁香蕤的凶手？"

"柳师傅是不是凶手不得而知，但他一定看穿了凶手，凶手便对他暗下毒手，演了一出生不同衾，死却同穴的好戏。"秦吱吱指向黏稠的白肉和砸开的碎骨，"你们看，柳师傅有痹病，关节处已经积水，走动多有不便，定是时常在屋内，不会到处乱走。浸泡温泉对风邪痹病极好，柳师傅离开棋局山庄到温泉别院教授琴艺，也是说得通的。只是，那汤圆？"

"他是从温泉别院泡过温泉后，来到月浓花坊的。"方一正十分笃定，"本地有一边泡温泉一边食汤圆的习惯，百姓会直接将汤圆扔进温泉里，汤圆煮熟后，会漂浮在水面上，供人食用，此种吃法也是为补充浸泡温泉时消耗的体力。"

秦吱吱想了想，问道："你还记得王汉在月浓花坊发现带有白色颗粒的泥土吗？"

"盐？"方一正脱口而出。

"对，此盐非彼盐，此物在温泉处最多。如果将我们目前掌握的所有线索连在一起，可以证明：城郊的盗尸案和月浓花坊案有千丝万缕的关联，秘密有可能就在棋局山庄。"秦吱吱眯着美眸，"咱们也去瞧瞧水流云在的美景。"

方一正舒展着浓密的眉毛，说道："去棋局山庄之前，还是先去趟温泉别院。那里是柳师傅生前最后逗留的地方，或许会留下线索。不过，去之前，先要解决义庄的事情。"

秦吱吱眼巴巴地盯着外面的太阳说道："走。"

突然，从李秋实身上掉出一面小镜。秦吱吱捡起小镜，放在眼前，方一正那张黑脸顿时被放大了好几倍。

"这是上好的水晶石磨成的。"方一正说道，"水晶石珍贵稀有，不知李兄是从何处得来的？"

"啊……"李秋实看到这面小镜忽然头疼起来，头撕裂般剧痛。

"无碍，无碍。"秦吱吱细声安抚，方一正取出一颗安神丸让李秋实服下，李秋实渐渐恢复平静。

"我刚才怎么了？"李秋实问。

"没什么。"方一正合上手中的卷宗，看向秦吱吱落在地上的影子，"时辰不早了，去义庄。"

三人坐上唐狄赶来的马车，一路闲谈，很快到了义庄。

义庄是间漏风漏雨的大茅草屋，茅草屋铺着厚厚的稻草，停放着三三两两的薄皮棺材，刘寡妇的棺材靠向角落停放着。

"大人，红绸伞。"唐狄送上朱红色的雨伞。李秋实挽起袖口，和唐狄一同将棺材搬了出去。

秦吱吱用手遮了遮耀眼的阳光，比了比距离，向对面的方一正点点头。

方一正会意地站立，避开阳光，在棺材盖上，缓缓撑起红绸伞。

棺木中刘寡妇苍白的脸瞬间变得晦暗。

"快看。"秦吱吱盯着刘寡妇脖颈上一道淡淡的青紫色勒痕，"这才是她真正的死因。"

"如若她是被人勒死，为何舌头没有露在外面？"李秋实疑惑地问道，"不是说上吊和被勒死的人，死后状态是相同的吗？"

"此话也对，也不对。"秦吱吱微笑着指向刘寡妇的脖间，"上吊和被勒死的人，虽然同为绳索所致，但实际情况大有不同。你瞧，这道勒痕在喉之上，舌头大多是抵在齿间，根本不会探出口外；若是在喉之下，舌头才有可能探出来，这和凶器绳索也有很大的关系，但并不是绝对的，只能具体案情具体分析，所有案情只能参考，不能照搬现用。"

"原来如此。"李秋实钦佩地看向秦吱吱，"那她到底是被什么东西勒死的？"

"是布帛。"方一正仔细看过勒痕之后，非常确定地直言。秦吱吱仔细地在尸体上寻找着蛛丝马迹。

"咦，这里好像是个咬痕。"秦吱吱发现一个淡淡的浅印，又不像是人的牙齿。

"是老鼠咬的？"方一正推断，"义庄的老鼠很多。"

"不是老鼠，这个牙印的齿痕清晰，而且短小，根本不像是又尖又利的牙齿咬上去的。"秦吱吱转向李秋实，"小镜能借我吗？"李秋实迟疑地递过小镜。

秦吱吱举着小镜，仔细查看着咬痕："应该是比牙齿更钝的东西。而且，她的指甲缝里有些东西。"

方一正忙递过去一把带钩子的小剪刀，并将帕子接在下面。秦吱吱小心翼翼地剪下指甲，并用钩子钩下一小块冒着血的肉。

"唐狄，取些清水来。"方一正细心吩咐。

"好。"唐狄应声而去。

不多时，唐狄端来半碗清水，说道："这是在河边舀的水，听放羊人说，这河水是山上的清泉水汇集的，入口有甜甜的味道。"

"多谢。"秦吱吱将带肉的指甲扔了进去。指甲缓缓沉底，清水的颜色由浅变黑。

秦吱吱用小指蘸了几下，放入口中，好苦，她急忙吐了几口。

这时，一群身着孝服麻衣的人哭哭啼啼地到了。

"可怜我的妹妹啊！"一个风韵犹存的女子扑倒在棺材上，号啕大哭，"人都死了，你们还想怎么样？"

"鬼知县，你到底想做什么，难道连死人，你都不肯放过？"一位老者气愤地戳向方一正的脊梁骨，"真是给天下读书人丢脸！"

"别以为当了知县就可以为所欲为，我们不怕你！"随行的一群人七嘴八舌地喊叫。

秦吱吱没吭声，看这架势，是刘寡妇的族人到了。即使是大家大姓，也不能如此辱骂官员，真是太不像话了。她要为方一正鸣不平。

方一正却低沉地安抚众人："乡亲们，我是在例行公事，并没有——"

"什么公事？你这分明是在羞辱我儿媳妇——玉珍的尸身。"那位老者就是刘寡妇的公公——刘大贵，他厉声痛斥，"玉珍生前恪守妇道，洁身自好，没想到死后竟然惨遭鬼知县的毒手，令我刘家受辱，我要去府台大人面前告你！"

"对，去告他！"不明真相的众人随声附和。

"乡亲们……"性情平和的方一正试图解释。

李秋实早就按捺不住直脾气，说道："你们有完没完？难道不想让死者瞑目？"

"玉珍是自杀身亡，昨日已经盖棺论定，今天我带着亲家族人一同前来，就是想领玉珍的尸身回去，入刘家的宗祠祖坟的。"刘大贵一副傲气的模样，"我们刘家的宗祠供养的都是读书人，还有三位翰林，如此殊荣是别人想求都求不来的。"

秦吱吱向前阻挡道："谁说此案盖棺定论了？"

"昨夜鬼知县说的。"刘大贵指向方一正。

"我只是说疑似自杀，众多疑点还没有解开，此案未破，何时说过盖棺论定的话？"在大是大非面前，方一正丝毫不退让。

众人纷纷质疑地看向刘大贵。刘大贵气得跳脚，骂道："你没本事破案，自然是拖延时间，故意迷惑大家。别听他的！"

"那我们听谁的？"众人面面相觑，一头雾水。

此时已经越过正午，强烈的阳光转化为温暖的气流，地面温度达到最高点，义庄传出腐尸的腥臭味。

秦吱吱眯起双眼，一道亮光引起她的注意，她转身看了看棺中的尸体，心中豁然开朗。

秦吱吱走近刘大贵，慢条斯理地说："既然有心迎玉珍的尸身入祖坟，为何让玉珍陈尸义庄一日，受恶鬼烦扰呢？"

"小倩和小宝都还小，她们害怕。"刘大贵言语闪烁。

秦吱吱冷笑道："自己的亲娘怕什么？怕只怕有人颠倒是非。听闻昨日便是你坚决反对玉珍入祖坟，今日又假惺惺地来猫哭耗子假慈悲？"

"他敢假慈悲！"那位痛哭的女子拭去眼角的泪水，"我是玉珍的姐姐——玉珠。我们娘家虽然不富庶，却也是安村的大姓人家，因为离落安镇远了点，昨日才没有出现。生离死别的大事，我们怎能不来？"

"对，玉珍嫁到刘家，夫唱妇随，奉养双老，并且生下一对聪明伶俐的儿女，里里外外都是一把好手。只可惜命苦，丈夫早亡，她恪守妇道，抚养儿女，有哪一点对不起刘家？你们竟然想让玉珍成为孤魂野鬼。"人群中一位个子高挑的汉子振振有词，"我们今日来，就是要讨个说法。"

"亲家，亲家。"刘大贵点头哈腰地说道，"昨日是贱内一时糊涂，怕玉珍冤魂打扰了小儿的清梦，毕竟小儿已经入土为安，依照规矩，以低动高，总是不好的。但经过我一夜的劝导，她已经想通，恰巧你们都来了，我们正好一同来接玉珍回去。"

"接回去是应该的，"秦吱吱搀扶起玉珠，"只不过要让死者真正安宁。你可相信玉珍会自杀？"

"不相信。"玉珠毫不思索，一口回绝，"玉珍自幼性情开朗，而且极为疼爱小倩和小宝，她是绝对不会自杀的。"

"你觉得呢？"秦吱吱又问向一声不吭的一位男子，他腰间坠着小算盘，显然是报案人之一账房先生。

"东家是自杀身亡的。"账房先生悲痛地说道。

"哦？"秦吱吱见事情有了转机，朝着方一正微微点头。

方一正会意地清了清嗓子，说道："此案疑点重重，必须重新检验，所以我们并没有羞辱死者玉珍，恰恰相反，我们是在为死者鸣冤。"

"玉珍到底是因何而死？"玉珠哭泣道。

"你们来看。"秦吱吱示意李秋实重新撑起红绸伞。众人围上前去，震惊不已。

"玉珍守贞多年，我亦知道当中的辛苦，所以特意请了女仵作为其验身，你们都看到了那道青紫勒痕，玉珍是被人勒死后，投入井中的。"方一正满脸正气。

"谁的心肠如此狠毒？"高挑的汉子义愤填膺地骂道。

刘大贵死死地盯着那道勒痕，笑意凝固在嘴边，说道："这、这……"

秦吱吱抬手怒指账房先生和刘大贵，说道："凶手就是你们！"

"你少血口喷人！我是读书人，手无缚鸡之力，怎么能杀死玉珍呢？"刘大贵跳起来反驳，"说我杀人，有证据吗？"

"冤枉啊，冤枉！"账房先生凑近刘大贵反驳道。

"要证据吗？"秦吱吱微笑地拿出小镜，"证据就在你身上。"

"你胡说什么？"账房先生胆怯地后退。

秦吱吱步步紧逼地说道："玉珍身上有处似牙非牙的咬痕，我之前还奇怪，是什么畜生咬的，但我看到你，便明白了，原来是那颗假牙。"

账房先生立刻闭上嘴，面带惊色。

"你不是要证据吗？那就张开嘴巴，让我将那几颗假牙和金线都摘下来，在玉珍身上比对一下，不就一目了然了？"秦吱吱一手拿着镜子，一手执弯头小剪刀，笑嘻嘻地伸向账房先生，"你别乱动呀，我最近眼睛总花，要是一不留神，弄个血流不止，概不负责。"

"你，你要做什么？"账房先生吓得双腿发颤，胆怯地看向方一正，"你们要刑讯逼供吗？"

方一正一脸正气道："清者自清，浊者自浊！我劝你配合秦仵作检验。你若真的是凶手，我劝你速速坦白，免得受皮肉之苦。"

"我承认与玉珍有私情，她身上的咬痕是我留下的，并非是我欺负她，而是她耐不住寂寞，勾引我。"账房先生为自己辩驳，"我没杀她，我真的没有杀她。我没有乱说话，的确是玉珍她主动勾引我。每个月，总有两三日的晚上，我到她房里，她主动与我欢好。可是事后，她又不承认。"

账房先生一席惊世骇俗的话，震惊了在场的所有人。前一刻，躺在棺材中刘寡妇还是贞洁烈女，现在成了家族的耻辱。

刘大贵痛心疾首道："作孽，作孽！"

秦吱吱傻了眼，主动勾引他？她到底哪里错过了……

方一正轻柔地拍过秦吱吱的肩膀，鼓励道："你先歇一歇，让我来。"

"你——"秦吱吱见方一正胸有成竹的样子，低声说，"你有办法？"

方一正温柔一笑，秘而不语地微微点头。他转向众人，厉声道："刘大贵，事到如今，你还不认罪吗？"

刘大贵浑身颤动地痛斥："这是家中丑事，我认什么罪？"

方一正义正词严地说道："你莫要信口雌黄。长期以来，你在玉珍的饮食中下了药，并让账房先生扮成玉珍的丈夫与其欢好，后被玉珍发觉。你才是幕后的凶手。"

秦吱吱与李秋实愕然对视，方一正要诈案？

"你有证据吗？判案怎会凭一面之词，随意揣测，证据呢？"刘大贵左右顾及，硬撑着脊背，"你们不要听信鬼知县的话，他是想屈打成招，捞些银子。这些年，玉珍在刘家攒了不少的私房钱，我要将钱都拿出来，交还给你们，也算是尽了玉珍的一点儿孝心，绝对不会便宜鬼知县。"

一提到玉珍的私房钱，娘家人一下子炸开了锅，当中的几个人立刻变了嘴脸，说道："亲家公讲得好，判案都讲证据，没有证据，都是白搭。"

"二叔。"玉珠举手痛斥，"玉珍是被他们刘家害死的，你怎能为刘家说话？我爹娘死得早，二叔是玉珍和玉珠最近的亲人，千万不要被外人蒙蔽呀！"

"我吃的盐都比你吃的饭多，你敢如此和我讲话，规矩呢？"身穿长袍的老者不停地敲打竹拐，"女子嫁出去，就是外姓人，死了也是人家的鬼，我们没有权力干涉刘家的事，如今亲家公也同意迎玉珍入宗祠，我们的目的已经达到，还是散了，早些回家。"

"二叔！"玉珠气愤地攥起拳头，"难道二叔忘记了玉珍的好？为了些蝇头小利，就让玉珍蒙受不白之冤？"

"什么不白之冤？"老者拄着晃动的竹拐，端着倚老卖老、蛮横无理的做派，"亲家公方才的话语，你没听到吗？是玉珍不守妇道在先，难道让咱们娘家也跟着受拖累吗？"

"呜呜……"玉珠一头扑倒在玉珍的棺材上，放声痛哭。

所有人都闭上了嘴，空荡荡的义庄回荡着伤心欲绝的哭声。

方一正倒是不焦不躁，走到刘大贵和账房先生身边说道："家家有本难念的经，你们的家事，本官管不得，也管不了，但此事涉及玉珍的清白，我自然要说个明白。"他从怀中掏出一包草药，"刘大贵，我且问你，这是什么？"

刘大贵看到熟悉的药包，震惊地张大嘴巴，指着药包，说道："你从何得来？"

方一正冷笑道："你承认就好，这就是你下到玉珍饮食中的药，还用我去将药铺的伙计找来和你对峙吗？"

"是我买的不假，那又怎样？这只能证明我对玉珍下药，但我并没有杀她。"刘大贵依然狡辩，死不认账。

"是他杀了人。"方一正指向账房先生，"唐狄，扒下他的衣服。"·

"你，你们要做什么？"账房先生躲躲闪闪。唐狄挽起袖子，几下便脱去其衣袍。

方一正缓缓吩咐道："秦仵作，将证物拿来。"

秦吱吱送来证物。方一正指着已经沉入碗底的墨粒，说道："这是从玉珍的手指缝里取下的证物，说明玉珍生前与人发生过肢体上的争执，这些墨粒便是凶手身上的。"

只见账房先生的肩膀上各有一个圆形的图腾纹身，而右肩上的图腾模模糊糊，有几道血痕。

"还不承认吗？"方一正审慎地看向账房先生，步步紧逼道，"听闻你出自书香门第，屡考不中。有人就会用陈年老墨刺下读书的图腾。这种老墨墨色极深，遇水不化，市面上根本买不到，只能祖辈相传。那碗底的墨粒便是老墨，你就是杀害玉珍的凶手。你勒死玉珍时，玉珍奋力挣扎，用指甲划破你的肩膀，图腾上的墨迹便留在了她的指缝间，证据确凿，你还不认罪？"

"我没杀人，认什么罪？那墨粒是我的不假，但不是我勒死她时留下的，而是我们欢好时留下的，她——"账房先生为了活命，丝毫不避讳。

秦吱吱怒气冲冲地走向前去，说道："若是欢好时留下的墨粒，那墨粒只能留在指甲尖的浅处，但玉珍指甲中的墨粒埋藏得很深，定是性命相搏时，拼尽全身力量留下的。你可知道，人在生死一瞬时，爆发出来的力量是惊人的，玉珍也是如此。再者，我只在玉珍的中指缝里发现墨粒，其他指甲里没有任何痕迹，所以，我断定，你是趁玉珍不注意，在背后勒死她的，当时玉珍奋力挣扎，双手自然的向后抓，但因为玉珍身材娇小，手臂较常人短些，所以只有较长的中指尖勉强抓到你的肩膀，划破了图腾纹身，留下了重要的证据，你还要狡辩什么吗？"

"我……"衣冠不整的账房先生指向刘大贵，"是他，一切都是他指使我的。是他让我勾引东家，他要赶走东家。"

"我没有！"刘大贵狡辩。

"真的没有吗？"方一正说道，"你可知那药的线索，我是从何而来？刘氏虽身子孱弱，心却不糊涂，她早就看出你想独吞财产的心思。但苦于维系家庭，又羞于颜面，只能一味纵容，没想到最后酿成了大祸。刘氏心存正义，大义灭亲，昨日没有当场揭穿你，而将真相装入密盒，直接送到了县衙大堂。如今人证、物证均在，你还有什么话说？"

"不能怪我啊，是玉珍要将我们送回乡下养老，我离不开落安镇啊！"刘大贵老泪纵横，"谁叫她如此持家能干？原本刘家已经败落，玉珍让刘家又兴旺了。但是她不给我银子，不让我去花坊，不让我——我是读书人！"

此案真相大白。

"大人，夫人，"远处跑来的王汉禀告，"湘公子来了。此刻，湘公子正在县衙。"

"他主动来的？"方一正疑惑地问道。

王汉点头道："是的，他说要见大人一面。"

"我们马上回县衙。"方一正挺直腰板。

第八章 合作

秦吱吱闻到一股杜蘅的清香，好一个陌上人如玉的公子，虽然隔着斗笠白纱，但是依旧能感觉到其韶光清澈的气息，难怪琉月姑娘要以身相许。

"在下湘珏。"简单的几句寒暄，众人来到偏厅坐下。

湘珏轻轻端起茶盏，细细啜了一小口，说道："这茶清香高爽，汤色清澈，不愧是六安瓜片中的上品。如果我没有猜错，这是谷雨前提采的提片，我真是有口福了。"

方一正微笑道："没想到湘公子也是懂茶之人，六安瓜片虽然比不上西湖龙井名气大，但此茶清热除燥、清心明目，这个季节喝最适合不过。"

"多谢方大人。"湘珏低沉一语，白纱微微颤动。

方一正轻轻地端起茶盏，低吟道："每桩案子都宛如热茶，苦中有甘，甘中藏涩，心境不同，味道也不同。"

"大人说得好，这品茶不但要看心境，更要看人，人的口味多种多样，各不相同，远没有表面那般简单。就像你我，皆喜欢这清心寡欲的六安瓜片，却不喜欢雍容华贵的西湖龙井，如此看来，我们也是同道中人。"湘珏轻轻晃动茶盏，杯底激起细微的涟漪。方一正笑而不语，眸色深沉。秦吱吱和李秋实听着两人慢吞吞的话语有点儿急。

良久，方一正率先发问："不知湘公子此番前来，有何贵干？"

湘珏端正身姿，提高语调道："大人不想见我？"

方一正笑道："我的确想见你，不过听闻你行踪飘忽不定，约见有些困难，不承想你能主动前来。"

"你们别文绉绉了，直接说正事吧。"李秋实是急性子，哪里能受得了两人如此慢悠悠地问答。

秦吱吱狠狠地瞪了李秋实一眼：急什么，这是策略，看似缓慢的谈话背后都隐藏着深意。

既然李秋实捅破了窗户纸，不如重敲一锤。秦吱吱正视湘珏，问道："湘公子知晓杀害琉月的凶手吗？"

湘珏一怔，宽大的衣袖无意间扫过桌角，隐藏在袖中的双手握在一处。他双唇紧抿，生硬地挤出几个字："杀害琉月的凶手，就是——我。"

此言一出，秦吱吱、方一正、李秋实震惊无比。今天是什么好日子，一下侦破两件命案？

李秋实拍案而起，指向湘珏，质疑地问道："你是凶手？"湘珏默然不语。

秦吱吱谨慎地问道："你是来投案自首的？"

湘珏轻轻颔首，纵然隔着白纱也能感受到深深的悲恸之情，他沉重地说道："琉月钟情于我，我却辜负了她。"

"此话怎讲？"方一正重语追问。

湘珏微微晃动，苦涩答道："我出身商贾之家，家中世代经营古董生意，家风严谨，身为长子，家父早早为我定下亲事，只待迎娶成亲，但我平日里闲云野鹤惯了，不喜拘束，更不愿沾染商贾之气，途经落安镇时，偶遇琉月，谈得甚为投缘，堪为知己，没想到从此结下了孽缘。"

"你与琉月既然同心，又何来辜负之语，怎能是孽缘呢？"秦吱吱找出湘珏言辞中的矛盾。

"外人看来，我与琉月同心，但实际……"湘珏摇头道，"或许是我的性情太过温润清袅，而且优柔寡断，才会被众人误解，也被琉月误解。"

"误解？那你和琉月……"李秋实不解地指向湘珏问道。

湘珏收紧宽大的双袖，露出发白的指尖说道："我对琉月的感情比较复杂，更多的是怜惜和欣赏。她一个弱女子，家途败落，流落风月，有数不清的烦恼和忧愁，难得她冰雪高洁，才艺无双，尤其是棋艺和琴艺更是一绝，我自然与她同心……"湘珏摇头叹息。

"她对你倾尽了所有的情感。"秦吱吱一语道破。

"不错。"湘珏语调悲痛道，"我苦闷于家中的烦恼，喜欢与琉月在一起的轻松。逐渐中，我发觉，琉月对我用情至深，决意与我离去。"

方一正恍然大悟道："你对琉月是逢场作戏，琉月是芳心错许？"

"我没有逢场作戏，我说过要带琉月离开月浓花坊的话语。"湘珏情绪激动地解释，"但我没有想过娶她为妻。家父一生辛劳，幼弟身体羸弱，我不能弃家族的荣耀而不顾。再则，我对她并无男女之情，怎能欺骗她，耽误她的一生？"

"所以你就杀了她？"秦吱吱质问道。

"我没有娶她，就是杀了她。"湘珏言语哽咽道，"我们约定，我为她赎身，再送她个宅子，让她过安宁恬静的生活。但她被……"湘珏突然停顿，握紧拳头，宽大的衣袖变得鼓鼓的，显然胸藏愤慨。

"她被人侮辱？"方一正轻声问道。

"你怎么知道？"湘珏惊讶道。

"你是因为琉月身子不洁而失言？"方一正的问话中带着些许凌厉。

"我没有，为什么你和琉月都如此想我？"湘珏直接否认。

"我信。"秦吱吱大声说道，"我信你，你是不会因为琉月被侮辱而失言的。"

"为什么？"湘珏怔住了。

"因为你根本不爱她，最多只能算喜欢，喜欢并不是爱。琉月被辱，只能增添你对她的怜悯，更想带她离开伤心之地。"秦吱吱回答道，"而琉月爱你，爱得蚀骨，所以是她自卑自弃，不愿随你离去。"

秦吱吱话音刚落，屋内的三个男人齐刷刷地看向她。

"在下佩服，方夫人是世上少有的玲珑妙人。"湘珏再次拱起双手，"琉月的确如此想，虽然我出言反驳，她依然大吵大闹。我只能依着她的性子，放弃为她赎身的想法。没想到，她的情绪更加激动，甚至对我避而不见。"

湘珏回忆着当时的情景，叹息道："我实在没有办法，不知如何做才好，索性数月没有来见她。但数年的情谊，我不能弃她于不顾。待她平静之后，我再次登门海棠苑，又提出为她赎身之事。她总是避而不答，后来，终于在我的劝说之下，点头答应，只可惜——"湘珏低下头，整个人都笼罩在悲伤之中。

秦吱吱暗自串联所有的线索，按照明月所言，琉月受辱之后与湘珏交恶，随后，湘珏再次出现在海棠苑，应该是中元节，那就是琉月被害的日子。既然琉月已经放平心态，同意随湘珏离去。那两人之间又发生了什么事情，让湘珏痛下杀手？

这些和柳师傅又有什么关联？

秦吱吱径直问道："中元节那日，到底发生了什么？"

湘珏沉思片刻，说道："中元节那日，我和琉月商议，一月后为其赎身，待她恢复自由身后，暂时随我去塞外住些时日，换个身份重新生活，忘记所有的过去。"湘珏伤心地低垂着头，斗笠的白纱触到胸前，"是我害了她。自从那日，我坦言对她无意男女之情后，她性情大变，对我若即若离，反复无常。她遇害那晚，若是我对她更关切一些，她便不会被奸人所害。说到底，还是我害了她的性命。"

"你说自己是凶手，是这个意思。"李秋实瞪大双眼，撇撇嘴，"真会故弄玄虚。"秦吱吱与方一正苦笑，已经预料到这样的结果。

秦吱吱为众人添了杯热茶，不动声色地问道："湘公子请节哀顺变，这样琉月在黄泉路上才会释然。你能在她死后前后奔走，也不枉她付出的真心真意。"

"事到如今，我还能为她做什么？曾经的红颜知己，亲如家妹，已经人鬼殊途。"湘珏轻言柔语，"我只是恨自己，恨自己对琉月太无情，琉月那样的女子，值得所有男人的怜爱。"

"湘公子此言差矣。"秦吱吱摇头反驳道，"你对琉月哪里是太无情，分明是太多情，正是你的多情，让高傲的琉月沉迷。琉月痴情于你，你却放弃了她。其实，每个人都看不清真实的自己，对情感更是把握不住，握在手中时毫不珍惜，失去后又痛心疾首。所以，你才有今日的痛心懊悔。殊不知，这世上的放弃和换取向来都是平等的。值与不值，唯有自己明白。我想凭着琉月的性情，她一定认为自己的付出是值得的。"

"方夫人博学多才，见地独特，方大人才是真正的有福之人。"湘珏起身感谢道。

秦吱吱话锋一转，问道："湘公子可知凶手到底是谁？谁会对花坊的弱女子下此毒手？"

湘珏愤恨不平道："那凶手就是月浓花坊的背后金主，也是数月前欺凌琉月的恶人。"

方一正脸色微变道："此话怎讲？"

"因为琉月洞悉了那恶人的秘密，所以他才会杀人灭口。"湘珏咬紧牙根。

"秘密？"秦吱吱喃喃自语。

湘珏不停地摇头道："我也不知秘密是什么。琉月受辱后，伏在我怀里伤心哭泣，不经意间说漏了嘴，我才隐约知道些零星之事。那恶人乃是朝中的大臣，位高权重，但他私通外族，此番路过月浓花坊便是与外族的奸细联络见面，但琉月并没有告诉我此人是谁，所以我无恙。倒是苦了柳师傅，那柳师傅一向仰慕琉月，琉月寄情于我，与其渐行疏远，但是，我与琉月僵持之时，柳师傅趁虚而入，琉月因心中苦闷，便将秘密告知了柳师傅，柳师傅知晓此事事关重大，曾闭门数月，足不出户，此番若不是琉月遇害，丧心病狂的花姨娘弄出一场什么送花宴的话，柳师傅是不会遇害的。"

"如你所说，琉月和柳师傅都是被人灭口的，只是那凶手怎知内在的详情？"方一正不放过任何的疑点，"凶手是如何知晓秘密外露的？"

"方大人向来为人方正，从未踏进任何一家花坊半步，自然不知晓花坊中的龌龊事。"湘珏失神地说道，"月浓花坊看似平稳，但耳目众多，有花姨娘的，也有背后金主的，这自古烟花之地，多细作，多是非，只要抓住任何人的把柄，再私下做些威逼利诱、见不得人的勾当，自然比正当手段来银子快些。只是可惜了无辜的人。"

"湘公子不愧出生于商贾之家，看待问题如此透彻。"秦吱吱开口赞誉，"听口音，湘公子也是静江府人氏，不知湘公子家住何处？"

"恕我无可奉告。"湘珏起身站立，"家风严谨，今日该说的话都说完了，不该说的我也说完了，能不能为琉月鸣冤，那就要看大人的决心了，我希望大人早日擒拿凶手，为琉月报仇。"

"那是当然。"方一正应声而答，"无论凶手是谁，我都会将他绳之以法。"

"朝廷重臣？"李秋实低头小声嘀咕道，"琉月有没有提及那人的音容笑貌？"

湘珏思忖半分，静心回道："琉月只是说，连花姨娘都不知晓此人的身份，此人在月浓花坊从未露面，不过听闻此人好似酒量了得，喜爱下棋。"

"酒量了得？喜爱下棋？"李秋实随即摇头，"朝中的老狐狸个个酒量了得，精通棋艺，你这条线索等于没说。"

"我也无能为力了。"湘珏抚了抚斗笠，"琉月已经入土为安，我也该走了。落安镇是我此生伤心之地，我不会再来了。过些时日，我也该成亲了。就像家父一样，为了整个家族奔波四方。此生的轨迹早已铺好，只待我去走一遭。"

"等等。"秦吱吱挡在湘珏面前，直直盯着白纱，问道，"你可听过棋局山庄？"

湘珏轻轻扫过宽大的衣袖，轻声而语："天下喜爱下棋之人都知晓。"

"那你可认识棋局山庄的宁小姐？"秦吱吱试探地问道。

湘珏摇头道："不认识。"

秦吱吱故意看李秋实一眼，又转向湘珏，说道："望湘公子早日走出困境，我等会早日破案，还琉月安宁。"

"别过。"湘珏踏步，又停下，"琉月那日说了好多，零零碎碎中，我听到了两个字。"

秦吱吱、方一正、李秋实竖起了耳朵。

"襄、樊。"湘珏离去。李秋实一个飞步，尾随离去。

两人走后，秦吱吱急忙俯身在地上画圈。原来她事先在门口撒了一薄层香灰，只为得到湘珏的脚印。

"拿拓纸来。"秦吱吱取出小毛刷。

"好。"方一正走向书房，取来浸了猪油的拓纸。秦吱吱将拓纸轻轻地覆在香灰上，细细地吹了吹，一个完整的脚印留在纸上。

"没想到，你还留了一手。"方一正不得不承认，胆大心细的秦吱吱天生是个做仵作的好材料。

"是留了两手。"秦吱吱咧着小嘴，用绢帕小心翼翼地端起湘珏用过的茶盏，"还有这个……"

"这是……"方一正面露不解。

"取指纹。"秦吱吱取出小瓷瓶，倒出墨粉，又拿着小毛刷蘸着墨粉开始洗洗刷刷。但是她刷了半天，一个完整的指纹都没找到。

"真是奇怪。"秦吱吱抖了抖小刷子，哪里错了？他分明喝了两杯茶。

"他的确喝了茶，不过……"方一正沉思片刻，"你有没有发现，他的袖子比常人要宽大些。"

秦吱吱仔细回忆起湘珏的装扮，又看看方一正的官袍，说道："是比你的宽大些。"

方一正随即抬起手臂，认真指导道："你看，我穿的是官袍，这官袍向来比常人的衣袍宽大些，以彰显官威。近年来，常人的衣袍受胡袍影响较大，改良较多，皆为贴身略瘦的款式，尤其是衣袖，都改成了窄口短袖。这样无论是农耕干活，还是读书写字，都更为方便。"方一正放下手臂，"而湘公子的衣袍却异于常人，虽然如同胡袍的颀长贴身，但衣袖又宽又长，甚至长过手掌，比我的官袍还要宽大。所以，从我见到他那刻起，他的双手都裹在衣袖内，只是随着不同的动作，而露出指尖。你怎么会取到他完整的指纹呢？"

秦吱吱重重地敲打小毛刷，恨恨地说道："怪不得我在茶盏上忙碌好半天，才取到几个零星的指尖纹路，他是故意的？他怕我们提取到指纹，故意不露出双手？"

方一正微微摇头道："那倒未必，我们衙门提取指纹一向是用红印画押。"

"或许是个人习惯。"秦吱吱迟疑道，"他的话是不是真的？"

"我听着他的话，有几分可信。"方一正凝神思忖。

"一半可信，一半不可信。"秦吱吱全盘托出自己的想法，"我觉得，他和琉月之间的感情纠缠是可信的，但讲到琉月的死因，还是疑点重重，不足以让人信服。他先与我们示好，又峰回路转，无故提出朝中重臣是凶手的话语。我敢肯定，他根本就是想让你难堪，给你出难题，小小的知县如何去撬动朝中一品大员？无疑是以卵击石，自讨苦吃。"

"以卵击石我倒不怕，若他所言属实，凶手真是朝中重臣，即使丢官舍命，我也会一查到底。"方一正朗朗其言。

"即使他不是凶手，他也知道凶手是谁。他此番来，是为真正的凶手开脱罪行，引我们入局。"秦吱吱眸光闪亮，"不过他的如意算盘打得太响，又太过低估我们的判断力。"

"此案越来越乱。"方一正低沉地说道，"城郊的盗尸案和琉月被杀案关联密切，或许是同一案子。"

"他说的襄樊？"秦吱吱微微侧目。

"襄樊一战关系到我朝的命脉，两军对垒三年之久，恐怕双方都在僵持。"方一正推断，"李秋实是武将。他能到于此，或许他人也到了。此事事关重大，我们要从长计议。"

"李秋实。"秦吱吱默默地看向门口。

屋外清风徐徐，庭院的树叶沙沙作响，挡住几分夕阳的余热，屋内也随着忽暗忽明。一切都如此的恬静而安详！

秦吱吱时而咬着笔，时而低头沉思。方一正静心翻阅着古籍，他丝毫没有发觉自己的眼里漾满了浓浓的喜悦。

这时，门外传来熟悉的声音，只是没看到人影，李秋实如风般地踏进门口，吊儿郎当地一屁股坐下，大言不惭道："好累！"

秦吱吱直接问道："湘公子去了哪里？"

"月浓花坊。"李秋实端起茶盏，大口地喝茶，"我一路随他而去，他坐的马车过了三生桥，直奔月浓花坊，坐在琉月姑娘的海棠苑不肯离去。"

"后来呢？"方一正沉思地问道。

"后来？他一直坐在海棠苑，一言不发。我实在太乏了，躺在房梁上睡着了。等我睡醒时，他不见了。我估计，他是着急回家迎亲。"李秋实胡乱猜测，"我便偷偷去瞧，他在海棠苑里留下了什么？"

"你，你竟然睡着了？"秦吱吱责怪地说道，"只此一次，下不为例呀。"

"知道。"李秋实羞愧地点头，"其实，我也不是总犯困的，海棠苑有一股很浓郁的香气。我闻着闻着，浑身酸乏，不知不觉地睡着了。"

"你的行踪被湘公子发现了？"秦吱吱追问。

"不会。"李秋实摸着头，面带窘意，"我敢肯定不是迷香。"

"是帮助睡眠的熏香。"方一正一语道破。

"对，就是熏香，湘公子刚踏进海棠苑的门，丫鬟们便燃起了熏香。"李秋实随声附和，"我听到侍奉湘公子的丫鬟说，海棠苑每日都会燃熏香，放鲜果，开窗通风，是湘公子吩咐的。"

"他吩咐的？他又不在海棠苑里住。"秦吱吱不解，"那个视财如命的花姨娘会如此好心？"

"丫鬟们说：湘公子包下了海棠苑，所以海棠苑内一直空着，没有住人。连摆设都一切照旧，并且每日都要熏香、通风，就和琉月活着的时候一模一样。"李秋实细细相告。

"海棠苑。"方一正疑惑地低吟，"湘公子真是念旧之人。"

"他念不念旧，我不懂，但是花姨娘糊弄人。"李秋实恨恨道，"湘公子花了大把的银子包下海棠苑，花姨娘只认钱，根本不办事。海棠苑竟然有果蝇，嗡嗡地乱飞，真是煞风景。"

"果蝇？"秦吱吱震惊地问道，"你看清楚了？会不会是从外面飞来的。"

"我看清楚了，不是从外面飞来的。"李秋实摇头，"刚踏进海棠苑，湘公子独自下棋，我躺在房梁上，无聊地乱看，刚好看到几只果蝇，怎么会看错呢？不过说来也奇怪，平日里，我很少注意到果蝇，今儿仔细一看，才知道果蝇也挺有意思的，飞来飞去，飞不离巴掌大的地方。"

"果蝇飞在什么地方？"秦吱吱颇为认真地看向李秋实。

"总是围绕着角落里那个黄梨木柜子的铜环把手。"李秋实慢慢回忆，"铜环把手非常精致，还雕刻着花纹。"

话音刚落，秦吱吱和方一正四目相对，闪耀出喜悦的亮光。

"你们？"李秋实满脸疑惑地指向二人。

秦吱吱坚定地回答："我们再探月浓花坊。"

第九章　果蝇

夜幕降临，虚掩的门缝里走出一大一小两个黑影，直奔三生桥。

秦吱吱看着桥下朵朵残缺不全的莲花灯，想起了几日前出嫁的情景。

这就是佛家说的命运吧。纵然曾经沧海难为，终是随遇而安。

方一正驻足回首，看向落在身后的秦吱吱："你在想什么？"

"没什么。"秦吱吱追上方一正的脚步，两人步伐一致地迈下三生桥的青石台阶。

"哎，这不是鬼知县吗？"一位挎着竹篮子的中年女子阴阳怪气地说道，"自从他到了落安县为官，咱们这里就没消停过。这鬼生子很邪乎的，生来命格硬，克死双亲，又身带邪气，人在哪里，就会将邪气带到哪里。更过分的是，他迎娶了棺材铺家的女儿，更是命中带煞。以后呀，这一对煞星再生出一窝小煞星，落安县彻底不会消停了。"

"凭什么让咱们跟着鬼生子遭殃？"卖煎饼的大娘朝着方一正和秦吱吱吐了口沫子，"赶快滚，还百姓安宁。"

"对，还百姓安宁。"众人纷纷随声附和。

秦吱吱气愤得怒火上涌，真是太欺负人了，方一正一心为百姓做事，却换来如此不公的待遇，她恨不得踹那三个大娘一脚。方一正紧紧拉住了她。

秦吱吱指着围成一小堆的人群，说道："你懂不懂三人成虎的道理，再如此以讹传讹地传下去，就真的容不下你我了。"

"身亦正，心亦平，由他们去说吧，你我问心无愧。"方一正避过众人的指责，拉着秦吱吱走向挂满红灯笼的月浓花坊，"即使要走，也要侦破此案，我为官之内，不能留下悬案。"

"我陪你。"秦吱吱扬起头，许下承诺。

"方大人，方夫人。"莘月远远地挥动手帕。明月冰冷地挡在方一正和秦吱吱面前，"月浓花坊不欢迎你们，二位请回吧。"

"我们是来办案的。"秦吱吱仔细盯着明月，瞧那架势，俨然已经成为花坊的管事，看来花姨娘可以回家养老了。

明月言语犀利地说道："琉月的案子不是已经结了吗？你们还来做什么？没听百姓们说吗？命中带煞的人皆天生命硬，你们别将晦气带到月浓花坊。"

"明月姑娘放心，我们办官差，不会滋扰旁人，但任何人也不得干扰我们。"方一正径直牵起秦吱吱的手，走进月浓花坊。

"派人盯着点儿。"明月目光幽暗地嘱咐道。

方一正和秦吱吱一路沿河而走，来到海棠苑。传来一股浓重的熏香气味，两人按照李秋实说的位置，看到了黄梨木柜子。果然，精美花纹的铜环把手上落着几只挠着前腿的果蝇。

"就是这里。"秦吱吱指向果蝇。

方一正压低声音，说道："可有把握？"

秦吱吱驱赶走果蝇，细心地说道："果蝇向来是最灵敏的虫子，嗜血如命，只要器物上沾染一点点血迹，即使擦得干干净净，果蝇依然会嗅到血的味道，还记得吗？琉月的颅骨上有处小伤痕，我怀疑是撞击铜环所致。"

"那我们试试。"方一正也是有备而来，他不慌不忙地掏出两个小瓷瓶，说道，"依照《洗冤集录》中所讲：酽醋和酒可以令陈年的血迹重现。"

"嗯，稍等片刻。"秦吱吱将两个小瓷瓶分别打开，低头嗅了嗅后，还给方一正一瓶，"血迹重现用酽醋足矣，你先将酒收起来。"

"可是——"方一正表示质疑。

秦吱吱默不作声，其实，《洗冤集录》里有些方法是有条件制约的，只有配合实践才能发挥最大的作用。

"你看。"秦吱吱将酽醋倒在铜环把手上，铜环上呈现出斑斑血迹。

"我再找找，或许还留着些蛛丝马迹。"方一正又开始细细查验。

秦吱吱却后退几步，盯着铜环把手上的血迹发愣。她眼神凝聚，看准一点，随手一撒，将整瓶酽醋洒到地上。

瞬间，沾染到酽醋的地毯上呈现出大片暗黑色的痕迹。

"这里应该就是琉月被害的第一现场。"秦吱吱笃定地说道。

方一正俯身摸了摸，又嗅了嗅，案情果然有了重大的进展。

秦吱吱咬着嘴唇，一脸谨慎认真的样子。

"我们来模拟一下凶案发生的过程。"秦吱吱看向方一正，说道，"比如你是凶手，我是琉月，明白吗？"

方一正点头道："重现琉月被害那晚的经过？"

秦吱吱指向铜环，说："你仔细看，按照铜环把手上沾染的抛甩状血迹来看，凶手应该是在三尺开外的地方推搡琉月所致。"

"抛甩状血迹？你是指血迹的形状？"方一正还是第一次听说依据血迹的形状判断受害者的位置。

秦吱吱耐心地细细解释道："凶案现场的血迹的形状是非常重要的，不但可以作为直接证据，而且对间接破案和推断案情至关重要。"她准备对方一正言传身教，"只要命案现场中的被害人或者凶手出现开放性损伤，就是皮肉伤，现场中就会留下血迹。而我们根据血迹的分布及形状等情况，可以进而判断出案件的性质，经过，作案的时间、地点等重要信息。"

秦吱吱的言语变得缓慢，掰起手指头说道："根据血迹形态的不同，还可以将血迹分为喷溅状血迹、溅落状血迹、抛甩状血迹、滴落状血迹、流柱状血迹、堆积状血迹、也就是血泊，还有擦拭状血迹、侵染状血迹、转移状血迹、稀释状血迹，等等。形成各个血迹形状的犯罪手法是完全不同的。"她拍过方一正的肩膀，"说太多，你也不明白。在以后的案件中，我会逐一给你解释。今日，我先重点说说铜环把手上的抛甩状血迹，这种血迹一般都是撞击所致，说明当时琉月被外力所推，身体倾斜，导致额头撞倒柜子上，受伤所致。不过……"

秦吱吱低头看着地毯上的圆形血迹大声喊道："不对啊！"

"哪里不对？"方一正问道。

秦吱吱疑惑地说："按照琉月额上的伤痕，说明当时流了好多血，但这地毯上的血迹并不多，又大多呈现滴落状，说明——"

"说明这是新地毯。"方一正恍然大悟。秦吱吱点头表示同意，说道，"这个地毯是新的，之前的旧地毯上应该残留成片的血迹。"

"既然换过，那血迹是从何而来？"方一正指着地毯上的黑色血迹。

"不是铜环上滴落的，就是清理现场时留下的。"秦吱吱凝神思忖，"来，你推我一把，看看我们的猜测对不对，你用力些。"方一正先是迟疑，又有些犹犹豫豫，但在秦吱吱的再三催促下，终于伸出手，朝秦吱吱推了过去。

秦吱吱顺势倒在铜环把手上，马上捂住额头，咧嘴道："哎哟。"

"对不起。"方一正急忙扶起秦吱吱，"我是听着你的吩咐……"

"哎哟。"起身的秦吱吱不知道被什么东西刮了小嘴，疼得龇牙咧嘴，"凶案现场的二次伤害，后果更严重。"

"碰到哪里了？"手忙脚乱的方一正拂过秦吱吱额前的碎发，"是这里？还疼吗？"

"嗯，是这里。"秦吱吱捂住腮帮子，重重拍了铜环把手一下，"破铜环。"

突然，秦吱吱转过身认真地看着铜环把手，原来铜环把手上有一层凹槽，凹槽的立面虽然是钝的，但是从倾斜的角度撞过去，还是非常锋利的。

这种设计，外形虽然好看巧妙，从各个角度上看都是金光闪闪，但是不大实用。

"琉月和凶手会不会也同时两次撞到铜环把手？"秦吱吱与方一正默默对视。

方一正直接伏在地毯上仔细寻找蛛丝马迹，在柜底的微小缝隙里寻到一颗小巧的牙齿。

"是智齿。"秦吱吱掏出白纱布缝制的取证袋，装了起来。

"牙齿是琉月留下的？"方一正指着秦吱吱微红的脸颊，"你方才是不是也是牙疼？"

"对，铜环把手上隐蔽的凹槽刚好划在我的脸颊，那正是长智齿的地方。"秦吱吱应答，"想必当时凶手神色慌乱，没有注意到琉月掉落的一颗牙齿。"

"那旧地毯在哪里？"方一正想到了关键的证据。

"凶手是用旧地毯裹走琉月尸身的。"秦吱吱惋惜道，"中元节那日，民间有烧纸钱悼念先祖的习惯，旧毛毯定是被凶手名正言顺地烧掉了。依我看，最阴险狡诈的要数湘公子。他知道这里是凶案现场，才会花重金包下来，不让任何人踏入。还吩咐用浓重的熏香来掩人耳目，驱散血腥味。"秦吱吱盯着袅袅生烟的香炉，"他却来无影、去无踪，逃离了我们的视线。"

"或许他在温泉山庄？"方一正大胆推测。

"对呀，柳师傅和湘公子抛出一个又一个诱饵，故弄玄虚，说明他们都在袒护凶手。"秦吱吱进一步猜测，"或许也是畏惧凶手。"

"明日我们就去温泉山庄。"方一正重语，"然后，我们再去棋局山庄。"

秦吱吱微微点头，隐隐觉得凶手就在神秘的棋局山庄。

"你们……"明月出现在秦吱吱和方一正面前。

秦吱吱郑重其事地说道："明月姑娘，不管你方才听到多少秘密，都不要告诉旁人，最好假装什么都不知道，此案扑朔迷离，或许凶手就藏在花坊。"

明月紧抿红唇，转眸间深谙不明，她懊悔地说道："到底是因为我心急，又笨拙，没有看出方夫人的意图，真是……"她欲言又止，双颊微红地欠下身子，"多有得罪，请受明月一拜。"

秦吱吱扶起她，问道："你知道这熏香是从何而来吗？"

"湘公子带来的。"明月坦言，"湘公子是制香的高手，他亲口说，琉月生前最喜欢他亲手制作的熏香，琉月虽然死了，但希望海棠苑时时都留有他的味道，也是对琉月的哀悼。"

"可还有香料？"方一正低眉问道。

"有，在这里。"明月走到梳妆台前，从镶嵌五彩宝石的小盒子中取出几粒墨绿色的熏香球递给方一正。

方一正低头嗅了嗅，用低沉的口吻说道："这似乎是奇楠香，又有苏合香的香气，待我回县衙慢慢查验。"

秦吱吱指向衣柜下面，说道："这地毯可是海棠苑原有的物件？"

明月顺眼看着布满海棠花图案的地毯，惊讶地说道："花坊每个姑娘居住的房间都以花命名，屋内的摆设也会依照花来布置，这里是海棠苑，所以屋内的陈设花形都是海棠花，包括这地毯。不过，琉月性情不定，有时沉稳，有时高傲，她一向不喜欢海棠花，总是认为海棠花过于繁茂，显得小家子气，所以除了家具、窗棂这些无法移动的大件，屋内的细软都被她换掉了，这个海棠花图案的地毯，她是极少用。"

"她喜欢大气的富贵牡丹？"方一正看向鲜艳的床榻。

"对，方大人真是睿智，琉月的确喜欢富贵牡丹。她屋内原本有一个富贵牡丹的地毯，据说是用刚出生的羔羊胎绒毛编织，既轻又柔。琉月还在红艳的牡丹花上赤足跳舞呢。"明月转向外厅，啧啧道，"真是奇怪，那张价值千金的地毯哪里去了？"

秦吱吱与方一正默默对视，基本验证了之前的推测。

"明月姑娘，我还有一事不明。"秦吱吱索性问到底，"你们花坊中，只要有些姿色的姑娘都有贴身丫鬟侍奉左右，怎么唯独琉月……"

明月盯着窗棂上朦朦的绢纱，叹息道："琉月这个人，独来独往惯了，总是一副高高在上的冰冷样子，她根本没有近身的丫鬟。若是中元节那日有知心的丫鬟贴身跟随，或许她也不会遇害。"

"那是谁照顾她的衣食起居？"方一正颇为疑惑。

"轮流呀，三五个丫鬟轮流侍奉她。"明月细细解释，"谁也不愿意到海棠苑当差，若是遇到琉月心情好，还好过些；遇到琉月心情不好，就会挨骂。丫鬟们总是匆匆而来，匆匆离去，像是避瘟神一般避过海棠苑。"

"也就是说，根本没有人说得清楚海棠苑里的事情。"秦吱吱盯着铜环把手，陷入沉思。明月微微点头，算是默认。

"上次，我从海棠苑带走的金银细软和首饰，没有查到什么端倪。过几日，我差人送回来。"秦吱吱说道。

"人都走了，还要些身外之物有何用途？听闻大人一向清廉，又喜欢布施贫苦百姓，不如化成钱财，做些善事，也是为琉月积德。"明月真挚而语。

"我本想办家私塾，不如用琉月的名义捐赠。"秦吱吱打起小算盘，授人以鱼，不如授人以渔。

"办学？"一直想办学的方一正惊喜地看着秦吱吱。

秦吱吱摆手道："先说案子。嗯，今日下午，湘公子是何时走的？"

明月收起手中的绢帕，蹙眉道："他坐了一个时辰才离去的。离去前，带走了琉月最为喜欢的那张太阴古琴，留下一叠银票。我猜测，他永远都不会再来了。"

"既然他有情有义，为何隐瞒真实身份，不以真容示人呢？"秦吱吱自言自语道。

"我与湘公子接触不多，以往琉月在时，也仅仅有过一面之缘。此番他来，我觉得他变了。"明月思忖片刻，"身姿更加清瘦，嗓音也似乎变得低沉。"

"变了？"秦吱吱忙追问，"你可见过湘公子的真容？"

"没有。方夫人怀疑此人不是真正的湘公子？"明月不停地摇头，"我不如此认为。他的变，或是因为琉月的变故。湘公子身上的清香世间独有，是他亲手所配，世间绝无第二人。并且他的行为举止和音容笑貌与寻常一样，怎么可能是假的？恕我直言，湘公子对琉月情深似海，绝对不会是凶手。"

"那依明月姑娘所见，杀害琉月的凶手是谁？"秦吱吱看向明月。

"是夺取琉月清白之身的恶人。"明月不假思索地说道。

"有何凭据？"秦吱吱紧盯明月，为何她与湘公子都一口咬定凶手是位高权重之人？

"还要什么凭据？一定是他，整个月浓花坊，琉月是唯一见过他真容的人。"明月愤愤地说，"花姨娘都没有见过他，更不敢过问其身份。此人位高权重，行踪诡秘，有不可告人的秘密，可怜了琉月成为他的玩偶。那牡丹的地毯就是他送来的。"

"地毯？"方一正脸色微变，"此案牵连到另一桩案子，我们会尽早缉拿凶手。"明月眼泪汪汪地点头。

这时，衙役王汉匆匆地从外而入，喊道："大人，夫人——"

第十章　剖析

　　王汉见明月在，有些支支吾吾。明月自然知趣，欲转身离去。

　　"慢，"秦吱吱拉住明月，给了王汉肯定的眼神，"都是自己人，但说无妨。"

　　明月感动得热泪盈眶。

　　王汉大声讲道："温泉山庄有大动。棋局山庄的宁庄主将温泉山庄捐给了慈宁庵，慈宁庵的姑子不知道从什么地方雇了数百名的工匠，在山庄内修建佛像和庙宇，如今温泉山庄根本看不出原来的一点儿样貌了。"

　　秦吱吱心急地喊道："也就是说，温泉山庄不存在了？"

　　"嗯。"王汉无奈地点头，"那几池温泉，已经被填上，盖上了禅房。"

　　"什么时候的事情，前几日，李秋实还去过。"方一正蹙起剑眉，问道，"他并没有发现任何端倪。"

　　"事情很突然，就是这一两天的事情。"王汉恢复了平稳的气脉，"听修建庙宇的工匠们讲，宁庄主思念亡妻，早就有意修建一座慈宁庵为亡妻祈福，又逢幼女宁香蘸在温泉山庄因病过世，宁庄主更是伤心欲绝，长子长女怕他触景伤情，便将温泉山庄捐了出去。宁庄主向来风雅，淡泊名利，没有张扬。"

"温泉山庄的下人们呢？"秦吱吱依旧不甘心，如果找到几个曾经在温泉山庄干活的下人，或许也会有线索。

"温泉山庄除了两个管事的已经回到棋局山庄，剩下的短工都已经返乡。"王汉惋惜道，"我只差一步，若是再早去些，或许还能看到棋局山庄的大少爷。"

"大少爷？"方一正警觉地看向王汉，"宁庄主的长子？"

"对，工匠们说，棋局山庄的大少爷过来送地契和房契。"王汉回道，"不过大少爷送完东西，就折返回棋局山庄了。三日后，一年一度设在水流云在的棋局大赛就开始了，大少爷着急回棋局山庄招待宾朋来客。"

"水流云在？"明月喃喃自语，"怪不得最近来花坊的公子特别多，我差点忘记了，又到了一年一度的棋局大赛。"

"每年都举行吗？"秦吱吱整日窝在一品棺材铺，两耳不闻窗外事，一心只做大棺材。

"是呀，这是读书人的盛事。那棋局山庄地处落安县、乌城与定县之间，不受任何一方的管辖。听闻宁庄主为真君子，热情好客，多年来，棋局山庄的棋局大赛引无数读书人为之折腰，水流云在的场面十分壮观。"王汉羞愧地挠挠后脑勺说，"可惜，我没读过书，不懂棋艺，不然，我也去凑个热闹，见识见识。"

"那我们今年也去开开眼界。"方一正脸色微冷地拉起秦吱吱的手，"去棋局山庄。"

"好。"秦吱吱又想到些问题，转过身来看向明月，"我想再问最后一个问题。"

"方夫人请讲。"明月恭敬而答。

"你可知柳师傅离开花坊之后，去了哪里？"秦吱吱挑眉问道。

明月怔了一下，说道："听闻柳师傅离开花坊，去的就是棋局山庄。只是，他在棋局山庄仅仅待了半年左右，便离开了。去了哪里，我也不得而知。不过应该也在落安县的大户人家教授琴棋书画。因为他曾经回过花坊数次。"

"他回来过？"方一正蹙眉问道，"可曾讲过什么？做过什么？"

"他每次回来都会给姑娘们带来些小礼物，尤其是送给琉月。"明月痛惜回应，"柳师傅对琉月之心，我早就知晓，但有湘公子在，琉月根本瞧不上柳师傅，柳师傅也是可怜人。"

"你可知晓他为什么离开棋局山庄？"秦吱吱抓住重点问道。

"不知道。"明月摇头道，"柳师傅此生命犯桃花，无论人在哪里，都会引得女子为之倾心。他离开棋局山庄，或许也是因为男女之事。柳师傅为人谦恭有礼，博学多才，又有读书人的风骨，非常讨女孩子欢心。而他偏偏独爱琉月，真是孽缘。"秦吱吱的小脑袋里飞速旋转，串联着所有的证据。

方一正又问了几句，明月一一回答，三人回到县衙已是深夜。

"你们怎么才回来？"莲姨略带埋怨的口吻。

秦吱吱亲昵地拉住莲姨的手，说道："莲姨，你怎么还没睡？"

"我怎么睡得着呀？自从你们拜堂之后，就四处忙碌案子，如此下去，身子怎么能吃得消？"莲姨板起脸，苦叹道，"我原以为大人娶妻之后，有了家，就不会像以前那样整日忙碌，可谁知道，这回可好，改成夫妻同心，一起忙碌了，还真是夫唱妇随。"

"嘻嘻。"秦吱吱为莲姨按按肩膀，撒娇讨好道，"我是为了照顾他，才会贴身随行的。方一正满腹诗文，一表人才，长得又高又帅，若是办案时，被哪个狐媚子瞧上了，我不是要吃亏了？所以，我必须跟着他，他去哪里，我就去哪里，宁当狗皮膏药，也绝对不能放松警惕。"

狗皮膏药？方一正的脸色深沉地瞄向秦吱吱：不要太过火。秦吱吱一副信心满满的样子。

莲姨溺爱地拍了拍秦吱吱的手，说道："你呀，就是贫嘴。我怕你们饿肚子，过来送饭的。你们整日办案，当心累坏身子，这年轻人啊，传宗接代才是头等大事，你们可别马虎。"

"呃。"秦吱吱笑眯眯地看向方一正，说道，"生孩子吗？小事一桩，一晚上即可搞定。"

方一正简直羞愧得要钻老鼠洞了，一个女孩子家大言不惭地谈论闺房之事？必须要好好教导她。

"什么？"莲姨却听出弦外之音，急忙站立起来，目不转睛地盯着秦吱吱的肚子，"对呀，我怎么没想到呢。你是不是有喜了？"

"没有，没有……"秦吱吱连连摆手，口气有点大了。

莲姨又转向方一正，嘱咐道："你是精通医术的，要细心些，若是吱吱有孕在身，如此劳累，岂不危险？哎呀，吱吱，你快坐下，饿了吧，先趁热吃饭。你们先吃着，我去后院杀只鸡。明儿一早，炖些鸡汤给吱吱补补身子，女人生孩子是大事，千万别马虎了。"莲姨神色喜悦地离去。

秦吱吱欲哭无泪。

方一正黑着脸，坐在秦吱吱身边，拿起竹筷夹起一块五香牛肉放在秦吱吱的碗里，说道："吃饭。"

"谢谢。"秦吱吱毫不客气地将大块牛肉放入口中，满意地咽下喉，像小猫一样忐忑不安地问道，"怎么办？"

方一正放下竹筷，生硬地挤出几个字："怎么办？只能回房办。"

"咳咳……"秦吱吱差点噎到，"你什么意思？想占我的便宜吗？"

方一正脸不红、气不喘，慢悠悠地说："方才谁说的生孩子是小事一桩，一晚上的事情？我自然是顺着你的意思了。"

"你，你无赖！方才只是权宜之计，哄莲姨开心的。"秦吱吱摆出标准的姿势，一只手叉着小蛮腰，另一只手在方一正面前指指点点，"今夜，我们不能再同床睡了，你去睡茶房的床。"

"茶房的床是验尸用的。"方一正满脸不高兴，"你怎么不去睡？"

秦吱吱气急败坏地说："我是女孩子，怎么能睡死人的床呢？"

"嗯，你不提醒我，我差点忘记你是女孩子。可是世上的女孩子，哪有你这般彪悍的？"方一正上上下下仔细地打量着秦吱吱，"你害怕死人的床吗？听闻秦九家的女儿是睡棺材长大的。你睡茶房，不是正好顺应你的心意吗？"

"你……"秦吱吱的小手划破空中，握紧粉拳，"别秦九秦九的，别忘记，他是你的岳父大人！"

"哈哈。"方一正挑眉微笑，"多谢夫人提醒，不过既然我承认岳父大人，那自然也承认了你，夫妻之间哪有分房而睡的？"

"呃……"秦吱吱愣住了，不对呀，她这番话似乎正中方一正下怀，掉入圈套了。没想到老实本分的方一正心肠也是坏的，太气人了。

方一正恰到好处地将鸡腿塞了过来，语调迟缓地说道："唉，你以为我愿意与你同床共枕吗？哄莲姨开心呀。她年纪大了，大半生贫苦，如今所有的希望都在你我身上，我怎能让她伤心？你瞧她方才的样子，已经当真了，看你怎么圆场。"

"我……"秦吱吱狠狠地咬了一口大鸡腿，"这些我都明白，我也是为你好，你竟然幸灾乐祸。"

"幸灾乐祸？"方一正放下汤匙，委屈道，"秦吱吱，你有没有良心？这生孩子是两个人的事情，此刻你若是怀上了，还好说。你若是怀不上，莲姨恐怕日日都会逼着你我喝养身的参汤啊、从观音庙求来的神水啊。别说我没有提醒你，以后的日子要不好过了。"

"不会吧？"秦吱吱也觉得自己有些失言。

"所以，我们要想个办法。"方一正话锋一转，嘴角上扬，"只要能骗过所有人，就无事了。"

"对，的确是这样。"秦吱吱赞同地点头，"法子一定要好，不能让关心我们的人伤心。"以前，她总觉得女孩子撒个善意的小谎没什么，如今看来，善意的小谎也是大事。这完全取决于对方对你的心思，对方投入的心思越多，便代表着受到的伤害越大。

如果对方的心都在你身上，那无疑是将还未愈合的伤口无情地撕开。

莲姨便是如此，若是知道她和方一正假成亲的真相，恐怕会伤透心。

想到这一层，秦吱吱心里堵得慌，美味的鸡腿也味同嚼蜡，整个人都觉得不好了。

方一正低声劝慰道："别想那么多了。明日咱们就动身，前往棋局山庄。"

两人像商量好了一样，不约而同地走进卧室，盖着同一张被子，枕着同一个长枕，背靠着背，进入梦乡。

清晨醒来时，姿势惊天大逆转，两人由简单的背靠背改成拥抱式，连凌乱的头发也缠绕在一起。

"把你的手拿开！"秦吱吱恶狠狠地威胁道，"不然，我咬掉你的耳朵。"

"拿开可以，你必须先把脚拿下来。"方一正委屈地回答。

秦吱吱深深吸了口气，厚着脸皮说道："咱们一起动。"

"好。"方一正无可奈何地点头。

"一二三。"随着秦吱吱清脆的喊声，两人自动分离，回到正常状态。

"以后你要是再敢这样，小心我……"秦吱吱做出抹脖子的手势。

"你讲点道理好不好？"方一正打个哈欠，坐了起来，"看来要盖房了，我也不想和你一起睡。我来给你梳头……"方一正轻轻地拂过秦吱吱的长发，认真地梳了起来。

起床小风波，顺顺当当地结束。

莲姨也没有失言，逼着秦吱吱喝下漂着一层厚厚油脂的鸡汤，又絮叨了方一正一大堆关切的话语，高兴地离去。

"莲姨真是好手艺。"秦吱吱擦了擦油乎乎的嘴角，望向院落里的偏房，"李秋实呢？"

李秋实大摇大摆地踏进屋内，说道："我一直都在。"

"李大哥好风趣。"顾砚竹跟在后面。

秦吱吱一心都在案子上，提议道："既然大家都来了，不如去茶房整理线索。将众人的想法和所有的证据汇合、串联在一起，再根据每个人所掌握的信息进行交流、剖析，或许你、我、他的一句话能成为破案的关键。"

"这个有趣。走，去茶房。"性急的李秋实径直站起来，抬腿就往外走。

昏暗的茶房，秦吱吱和方一正将所有证据都整整齐齐地摆放在桌案上。

李秋实和顾砚竹仔细地翻看着。

秦吱吱更主动当起了解说员，指着垫在冰块中的死老鼠和死婴说："这是城郊盗尸案中的证据，墓主人宁香蕤，棋局山庄的小姐，表面上看是病死的，但实则是被人毒死，此人手法狠毒，对身怀六甲的孕妇下手，罪不可赦。"

"那她的尸身找到了吗？"李秋实疑惑地问道。

"还没有，我已经派唐狄去查了。"方一正脸色低沉，语气强硬，"盗取尸身的人，大多是将尸身卖给他人再配冥婚，此种陋习，已经被朝廷明令禁止，但依然有人敢冒险而为之，基本都在背地里的勾当，唐狄查起来也颇为费力，至今没有任何线索。"

"那倒也未必，此事，说容易，也容易，说难，也困难。"顾砚竹狠住红唇，"配冥婚者都是高门大户，贫苦的人家谁会舍得花钱做死人的事情？我觉得，若是去附近县城的药铺多打听留意，能找到些线索。"

"对，砚竹说得有道理。"秦吱吱投给顾砚竹肯定的眼神，"重点排查富贵人家中未婚而亡的公子哥，这样范围便缩小了很多，会增加办案的效率。一定要尽快找到宁香蓝的尸身，时间越久，尸体的腐烂程度越深，证据便会越少，对侦破案件非常不利。"

"我会告知唐狄。"方一正点点头道。

"嗯，此案还有一个最为重要的疑点：宁香蓝腹中胎儿的亲生父亲到底是谁？随葬的物件被洗劫一空，现场一片狼藉，毫无线索。"秦吱吱微皱眉心，"若是找到此人，此案也会有很大的转机。"

"这点不难，真相就在棋局山庄。"方一正笃定地回道，"宁香蓝是未出阁的小姐，这未婚生子的隐晦之事，只有至亲的家人才能说得清楚。所以，只要我们去棋局山庄面见宁庄主，就会知晓此事的来龙去脉。"

秦吱吱顺手打开一个桃木的匣子，从里面取出一枚小棋子，晃了晃，说道："你们瞧瞧，这是什么？"

顾砚竹接过小棋子，定睛一瞧，说道："棋子？"

"翠玉制成的。"李秋实也拿起一枚小棋子，在掌心掂了掂，又举到眼前，迎着透过窗棂的一缕阳光，无心地看去。他连连惊叹道，"是翠玉，没有一丝杂质。这样的翠玉堪称珍宝。吱吱，你是从哪里得到的？"

敏锐的方一正想到了最关键的问题："如此珍贵，为何盗墓的人没有将其带走？"

"难道是夜里看不清落下了？"顾砚竹静心猜测道。

"不会，盗墓者的眼睛向来比山里的狼眼还要明亮，他们冒着杀头的危险，好不容易挖开墓地，是绝对不会轻易放过任何一件宝物的。"方一正盯着装满小棋子的桃木匣子，若有所思。

秦吱吱也捡起一枚小棋子，看了起来。

李秋实揶揄道："这等美玉，若是串成珠络子，多好。"

"呃。"秦吱吱手中一滑，小棋子不偏不正地掉入装满清水的铜盆。

"没关系，洗过的翠玉更晶莹剔透。"李秋实不好意思地挠挠头。

"真是怕了你。"秦吱吱挽起袖子，捞出小棋子。可是，拿到小棋子，她觉得有些不对劲。原本光滑的小棋子，变得黏糊糊的。她大声说道，"这水有问题！"

四人围着铜盆，盯着满盆清水。

"水变浑浊了。"方一正看着铜盆底部，坚定地说，"平日里，铜盆装满清水时，会轻易看到盆底金鱼鳞片和眼睛的图案，而此时只能看到金鱼图案的轮廓，鳞片和眼睛等一些细节看不到了，说明水浑浊了。"

"不但如此，好像还黏糊糊的。"李秋实将手伸到清水中搅了搅问道，"有糨糊？"

"茶房的水是昨夜备下，待沉淀之后，清晨再用细纱布滤过，只为应对突发的案件，为验尸做准备。"顾砚竹出身仵作世家，自然对茶房中的东西特别熟悉。

秦吱吱拿着小棋子，盯着铜盆发呆，她索性将所有棋子都倒入铜盆。接着，她拿起挂在墙上的酒葫芦，将浸泡过海草的烧酒一齐倒入铜盆。

满盆的清水变成了黑黑的墨色，而且有凝固的趋势。

"这——"李秋实目瞪口呆地大喊道，"水里有毒。"

"这是麦粉，这水中有麦粉的成分。麦粉有一种最特殊的特性，与之结合，变成墨色。"秦吱吱从铜盆中捞起一枚小棋子，"问题就出在它的上面。你们都过来摸一摸。"

方一正接过小棋子，在手中捻了捻，说道："真的是糨糊？"

"对，所有的小棋子上，都涂了一层糨糊。"秦吱吱不停地翻动水中的小棋子，放在鼻尖前闻了闻，"不过这糨糊似乎是用特殊秘方制成的，浓度非常高，即使风化，依然会有很高的黏性。"

"谁在绝世珍宝的棋子上涂糨糊？是为了藏拙？"顾砚竹不解地看向秦吱吱，"藏宝？"

秦吱吱摇了摇头，缓缓地说道："既然是宁香蕊的陪葬，想必就是棋局山庄中的珍宝，宁庄主疼爱亡女，将珍宝作为女儿的陪葬，也说得过去。"

"虽然说得过去，但我看此事有蹊跷。"方一正紧盯着小棋子，"一副棋，分成黑白两色，为何这里只有黑子，没有白子呢？"

"白子被贼人盗走了？"李秋实警觉地猜测。

"不会，他们既然能盗走白子，就能盗走黑子。"方一正将所有小棋子从铜盆中捞出来，重新装进桃木匣，"这是最重要的线索。"

"对。"秦吱吱低头想了想，"我们带着棋子一同去棋局山庄，必要时向宁庄主讲明真相，或许会找到我们想要的答案。"

"好。"方一正赞同地点头，两个人相处久了，变得更加默契。

秦吱吱兴奋地说道："第一件案子基本情况就是这些。最为复杂的是月浓花坊的命案，就目前掌握的证据来看，可以认定：其一，琉月、柳师傅、湘公子都与凶手认识，有人在袒护凶手；其二，三人都有交集，并且与棋局山庄有千丝万缕的关系。"

"不错。昨日我们漏掉了一个重要的疑点，那就是湘公子和明月关于凶手的推测。"方一正拿起琉月的验尸记录，说道，"按照湘公子和明月所言，杀害琉月的凶手是月浓花坊背后的金主买凶杀人，但通过检验琉月的尸身得知，琉月的真正死因是溺水。"

"溺水？"李秋实直接跳起来反驳道，"溪园的水只有齐腰深，琉月身材高挑，怎么能淹死人呢？"

"谁说水浅淹不死人？琉月是主动求死的。"秦吱吱略带忧色地说道，

"但是她的袒护和成全，并没有让凶手觉悟，反倒让凶手更加疯狂，甚至用惨烈的方式活活烧死了柳师傅。对了，琉月死后，容貌是什么样子的？"

方一正沉思片刻，说道："她泡在冷水中，脸颊微肿，但身姿没有太大变化。"

"额头有处创伤，眼角有几条血痕。"顾砚竹虽然不是仵作，但是自幼跟着爷爷和父亲验尸，也懂些门道。

"这就对了。"秦吱吱低下头说道，"你们想想，柳师傅当时在戏台上，为什么会无故抚摸琉月的脸呢？"

"他喜爱琉月。"李秋实老老实实地回道。

"不对。"秦吱吱摇头，"柳师傅是谦谦君子，深得花坊的姑娘喜爱，一个重要原因便是尊重别人。"

"尊重别人？"顾砚竹一头雾水道。

"我的意思是柳师傅饱读诗书，谦恭有礼，非常尊重花坊里的每一位姑娘。试问，如此优秀的男子哪个女孩子会不喜欢？以柳师傅的为人，他是不会在众目睽睽之下对琉月动手动脚的，除非是另有原因。"

方一正凝神道："当时，柳师傅不停地抚摸琉月的脸，才会将身上的磷粉无意中撒到琉月脸上，琉月身上起火，之后柳师傅奋力扑救，点燃了自己身上的磷粉，最后两人被烧得粉身碎骨。如果串联到一起，这场水到渠成的火灾早被凶手算计好了。问题便出在琉月的脸上，她的脸上到底有什么？"

"玫瑰花瓣。"秦吱吱挑眉说道，"是撒在琉月身上的玫瑰花瓣，有人将几片玫瑰花瓣粘到琉月脸上的伤口处，意在遮挡。而柳师傅试图见琉月最后一面，才会用手试图掠过，但有几个花瓣总也弄不掉，他才会不停地轻轻拂过，我们外人在台下望去，以为他是在抚摸琉月。而正是他的这个小动作，烧毁了琉月和自己。"

"花坊有凶手的暗线？"方一正推测道。

"不是暗线，我偷偷问过莘月，花姨娘知晓琉月爱美，请了师傅为之上妆，明月提出用花瓣遮盖伤痕，师傅照做了。"秦吱吱眸色加深，"现在反过来想想，明月没有说实话，送花宴，其实不是她的主意，是有人借她的嘴说出来而已。换句话说，整个送花宴都是在那个人的掌控下进行的。"

"湘公子？"心思缜密的顾砚竹脱口而出。

"对。明月每一次提及湘公子，都目光闪烁，言语迟缓，对湘公子观察得颇为细致，连身姿胖瘦都铭记于心，这分明是女子爱慕男子的表现。"秦吱吱一口咬定，"所以我觉得，明月对湘公子暗中生情，反被湘公子利用。"

"明月也参与其中？"李秋实猜测道。

"不，从明月的表情和举止来看，她仅仅是被人利用而已。"秦吱吱回应道，"湘公子来县衙这一招儿，虽然危险，但胜算极大。他就是一只狡猾的狐狸。"

"那琉月、柳师傅、湘公子这三人之间到底有何关联？"顾砚竹疑惑不解。

秦吱吱用最简洁的方式回答："他们三人之间的关系按照感情划分是：柳师傅爱慕琉月，琉月爱慕湘公子，湘公子只当琉月为红颜知己。但在琉月死后，湘公子似乎后悔了，但一切都晚了。"

方一正也学着秦吱吱的方法，举一反三地说道："若是按照活动范围划分，他们三人所在的地方分别是：琉月身在月浓花坊，柳师傅在月浓花坊、棋局山庄和温泉山庄分别都小住过，而湘公子颇为神秘，至今不知其身份。"

"这么说来，最关键的人物是柳师傅？"顾砚竹细细翻看柳师傅的验尸报告，纳闷说道："柳师傅泡过温泉之后，来到月浓花坊参加送花宴，也就说他的衣袍在温泉处被人动了手脚，但柳师傅身患风湿痹病……"

李秋实眼前一亮，放下副本，说道："落安镇的温泉多在郊外村落，离月浓花坊较远。柳师傅行走不便，他不是走来的，是坐马车来的，这一路颠簸，马车上会留下磷粉的痕迹。"

方一正语调低沉地说道："我让王汉去集市查查来往的马车，如果真的在马车上找到磷粉，便坐实了我们的猜测。"

秦吱吱笑眯眯地讨好道："其实湘公子的身份也非常重要。我昨日突发奇想：柳师傅的一万两银票既然是来自棋局山庄，而且他又是盗尸案中墓主人宁香蓝的师父，这一切似乎都和棋局山庄有关联。所以，我怀疑湘公子真正的身份是棋局山庄的大少爷。"

方一正眼神幽森地说："我也如此想过，你还记得昨日王汉说过：棋局山庄的大少爷在温泉山庄里出现过，这与昨日湘公子的行踪也颇为吻合。"

"宁庄主为做善事，早不捐，晚不捐，偏偏在最关键的时候将温泉山庄捐赠给慈宁庵，分明是欲盖弥彰，销毁证据。"秦吱吱愤慨道，"算算时间，温泉山庄动工时，正是湘公子来县衙的时候，他分明是来拖住我们的。"

"的确有这种可能，但是我们没有证据。"顾砚竹面带忧色，"可惜温泉山庄已毁，所有证据都没有了。"

李秋实摊开双手，说道："没关系，待我将棋局山庄的大少爷给抓来，饿上个十日八日，看他招不招。"

"就你厉害。"秦吱吱苦笑摇头，"只要他存在，定会留下证据，天底下根本没有天衣无缝的作案手段。"

方一正点头道："盗尸案和月浓花坊的命案可以并案。"

"目前的证据只有这么多。"秦吱吱轻轻碰了碰方一正的肩膀，"最棘手的是，凶手的作案动机是什么？"

秦吱吱柳眉微蹙，说道："凶手直接或间接杀害宁香蓝、琉月和柳师傅，图的到底什么？"

"杀人动机？这世上的杀人无非是为财、为色、为仇、为情。"顾砚竹一一铺开说起，"一定不是为财，因为这三个人都没有钱财上的纠缠；也不是为色，仰慕琉月的男子不计其数，花坊的姑娘也没把柳师傅当外人，凶手怎么舍得随意杀人？极有可能是为仇，流落花坊的琉月或是身负血海深仇，报仇未果，反被害死，也是有可能的。"

众多线索之中，的确忽视了琉月的身世。每一个娇妍如花的女子，流落烟柳之地，背后都隐藏着一部血泪史。琉月也逃不脱凄凉的宿命。秦吱吱眉目微拧，眸子暗沉。

方一正也意识到自己的失职，问道："还要再去一趟月浓花坊？"

"不必，派王汉暗中调查。事隔多年，一时也查不出什么来。"秦吱吱轻轻应答。

"好，我吩咐王汉去做。"方一正思忖后，笑道，"大家集思广益，交流效果的确很好。我们立刻启程去棋局山庄。"

李秋实用手轻轻划过下巴，说道："如果去棋局山庄，我们四人最好分开查案。"

"分开查案？"方一正不解地问道。

顾砚竹温婉地解释道："李大哥的意思是：我们四人分别去棋局山庄，明里为调查宁香蓝的案子，暗里调查琉月和柳师傅的案子，再探一探棋局山庄的大少爷和湘公子的关联。"

"对，我就是这个意思。"李秋实点头道，"若凶手真的与棋局山庄有关，我们四人一明一暗，定会查出更多的端倪。若是没有关联，我们便顺其自然，也不会牵扯太多麻烦。"

秦吱吱随即点头道:"好,我们分成两组,一组名正言顺地去调查宁香蕊的案子;而另一组乔装打扮,为棋局大赛而去。这样彼此间也好有个照应。"

"好,我和吱吱一组。"李秋实朝着秦吱吱凑过去。

秦吱吱胆怯地瞄了瞄方一正。方一正微微一笑道:"我同意李兄的提议,你们乔装成书生去参加水流云在的棋局大赛。我和砚竹以落安县县衙的名义去拜访宁庄主,各自启程,暗中联络,就这样定了。"

秦吱吱惊讶不已,他同意了?顾砚竹的脸上飘过失落的神色。

小小的茶房,几家欢乐几家愁。

临近傍晚,马车出了城门。

秦吱吱撩起蓝花布帘,沉浸在大自然的美景中。

"吱吱姐,喝些水。"善解人意的顾砚竹递过小葫芦。

"谢谢!"秦吱吱咕咚咕咚地喝了一大口。

李秋实瞥了一眼,说道:"你这身打扮像宫里的人。"

"咳咳。"秦吱吱差点呛水。

李秋实大笑道:"你做件作真是屈才了,送入宫里,会大有作为。"

"行,改日我入宫一定带上你,咱们有福同享。"秦吱吱故意凶悍地应道。

马车内欢声笑语,方一正一言不发,他眼神深邃地盯着远方,似有心事。

"哎。"秦吱吱扬起手,在方一正的眼前来回晃动,"你怎么了?"

"我在想,你。"方一正径直而答,"今日是我们成婚的第七天。"

秦吱吱的言语间带着落寞:"你记得好清楚。真快,都七天了。"

顾砚竹满脸歉意地说道:"我们折返回去,明日再启程。"

"你说呢?"方一正目光真挚地说道,"按照本朝的规矩,成婚七日,夫妻双双回门，拜见岳父大人。"

顾砚竹亲切地拉起秦吱吱的手，说道："离开一品棺材铺，嫁给方大哥，一定想家了吧。"

"家？"秦吱吱清楚地记得爹爹送她坐上花轿时的情景，这些天在忙碌案子，似乎忘记了她还有一个温暖的家和疼爱自己的父亲。

人总是这样，在高兴忙碌时，总是遗忘很多东西，而在陷入低谷或是遇到困难时，第一个想到的就是家和家里有疼爱自己、为自己遮风挡雨的至亲父母。

即使全世界都抛弃了自己、背叛了自己，至亲父母也会义无反顾地保护自己。

这份爱，没有理由，只有世代的传承和守候。

秦吱吱感触颇深地想：她的确应该回去看看爹爹了。

"想回去吗？"方一正看穿秦吱吱的心思，温柔地问道。

"嗯。"秦吱吱低头思忖道，"不如让莲姨代我们回去一趟，也好让父亲安心，待棋局山庄的事情忙完，我们再一同回去。"

方一正微笑地点头道："临行前，我已经备好四样吉祥如意的礼物，并告知莲姨，若是天黑前你我未回县衙，就麻烦她独自登门解释。"

"方大哥想得好周到。"顾砚竹柳眉微挑道，"吱吱姐放心，莲姨为人和善，会和秦伯伯讲明你们的心意。"

秦吱吱的心里很暖，方一正不但事事征求她的意见，而且心思缜密，每件事情都安排得妥妥当当。

她虽然精通件作之道，但对于人情世故、生活琐事并不在行，甚至有些糊里糊涂。方一正刚好弥补了她的不足。这么看，她和方一正还真是天生一对。

秦吱吱感到双颊有些发热，扭捏地清了清嗓子，说道："谢谢。"

第十一章　远行

天色渐晚，马车疾驰而行。

方一正严肃地说道："我们遗漏了一个非常重要的问题。"

李秋实疑惑道："有新的线索？"

"不是。"方一正摇头道，"关于我们四人此番去棋局山庄的计划？"

"我们不是已经计划好，两人一组，一明一暗地进入棋局山庄吗？"顾砚竹说道。

"的确如此，不过……"方一正不动声色地问，"你精通棋艺？"

"呃，这个……"秦吱吱噎住了，姑且只认识黑白两个颜色的棋子。

"你不懂棋艺？"李秋实满脸惊愕。

"不懂怎么了？"秦吱吱虚张声势地提高语调，"这世上懂棋艺的人不计其数，会验尸的仵作屈指可数，我这叫术业有专攻，懂不懂？真是没见过世面。"

"我没见过世面？"李秋实挥手指向自己，又无奈地落下，神情啼笑皆非道，"我是真服了你，对棋艺一窍不通，还要随我去参加棋艺大赛，你真是艺高人胆大啊。"

"承蒙夸奖。"秦吱吱坏坏地拱起双手。

方一正没有像往常一样挖苦秦吱吱，眸中闪过狡黠的光芒。他安抚道："我们很难想出两全之策，不如直接更改计划？我们四人做个小小的调整：我与吱吱一组，以落安县的名义拜访宁庄主。李秋实和砚竹一组，以兄妹相称，去参加棋局大赛，砚竹棋艺精湛，与我在伯仲之间，不会被人怀疑的，不过——"

"不过，如果棋局山庄的大少爷真的是湘公子的话，就不行。"秦吱吱大声讲道。

"的确如此。"方一正微微叹口气，"湘公子心思敏捷，必须计划周详，否则就会前功尽弃。"

"方大哥的提议我赞同，只是李大哥——"顾砚竹有些犹豫。

"嗯。"秦吱吱看了看发白的衣袖，计上心头，"我有办法。"

"快说。"李秋实着急地追问。

秦吱吱坏坏地笑道："我能乔装成男子，你也可以成为姑娘。湘公子只见过你一面，印象不会太深刻。你只要阴阳逆转，穿上衣裙，我保证他绝对不会认出你来的。"

"装成女人？"李秋实激动得差点蹦起来，连连摆手加摇头，"不行，大丈夫行走江湖，哪能装成个柔弱的女子？"

"这都是为了破案。"秦吱吱大声反驳，"大丈夫行走江湖，能屈能伸。"

方一正沉稳地说："我认为此法可行。"

"真的没有其他好法子吗？"李秋实做最后的抗争，"我们分成三组，我和砚竹分开走。"

"不行，砚竹是女孩子，性情淑婉，棋局大赛以年轻的读书公子为多，她独自一人，太过危险。"方一正直接反驳。

"那——"李秋实的手终于无力地垂下，整个人都无精打采的，看来只能认命了。

秦吱吱见时机成熟，忙拂过李秋实的衣袖，柔声劝慰道："其实，也没有什么大不了的，你看看我，当初乔装还去过月浓花坊呢，就算穿得像个小太监，但办起事来反而顺手。恰巧，我带了套女装，一会儿找个偏僻的地方给你换上。东方不亮西方亮，说不定你还能在水流云在大放异彩，弄出个什么风流韵事，被后人千古传颂呢。到时候，可别忘记我这个大恩人呀。"

李秋实勉强地点点头，苦涩地说："我不求什么千古传颂，只求你们别把我画得太丑，吓到了旁人就不好了。"

"放心，这个包在我身上。"秦吱吱对方一正点了点头。

马车内笑声不断，四人谈古论今，好不热闹。

秦吱吱一向说到做到，在离棋局山庄仅有数十里的小镇上，找了家素雅的客栈，仔细地为李秋实换上了女子的衣裙。

"哎，你到底会不会？"李秋实埋怨道。

"嗯，快了，快了，你再忍忍。"秦吱吱一顿手忙脚乱，依旧系不上嵌着金丝的盘扣。

本来就不情愿乔装成女子的李秋实也变得愈加狂躁，低头看了看高高耸起的胸前，咬着牙，恨恨地说："你是从哪里弄来这么大的馒头？"

"我亲手做的呀。"秦吱吱正在和盘扣、丝带做生死搏斗，"昨晚，莲姨知道我们要远行，特意做了好多馒头，让我们路上做干粮，我反正也闲着无趣，便帮忙做了几个，只是我的手艺不大好，水碱放得有点多，面团也揉大了。但是，没想到，还真派上用场了。晚上，你要是饿了，就低头咬一口，没事的，这馒头个头大，少掉一半，挂在胸前也是玲珑身段，不过——"

李秋实翻起白眼，说道："秦吱吱，你是不是存心的？你和方一正是不是昨夜就商量好，今天捉弄我？八成是被我猜着了，要不然你怎么既带了馒头，还带了一件又肥又大的衣裙？哎，这是你的衣裙吗？"

秦吱吱不好意思地举起小手说道："我向天发誓，真不是存心的。馒头是无心之举，这衣裙更是无心之举。我只是随便在嫁妆的箱子里挑了件讨喜的衣裙，谁知道会这般大呀？不过，你让我把话说完哈。你夜里吃馒头的时候，一定要均匀地吃，左边吃一口，右边吃一口，免得弄得一边大，一边小，左右失衡，那样不好看，嘿嘿，你懂的……"

"秦吱吱！"李秋实真想把贴在胸口的两个大馒头给拽下来，直接扔在那张可恶的小脸上。

"马上就弄好了。"秦吱吱主动讨好道，"别生气呀，我只是开个小小的玩笑。瞧瞧，美人一生气，砚竹为你梳的流云髻都乱了。"

"哼。"李秋实看了看铜镜中的自己，气愤得牙根痒痒。

秦吱吱摆正李秋实的脸，说道："别动，哎，完了，不行，要重新来画，你的眉毛太繁茂粗壮，一看就不像女子，我先给你修修眉毛。"她麻利地从包裹中拣出一根丝线，双手捻过，将其系成圆形，然后像翻花绳一样，分别用大拇指和食指将丝线撑开，一手固定丝线，一手拧了个麻花结，形成的内三角刚好夹住李秋实的一根眉毛。灵活的手指快速移动，其实就是用丝线做成的剪刀。

"哎哟！"李秋实疼得吱哇乱叫，"你能不能轻点？好疼！"

"你忍着点，刚开始有些疼，一会儿就不疼了。"秦吱吱轻轻吹过拔掉的眉毛，轻柔地说，"你是大将军，怎么怕疼呢？"

"将军？"李秋实似乎想到了什么。炽热的河水，漫天的大火……他在哪里？头好疼，除了名字，他似乎什么都想不起来了。

这时，方一正到了。秦吱吱放下丝线，满意地拍手，说道："瞧瞧我的手艺，不错吧？这是最流行的桃花妆哟。"

方一正连声称赞："不错，我看甚好。"秦吱吱开心地大笑道："从现在起，你就是砚竹的贴身丫鬟——小秋。"

李秋实双手摊开，无奈地点头。

顾砚竹匆匆跑进来，气喘吁吁地说："不好了，我在街上给令狐大哥买鞋，所有人都在谈论，棋局山庄的宁庄主重病在身，卧床不起，宁家正在重金聘请名医为其诊病，如今棋局山庄乱作一团，暂时由大小姐宁香云主内，大少爷宁子浩主外，以确保一年一度的棋局大赛顺利举行。"

"宁庄主病了？"秦吱吱暗自疑惑，"他早不病，晚不病，偏偏在这时病了？"

"那你们如何去查案？"顾砚竹低声追问。

李秋实故意翘起了兰花指，拿捏着声调道，"依我看呀，此事必有蹊跷。"

"我看甚好，医术本就是我的本家，那我去为宁庄主诊脉，看看他到底是真病还是故弄玄虚。"方一正语调执着。

"好，我们就闯一闯棋局山庄的龙潭虎穴。"秦吱吱信心满满道。

翌日清晨，方一正和秦吱吱起得极早，没和任何人打招呼，迎着熹微的晨光出门了。

按照昨夜四人的约定：秦吱吱和方一正先行，李秋实和顾砚竹在后，最好与前往棋局山庄参加棋局大赛的公子们结伴同行，免得惹出什么不必要的是非。

方一正和秦吱吱很快出了城门，直奔浓郁的林间小路。

"既然我们是大摇大摆地去棋局山庄，为什么我还要穿男装？"秦吱吱挺直腰板，晃动着脖颈。其实穿男装倒是没什么，只不过举手投足间，总是得想着用力。

方一正默默地说："办起事来方便。"

"我觉得女子办起事来才方便。"秦吱吱眼珠一转，"你是不是不舍得花钱给我买新衣服？"

方一正风趣地回道："你不是带来十箱嫁妆吗？难道缺衣服？"

"方一正，"秦吱吱张牙舞爪地挥手过去。方一正急忙加快脚步，躲过她的攻击。秦吱吱不甘心地又迎了上去。

山野树林间回荡着欢声笑语。

第十二章　庄主

阳光正暖，秦吱吱和方一正来到隐于尘嚣的棋局山庄。

这里宛如一座千年古刹，处处苍松夹道，潺潺溪流的泠泠之音与清风对鸣，如歌如乐。两人踏在通往庄门的石阶，时间似乎都静止了。

方一正叩响古朴而厚重大门。

"谁呀？"里面传来哭啼声。

"落安县知县——方一正前来拜访宁庄主。"秦吱吱高声应道。

庄门徐徐打开，走出一位满脸悲色的白发老者，说道："大人来得不巧，老爷归天了。"

"归天了？"方一正和秦吱吱惊讶不已。

秦吱吱透过门缝望进去，并没有看到素白之色，是秘不发丧，还是……

白发老者哽咽哭道："自从香蓝小姐过世后，老爷身子孱弱，三日前卧床不起。大少爷和大小姐从外面请了好多的郎中前来诊病，大家都是束手无策。老爷刚刚在天元阁归天了。"

"我去看看。"秦吱吱抬脚就往里走，死者死的时间越短，留下的证据越多，即使是正常死亡，也能更好地做出判断。

方一正一把拉住急躁的秦吱吱，他轻轻拱起双手，和蔼温润地说："老人家，请节哀顺变。既然我们远道而来，又赶上宁庄主的丧事，请允许我们前去拜祭，略表一下敬意。"华夏大地一向以死者为大，带着缅怀之心，悼念死者，谁都不会拒绝。

白发老者擦了擦泪痕，说道："大人里面请。"

方一正和秦吱吱随着白发老者来到天元阁。天元阁取棋盘中心天元之意，也预示着居住之人的乾坤主位。整座楼阁的装饰皆以圆形的小棋子堆积成图，妙不可言。

刚一进门，秦吱吱和方一正便闻到一股浓重的参汤气味，明眼人都知道，如此浓重的参汤只为续命。

宁庄主真是重病缠身？秦吱吱轻轻向里望去。

天元阁的地面是一张偌大的黑白二色棋盘，满屋子的人像棋子一样在棋盘上忙忙碌碌，张罗丧事，布置灵堂。

内室不时地传出嘤嘤的哭声，看样子，宁庄主是刚刚咽气。

"大小姐，落安县知县方大人到了。"白发老者卑微地对着内室里的屏风禀告。

"陈叔，让他进来吧。"极其温柔的声音缓缓传出。

"是。"陈叔做出里面请的手势，"方大人，请。"

秦吱吱和方一正谨慎地踏进内室。

内室不大，古朴而奢华。墨色的雕花木床上躺着一位双目紧闭的老者，想必他就是山庄的主人——宁庄主。

床边的圆形锦凳上坐着一位梨花带雨的女子，女子身材高挑，玲珑有致，未施粉黛却肤白粉嫩，娇妍夺目，是位难得的美人。两个丫鬟跪在地上哭泣着。

女子见生人到来，缓缓站立起来，柔软的身姿犹如有气无力的藤蔓，摇摇坠坠，只能轻轻扶着旁边的软榻沿子，说道："方大人好。"

"我是落安县知县方一正，她是秦仵作。"方一正自我介绍。

"我是宁香云。"女子神色悲恸地说道，"家父病重多年，今日驾鹤西去。大哥外出办事，要晚上才能回来。如今山庄内，只有我一个弱女子主事，有招待不周之处，还请二位见谅。"

"有劳香云小姐。"方一正微微点头，表示回礼。

"等等！"秦呿呿紧紧盯着宁庄主，一个箭步冲了上去。

"你——"宁香云脸色发白地靠在软榻上。

"他是什么时候咽气的？"秦呿呿一手扣住宁庄主的手腕，一手探在宁庄主的颈间，急切地问道。

"家父刚刚咽气，不过半炷香的工夫。"宁香云眉心紧皱地说道。

秦呿呿翻开宁庄主紧闭的双眼，又俯身听着心跳，笃定地说，"他没有死，只是心停，造成死亡的假象。现在情况非常危险，再拖延下去，必死无疑。方大人，快过来帮忙！"

方一正帮助秦呿呿将宁庄主的双脚垫高。

"家父没死？"宁香云傻傻地看着已经没有一丝气息的宁庄主。

两个丫鬟吓得止住了哭泣，怔怔地看向举止怪异的秦呿呿。

"你们快去取些冰块来，越快越好！"秦呿呿一边卷起衣袖，一边急匆匆地吩咐丫鬟。回过神的丫鬟连滚带爬地跑了出去。

"马上解开他的衣服。"秦呿呿坚定地说。

人命关天，方一正毫不犹豫地解开宁庄主的衣衫。

"住手！你们怎么能如此羞辱我父亲？"宁香云出言制止。

"我们是在救他！"秦呿呿虽然和宁香云说着话，但双手一直在不停地推揉着宁庄主的额头。

"救我父亲？"宁香云满脸疑惑地问道。

"对。"秦吱吱再次拨开宁庄主紧闭的眼皮，"我且问你，你要如实告知。宁庄主平日里是不是总在屋子里待着，很少到外面走动？而且时常感觉到胸闷气短，尤其在春暖花开和初冬乍冷时，病情最为严重？"

"你怎么知道？"宁香云惊愕地问道，"父亲早年在寒冷之地遭遇白毛雪，虽然捡回来一条性命，但双腿冻僵，血脉淤堵，已经多年不能行走。平日里，他总在屋内独自一人下棋。请来的郎中们都说，他的病是由于气血不通所致。"

"这就对了，这些年，多亏天元阁四面树木环绕，阁内举架又高，空气流通好，新鲜。否则，宁庄主根本撑不了几年。"秦吱吱从宁庄主目前的症状和宁香云的话语中可以断定，宁庄主有血瘀中风的倾向。

"那……"宁香云不知所措。

"香云小姐，现在我出手施救，仅仅有一成的把握；但我若不救，宁庄主必死无疑。你快拿主意，到底是救还是不救？"秦吱吱反复按压着宁庄主的胸部，严肃地问。

"嗯……"宁香云的脸上闪过一转即逝的阴冷，转而化作深深的悲恸，直到所有黯淡的眸光定格在形如死人的宁庄主身上。她颤抖地挤出一字，"救。"

"好。"秦吱吱将左手插入宁庄主的颈后，右手按压其前额。再转向方一正吩咐道，"你按住他的头，向上拔。记住力量要恰到好处，以轻柔匀速为上佳，不能太过用力，也不能太过轻柔。"

"好的。"方一正认真地点头。

秦吱吱大喊："绢帕！"

"给。"宁香云急忙递过手中的青纱绢帕。

秦吱吱直接撬开宁庄主的嘴，耐心地为其清理所有的污秽。随着恶脏物被陆续清除干净，四周飘出腥臭的气味。

"我来吧。"方一正实在不忍秦吱吱做这样的事情。

"你继续，千万不要停。"秦吱吱一口回绝。

"冰块来了，冰块来了！"小丫鬟端着满满一盆冰块跑了进来。

"小梦，快将冰块给秦仵作。"宁香云吩咐道。

"放在地上，你去将屋内所有的窗户都打开。"秦吱吱指向两扇紧闭的窗棂，又转向宁香云，"请香云小姐吩咐外厅里的人全部离开，务必保持屋内清静。"

"好。"宁香云示意小梦按照秦吱吱的话去做。小梦麻利地走向外厅。

"秦仵作，先洗洗手吧。"宁香云见秦吱吱如此卖力地救治父亲，心存感激。"等父亲苏醒后，再行清理脏物也不迟。"

"不行，我没有时间洗手。"秦吱吱索性跳到床上，再次翻看宁庄主的眼皮，"我清理他口鼻和咽喉处的脏物，是害怕他突然苏醒过来时，那些脏物会堵塞住嗓子，吸回体内，引起窒息。那样岂不白辛苦了？"

"你又为何总去看宁庄主的眼睛？"方一正对秦吱吱奇怪的救人手法产生了好奇。

秦吱吱指向宁庄主死气沉沉的双眼，低声说："我总看他的眼睛，是在观察瞳孔的变化。若是瞳孔有继续放大的迹象，便是神仙也救不回了；若瞳孔缩小，则代表着有苏醒的可能。"

"原来如此。"方一正点头。

秦吱吱拂过宁庄主的额头，体温还没有下降，证明施救的方法有一定作用。

"先别哭，我还有办法没有试呢。"秦吱吱安慰宁香云，一边拍了拍硬邦邦的床板，"还算结实，就在这里进行吧。"她认真地看向方一正，坚定地说，"接下来，我所做的一举一动，哪怕是一个微小的细节，你都要牢记，不能错过，等我实在体力不支时，你必须接上，否则我所做的一切，都将前功尽弃。虽然，我是第一次这样做，明白吗？"

方一正点头道："明白！"

秦吱吱深深吸了口气，搓了搓双手，用手掌的底部按在宁庄主胸骨的下方，再双手重叠，手臂伸直，利用自身的体重和肩臂的力量，垂直向下地挤压下去，一起一伏。宁庄主柔韧的胸骨随着她的力量而上下跃动。半炷香后，秦吱吱精疲力尽，大汗淋漓。

幸好房门大开，空气流畅，之前刺鼻的气味已经飘散。

方一正终于看清了秦吱吱的意图，大声说道："让我来。"

"不行，或许再坚持——坚持一下就成功了。"秦吱吱苦苦地坚持。就在她上气不接下气的时候，方一正喊道："宁庄主的唇色出现红晕了。"

秦吱吱终于松了一口气，使出吃奶的劲又重重地压了几下，再次翻开宁庄主的眼皮。瞳孔因为光线的射入而有了轻微的反应。

秦吱吱欣喜地看向方一正。

方一正搭在宁庄主的手腕上：脉搏薄弱，还算平稳。

"宁庄主已无大碍，暂时无恙。"方一正喜悦地说。

"多谢两位相救！"宁香云跪倒在地，喜极而泣。

"先别说谢字。"劳累不堪的秦吱吱从床上爬下来，指着满盆的冰块说："他只是度过了最危险的时期，什么时候苏醒，我也不知道。在宁庄主苏醒之前，你们可以将冰块冷敷到他的额头上刺激他。宁庄主生命力顽强，死里逃生，我相信，他会苏醒过来的。"

宁香云缓缓站立起来，转向丫鬟小梦，吩咐道，"小梦，按照方大人和秦仵作的话去做。"

"是，大小姐。"丫鬟小梦捡起一大块冰，包上棉巾，侍奉在宁庄主左右。

秦吱吱看着呼吸愈加平稳的宁庄主，甩了甩鬓角湿漉漉的头发，这才发现自己满身污秽，酸痛的手臂根本抬不起来，只想躺下休息。

方一正心疼地拦腰抱起秦吱吱。

"你们……"宁香云惊愕地指向举止暧昧的两人。

"实不相瞒，秦忤作正是贱内。"方一正低声解释道。

"她是女子？"宁香云羡慕道，"方大人真是有福气，方夫人乃天下第一奇女子，香云万分佩服。"

"过奖。"方一正手臂上的力道重了几分，秦吱吱也抓紧了衣襟。

宁香云撕下发髻间素白的绢花，低声吩咐道："陈叔，快请方大人和方夫人到仙境轩休息，待大哥回来，我们亲自登门拜谢。"

"是。"一直守在门外的老仆陈叔，抹了抹眼角激动的泪花，带着方一正和秦吱吱离去。

独自留在内室的宁香云低头看着死里逃生的宁庄主，死死地攥着拳头，满脸的焦灼不安。

此时，陈叔带着方一正和秦吱吱穿过曲径幽深的庭院和素净的画廊，来到一处高耸的楼阁前。

楼阁典雅秀致，别有一番风韵。

"方大人，请——"陈叔抬起手臂。

方一正客套地礼让，登上高高的石阶。

仙境轩，正如其名，仿若仙境。若不是身临其境，还以为是戒备森严的皇家别苑。

此楼共有三层，大门巧妙地设在二楼，站在二楼挑高镂空的悬梯上可以一览全部的美景。

方一正疑惑地低着头，楼下似乎有热气传上来。

陈叔会意地解释："大人看到了，此楼共有三层。楼下是用紫晶玉石铺设的浴室，二楼是会客的大厅和书房，三楼是客房。虽然小些，但处处珍宝，连这楼梯都是用上等的紫檀木料制成的。那热气就是紫晶浴室的水气，待门窗紧闭，水温再高些，整座楼内雾气缭绕，仿若仙境，故起名为仙境轩。这是天下独有的景致。"

"确实巧妙。"方一正连声称赞道，"我们住在这里，未免太过奢华。"

陈叔微笑回应道："二位一路疲乏，又将老爷从鬼门关拽了回来，是棋局山庄的大恩人呀，这仙境轩是住得的。大人二位别推辞了，尽快沐浴更衣，早点安歇。如果有什么吩咐，尽管找我便是。我去为二位准备小餐。等明日空了，我再带二位在山庄转转。"陈叔转身离去。

屋内的热气越来越重，方一正几乎要站立不稳。秦吱吱睁开双眼，她拽住方一正的手臂用力摇晃。两人双双跌落水中。

"哈哈！"秦吱吱站在齐腰的水中，开怀大笑。

方一正见秦吱吱无赖的样子，苦笑道："你什么时候醒的？"

"早就醒了。"秦吱吱得意地晃动小脑袋。

"既然醒了，怎么还赖在我怀里？"方一正板起脸来。

秦吱吱顽劣地说道："我要考验你，看看你会不会乘人之危，占我便宜。"

方一正低低地说道："秦吱吱，你好生无聊。你不累了？"

"嗯，应该是恢复体力了。"秦吱吱舒展着双臂，呈一字形状，"你看，我现在是不是好多了？你会凫水吗？"

"还可以。"方一正腼腆地回答。

秦吱吱兴高采烈地说："我们来比一比。从这边游到另一边，连续游十个来回，谁先到达，就拽住池边的鎏金铜环。"秦吱吱双眼放光、慢条斯理地说，"输的人必须要满足取胜者的一个愿望，怎么样？敢不敢和我比一比？"

方一正看了看又长又宽的水池，低沉地回应道："好。"

"开始吧。"秦吱吱自信地想着，到底要让他满足自己一个什么愿望呢？她在心底偷笑，不知不觉中放慢了速度。可是游着游着，秦吱吱发现有些不对。

方一正在前面。

"你——"秦吱吱惊讶地奋力蹬踹水花，一路追赶。就像龟兔赛跑中的兔子，恨不得一个箭步追上对方。

但方一正可不是慢悠悠的乌龟，这个外表看似单薄的书生，双臂却十分有力，仿若一条大鱼，游刃有余地穿梭在水池中，根本没有给秦吱吱任何追赶的机会。

两人一前一后，方一正抢在秦吱吱前面，握住了鎏金铜环。

"我赢了。"方一正攥紧鎏金铜环，语调沉稳地说。

"哼。"秦吱吱气愤地拍着水面，"我不服气。"

"不服气？"方一正嘴角上扬，缓缓地说，"我是凭真本领赢的你，你要愿赌服输。"

"你看，那是什么？"秦吱吱指着水池前方环形图案的小细流，惊讶地问道。

"是水果和饭菜。"方一正定睛一瞧，一个个装满水果和美食的小花篮像小船一样从墙壁旁的小洞里出来，漂浮在环形的细流中。

"哇。"秦吱吱盯着娇红欲滴的大水蜜桃，狠狠地咬了一口，"棋局山庄真是个好地方，看来宁庄主是个高雅的有钱人。"

方一正没有反驳，秦吱吱说得没错。一路从天元阁到仙景阁的所见所闻，都说明棋局山庄是隐世深山的绝妙之地。

山庄的一草一木、一亭一阁，都可媲美于皇家园林。

大隐于市，财隐于林，宁庄主是真正的金主。

"香云小姐真是大方。"秦吱吱也递给方一正一个桃子,"你尝尝,这桃子好甜。"

"我们还是先换件干爽的衣服,再……"方一正自幼熟读经书,信奉孔孟的君子之道,吃饭、走路等琐碎小事,皆有规矩所依。

"我们也没有干爽的衣服呀。"秦吱吱犯了难。正说着,细流中飘来两个雕刻着黑白双色棋盘的木箱子。

方一正和秦吱吱各自抱起箱子,里面正是干爽的衣服。

秦吱吱用手捏了捏,说道:"好滑呀。"

"那是上好的云锦。"方一正蹙眉解释,"香云小姐真是大手笔,奉你我为上宾。"

"如此说来,棋局山庄是富可敌国,香云小姐又出手阔绰,这次算是没白来。"秦吱吱一副财迷的样子。

方一正指着水池角落的屏风说道:"你先去换吧。"

"仙境阁里又没旁人,不如我们各自换吧。"秦吱吱抱着小箱子。

方一正朝默默地点了点头道:"也好。"

良久,方一正担忧地看向屏风,唤道:"吱吱……"

"等会儿……"秦吱吱匆忙回应。三盏茶后,她终于慢腾腾地走了出来。

方一正只看一眼,便醉了一生。娇艳的朱红宛如一枝独秀的杏花,踏着缭绕的云朵款款走来。她的一笑一颦、一举一动都带着独有的风姿。

"我有没有穿错?"秦吱吱低声问道。

方一正饱含深情地摇头道:"没有。"

秦吱吱长吁一口气,说道:"那我就放心了,这衣裙果然是好布料,薄如蝉翼,又十分御寒,穿在身上舒服极了。"

"没想到你将朱色穿得如此灵秀,很好看。"方一正羞涩地低着头,

"快来尝尝。"

"嗯。"秦吱吱咬了一口小棋子般的点心，两人不再说话，空气里飘荡着甜蜜的气息。

酒足饭饱，天色微暗。秦吱吱和方一正都觉得乏了，走上三楼，倒在床上。

有了多日的磨合，两人都少去了尴尬扭捏。

"不知道宁庄主醒过来没有。"秦吱吱低声嘟囔。

"应该没有。"方一正思忖道，"若是醒了，会有人告知我们。"

"今日真是好凶险，我们若是再迟一步，宁庄主真的就归西了。"秦吱吱得意地转过身，面向方一正，"不如我收你做徒弟吧，我可是有一身本领哟，除了做仵作，我还能救人。"

"不行。"方一正黑着脸，"你最好放弃这种无聊的想法，早些睡吧。"

"也好。"秦吱吱很快呼呼地睡着了。

一夜好梦。万籁俱寂时，秦吱吱仿佛听到鸟儿清脆悦耳的啼叫。

她竖起耳朵，自言自语道："鸟儿，鸟儿，你是在为我唱歌吗？"

"它是在唱求偶的小调。"方一正微笑道。

秦吱吱吓了一跳，抱怨道："你什么时候醒的？"

"刚醒。"方一正亲切地回应，其实在她往他怀里钻的时候，他就醒了，担心她难为情，他才没有挑明。

"是我吵醒你了？"秦吱吱歪着头问道。

"是昨夜太累，又睡得太早。"方一正说道，"我一向只睡三四个时辰，也该醒了。"

"哦，也对。"秦吱吱表示赞同，"你知道吗，以前我特别能睡，有时候，一觉醒来都已经快午时了，可是随着年龄大了，就是想睡，也睡不着了，到了时辰就自然醒，估计是我老了。"

“老了？”方一正抿嘴笑道，“你不过才十七岁，怎么会老呢？”

“是心里老了。”秦吱吱看向窗外，“你知道外面是什么鸟在叫吗？”

方一正仔细听了听，轻声说：“应该是黄鹂鸟。”

“不对，是山雀。”秦吱吱出言反驳。

“山雀多在寒冷之地，这里气候温润，怎么会有山雀呢？”方一正轻声说：“是黄鹂鸟。”

“棋局山庄遍地奇珍，又建在高山之内，自然要比平原寒凉些，即使有山雀，也不足为奇。”秦吱吱倔强地说，“倒是黄鹂，这个季节早就飞走了，一定不是黄鹂鸟。”

“即使不是黄鹂鸟，也不会是山雀。”方一正不肯轻易改变想法。

两人的性情都极为倔强，谁也不肯让步。四目相对，都找到了自己的影子。

这时，屋外传来阵阵大笑，“你们说得都不对，再给你们一次机会，猜一猜是什么鸟？”

秦吱吱和方一正立刻从床上爬起来，警觉地盯着敞开的房门。

方一正将秦吱吱护在身后，喝道：“你是什么人？”

“哈哈，猜呀，怎么不猜了，外面是什么鸟？”借着朦胧的微光，只见一个人高马大的身影缓缓而来。

“出去！”秦吱吱机警地盯着黑影。

“猜呀，好玩，真好玩。”来人的声音粗犷，是个男人，却透出几分孩子气，“你们也和我玩玩，你们怎么不说话了？是不是嫌弃我？不愿意和我玩？”

“不。”秦吱吱拉住方一正的衣袖，低声说，“我感觉此人的智力有问题，我们先稳住他，再想办法脱身。”

“好。”方一正也觉察到确有蹊跷。

秦吱吱机智地说道:"我们愿意和你玩,你再让鸟儿叫几声,我们再仔细听听。"

"好呀。"男子欢乐地拍起双手,胡乱地蹦蹦跳跳,"小鸟,再叫几声,再叫几声。"

秦吱吱和方一正没有听到小鸟的叫声,却听到一声清脆的响声,男子碰到了花瓶摆设之类的瓷器,自己也摔倒在地。

方一正和秦吱吱看准时机,赶紧从床上爬起来。

"呜呜,该死的鸟,看我怎么收拾你!"摔疼的男子大发雷霆,发狂地在空中一顿乱抓。

此时,天已经蒙蒙亮,透过微亮的光线,秦吱吱定睛望去,男子虽然面容清秀,但双目呆滞,头发混乱,显然有疯癫的征兆。

只见他在身上乱摸,不知从什么地方掏出一只小鸟,不停地狂摔,口中还振振有词,"让你欺负我,让你欺负我!"一只被绑住翅膀的小鸟生生被摔死。

秦吱吱气愤地想冲过去质问。

方一正轻轻安抚道:"我们这边走。"

男子发现秦吱吱和方一正想要逃走,猛地转身道:"站住!你们要去哪里?猜不出是什么鸟,不许离开屋子!"

"是黄雀。"方一正扫过男子手里的死鸟,大声说。

"对,就是黄雀。"男子又变得激动万分,"你知道吗?黄雀不是黄鹂,也不是山雀,但他们都是兄弟姐妹,黄鹂是妹妹,山雀是哥哥,黄雀是姐姐。"男子挥舞着手中的死鸟,"姐姐死了,妹妹也死了,全死了。哈哈,全死了。"

"没关系,我再给你捉几只回来。"秦吱吱引诱他说道。

"好啊,好啊。"男子猛地点头,将死鸟扔向方一正和秦吱吱,"可是你捉回来的，不是姐姐了，怎么办？"

"嗯，不是姐姐，可以是弟弟呀。"方一正语调沉稳道。

"哼，你们骗人，我就是要姐姐。"男子从地上捡起一片碎瓷片，径直走向方一正和秦吱吱，"我要杀了你们，为黄雀报仇，为姐姐报仇！"

方一正害怕他伤到秦吱吱，大声说："我们没有杀黄雀，是你杀死了黄雀。"

"骗人。"男子被方一正的话语所刺激，陷入疯癫。

"不！"秦吱吱忙高声解释，"黄雀没有死，它只是睡着了。一会儿它就醒了。"

"真的吗？"男子喜悦地停住脚步。秦吱吱拉着方一正继续朝着房门方向移动。

"是啊，我们不会骗你的。"秦吱吱细声说，"你听，外面的同伴还在为它唱歌呢。"

男子沉默片刻，又变得狂躁不安地大喊："骗人，那叫声分明是黄鹂鸟，是妹妹在唱歌，不是姐姐。是你！是你将妹妹杀死了！就是你！我要为黄鹂鸟报仇！"

瞬间，男子像疯牛一般凭着蛮力冲向方一正和秦吱吱。

方一正推开秦吱吱，喊道："你快离开这里，我拖住他！"

秦吱吱哪里肯独自逃走，反驳道："不行，越是疯癫的人，力气越大，你一个人根本应对不了他，我们一起或许还有几分胜算。"

"不行，你必须走！"方一正态度很坚决，他不允许秦吱吱受到一丝伤害。

"要走一起走！"秦吱吱满脸执着。

就在两人僵持之际，发狂男子抓住方一正的衣襟，恶狠狠地说："我要为黄鹂鸟报仇！我要为妹妹报仇！"

第十三章　风波

男子天生蛮力，方一正渐渐体力不支。

秦吱吱见势不妙，对准男子的手腕，张开嘴，上去就是一口。

"哎哟！"男子发狂地龇牙咧嘴，立即松开方一正的衣襟，"你们咬我！我要告诉爹爹，让爹爹把你们关入水牢，让老鼠吃你们的肉！"

秦吱吱和方一正哪里在乎男子的恐吓，一心想离开这危险之地。男子不依不饶地窜到门口，挡住去路。

"为什么不陪我玩？"男子气愤地振臂高呼，"你们和小鸟一样，嫌弃我有病，不和我玩，我要杀了你们！"

方一正张开双臂护住秦吱吱，安抚道："冷静些。"男子哪里会听他的话，愈加疯狂。

秦吱吱提高语调，阴阳怪气地继续哄骗道："你没有病，是我们有病，我们要去看郎中，等病好了，就陪你玩。"

"看郎中？"男子马上扔掉手中的瓷片，双眼发亮，"我知道郎中在哪，我送你们去。不过，你们要听话呀，郎中都很凶的。"

"好，你在前面带路。"方一正警觉地和男子保持着距离。

"你带路。"秦吱吱在一旁说道。

"好呀，好呀。"男子听话地点点头，向门外走去。

突然，屋内亮如白昼，宁香云和陈叔带领一众家丁提着棋字灯笼从外而入。

发狂的男子吓得折返回屋内，蹲在墙角，吓得哆哆嗦嗦，眼里尽是惶恐。

秦吱吱和方一正松了口气，总算脱离了险境。

身着香色百蝶彩裙的宁香云关切地问道："方大人和方夫人可安好？"

方一正缓缓说道："没什么大碍。"

"那我就放心了，若子虔伤到恩人，真是罪过。"宁香云转而厉声，吩咐陈叔，"快将子虔捆起来。"

"是。"陈叔领着四名身强体壮的男丁，将宁子虔团团围住。

"子虔少爷，对不住了，随老奴回清雅居吧。"陈叔心疼地说。

"我不走，我要见爹爹，我没有病！"宁子虔大喊大叫，指向秦吱吱和方一正，"我要和他们去找黄鹂姐姐！"

"子虔，"宁香云语气强硬地痛斥，"方大人和方夫人是棋局山庄的大恩人，怎能由得你胡闹？陈叔，快送他回清雅居，多派些人手看着。如今爹爹病重，又逢一年一度的棋局大赛，棋局山庄内贵客甚多，万万不能再出这样的事情，坏了棋局山庄的清誉。"

"是，大小姐。"陈叔吩咐男丁架起宁子虔踏门离去。

"我要去找黄鹂姐姐，黄鹂姐姐——"宁子虔拼命地挣扎，撕心裂肺的喊声回荡在整个仙境阁。宁香云眼中藏着淡淡的阴霾。

秦吱吱暗自思忖，难道宁子虔的病结是因鸟儿而起？

屋内陷入寂静。

宁香云看着满地的碎片和鸟毛，对身边的下人使着眼色："快收拾干净。"

"是。"下人们纷纷干起活来。

宁香云恢复温婉可人的语调，无可奈何地说："真是让方大人和方夫人见笑了。他是家弟——宁子虔，自幼生了怪病，一直神志不清，疯疯癫癫。隔个三五日，总是要惹出些祸事来。爹爹和大哥心疼他，不忍心将他关起来，只是派人看守。谁知道这几日，大家都在忙碌爹爹的事情，忽视了子虔，他竟然跑到仙境阁来胡闹，惊了方大人和方夫人的好梦。真是抱歉，还望方大人和方夫人见谅。"

秦吱吱大度地回应："如此说来，他也是可怜人，我们并无大碍，虚惊一场罢了，香云小姐不必自责。"

"那便好。"宁香云柔和地笑道，"方大人和方夫人在危难面前，伉俪情深，好生让人羡慕。"

秦吱吱这才意识到：他们的手自始至终都紧握在一起。

太难为情了，秦吱吱耳根子发红，方一正却握住不放。他抬起头，朗朗而言，"我与吱吱情投意合，自然是有福同享，有难同当。"

秦吱吱故意推了他一下，低声嘀咕："谁跟你情投意合？"

"别忘记昨日凫水比赛，谁输了？"方一正不慌不忙地回应，"你不怕我——"

秦吱吱顿时傻了眼，差点儿忘记了，她要满足方一正一个愿望呢。唉，早知现在，何必当初，真是搬起石头砸了自己的脚。

秦吱吱万分窝火，要是他提出一个胡搅蛮缠的要求，怎么办？

秦吱吱低下头，咬着牙说："我记得。"

"那就好。"方一正满意地点点头。

忽然，从外面的楼梯处传来簌簌的脚步声，丫鬟小梦匆匆而入，激动地说："大小姐，老爷醒了！"

宁香云怔了怔，喜极而泣道："太好了，快随我去天元阁探望爹爹。"

"大小姐少安毋躁，大少爷刚刚回来，此时正在天元阁陪着老爷，林郎中也在。"小梦甜甜地禀告，"老爷的病情已经好多了。"

秦吱吱关切地问道："宁庄主的神志可清醒？"

"嗯，老爷虽然身体虚弱，但很清醒。刚睁开眼睛，就认出林郎中和大少爷。"小梦详细地回答。

"那就好。"秦吱吱默默地点头，宁庄主真是吉人天相。她还不忘嘱托，"切记，这几日宁庄主的饮食务必以清淡为主。"

"多谢方夫人。"宁香云缓缓转身离去。

回到卧室，两人换好衣服，在山庄闲逛，意外地遇到了故人。李秋实和顾砚竹正在回廊尽头观赏金鱼。

"这里——"装扮成女子的李秋实扬起绢帕朝两人招手。

"你们怎么来得这般快？"方一正不解地问道。

"别提了，自从你们走后，我便成了客栈里的红人。"李秋实风骚地拂过额前的碎发，"红人办起事情，效率当然高了。"

秦吱吱掩口低笑道："小秋，你如今的身份虽然是丫鬟，却也是良家妇女，别弄得像花坊里的姑娘。矜持点，莫失了身份。"

"我矜持，一切都听你的。"李秋实退到顾砚竹的身后。

"吱吱姐是开玩笑的。"顾砚竹细细解释，"说来也巧，我们在客栈没有遇到同行的书生，却遇到了棋局山庄的大少爷……"

"你们是随大少爷一同来的？"方一正惊讶地问道。

"是啊，我们在客栈一见如故，也算谈得来，就相约一同上路。"顾砚竹低吟道，"走到了半路，他才表明身份，说是棋局山庄的大少爷——宁子浩。"

"宁子浩。"秦吱吱压低声音问道，"你觉得他与湘公子可有相似之处？”

“依照我看，我们之前都猜测错了。”李秋实又扬起手绢，说道，“我仔细观察过：宁子浩的身材比湘公子略微矮些，并且更为瘦削，他们根本就不是同一个人。”

方一正疑心重重地说道：“按你的说法，湘公子的线索岂不又断了？”

“方大哥别着急，再等等唐狄和王汉的消息。”顾砚竹温柔地劝慰道。

秦吱吱神色低沉地四处张望，说道：“也不见得，我的直觉告诉我，棋局山庄藏着大秘密。”

“唉，有人喝汤，有人吃肉，真是不公平。”李秋实发起了牢骚，“你们住在仙境阁，我们与参加棋局大赛的各路书生住在玲珑阁，真是天壤之别。要不是临时更换了组合，我也住进仙境阁了。”

“行了，小秋。”顾砚竹打落李秋实的绢帕，“方大哥和吱吱姐救了宁庄主，是棋局山庄的上宾，而我们是来参加棋局大赛的，理所应当住在玲珑阁。再说，玲珑阁风景秀丽素雅，也是难得的安歇之处。”

“是，你说得对，玲珑阁是素雅。”李秋实无奈地摇头，“根本就是一个大棋盘，黑白两色，住在小格子里能不素雅吗？”

“格子？”方一正显然对玲珑阁很感兴趣。

“是呀。”顾砚竹指向周围的楼阁，“这棋局山庄中的一切都是以棋子和棋盘作为装饰布局，玲珑阁便在水流云在的脚下，每个房间就像是棋盘中的小格子，一模一样，像迷宫一般。听下人们说，如果从水流云在的山崖上望去，玲珑阁便是一个庞大的棋盘，而住在格子里的人，便是棋子。”

“果然立意新颖，玲珑阁的名字起得也贴切。”秦吱吱止住笑容，转而陷入沉思，“棋盘？棋子？”

“哎，你们别神秘兮兮的了，瞧，主人已经来了。”李秋实背过身子，小心提醒着。只见宁香云和一位眉清目秀的公子缓缓走向回廊。

"他就是宁子浩。"顾砚竹压低声音道。

"嗯。"秦吱吱的脸上挂起甜美的微笑。

"原来顾姑娘也在这里。"宁子浩客套地拱起双手。

"宁公子。"顾砚竹微微欠身还礼道。

李秋实拿捏着细细的腔调，说道："我家小姐是特意来看锦鲤的，没想到遇到了方大人和方夫人，真是相见恨晚呀。"

"哦？"宁子浩看向方一正和秦吱吱。

"大哥，他们便是爹爹的救命恩人——方大人和方夫人。"宁香云轻拂衣袖，一一介绍。

宁子浩优雅地掀起衣襟，跪拜在地。

惊得秦吱吱目瞪口呆。方一正忙俯身拉起他，说道："宁公子这是做什么？"

宁子浩真挚地说道："二位的大恩大德，子浩无以言表，只能以此礼表达对二位的谢意。"

"使不得。"方一正连连摇头道，"我们夫妇只是恰巧赶上，岂有见死不救的道理？也是宁庄主福泽万里，宁公子不必太过挂心。"

宁子浩缓缓站立，又是一番寒暄，才平静下来。

秦吱吱问道："宁庄主可安好？"

宁香云微笑回答："爹爹已经好多了，只不过身子虚弱，林郎中说，需要静养数月，才能恢复元气。"

"那便好。"秦吱吱点头。

宁香云瞄了眼顾砚竹和李秋实，问道："这二位是？"

"这是顾小姐和丫鬟小秋，她们是来参加棋局大赛的。昨夜与我同路，来到山庄。"宁子浩缓缓地解释道。

"哦，"宁香云轻轻点头，"顾小姐真是厉害，水流云在已经多年没有出现过女子的身影了。"

"是啊，我在客栈里听闻顾小姐的想法，便将她们带来了。"宁子浩文雅地说道。

"玲珑阁多男子，顾小姐和小秋住在那里多有不便。"宁香云看向方一正和秦吱吱，"既然几位一见如故，不如一同住在仙境阁如何？"

"好呀。"李秋实率先拍手称快。

"小秋，不得无礼。"顾砚竹阻拦道，"听闻仙境阁是棋局山庄的宝地，我们就不去打扰了。"

"仙境阁很大，顾小姐和小秋过来住，也热闹些。"秦吱吱轻声说，"顾小姐不必推托，莫辜负香云小姐的心意。"

"方夫人所言极是。"宁香云点头。

顾砚竹微微颔首道："也好。"

宁子浩微笑着说："难得香云想得细致，倒是我古板了。"

宁香云抿嘴微笑，眼神却有几分闪烁，似乎藏着心事。

顾砚竹知趣地说："今日见到各位，砚竹真是三生有幸，我有些累了，想和小秋回去休息，就此别过。"

"也好，昨晚连夜奔波，确实辛苦，请便吧。"宁子浩谦恭有礼。

秦吱吱亲切地拉起顾砚竹的手，客套道："顾姑娘，难得我们一见如故，真是有缘，你先回去休息，我们再四处逛逛。"

"好。"顾砚竹缓缓地和李秋实离去。

回廊里只剩下宁子浩、宁香云兄妹和方一正、秦吱吱夫妇，气氛也似乎变得紧张起来。

沉稳的方一正蹙眉问道："宁公子和香云小姐可是有话要说？"

"方大人真是快人快语。"宁子浩的眉目间透出淡淡的忧虑，"我的确有话要问二位。"

"宁公子请讲。"方一正挺直腰身。

宁子浩话锋一转，眸光闪亮地问道："我棋局山庄一向与官府毫无瓜葛，不知方大人和方夫人因何事而来？"

宁香云也说道："家父的样子，二位也见到了，他已经受不住任何的打击。如若方大人有事，请对我和大哥直说。"

秦吱吱微笑地扶着白玉栏杆，说道："宁公子和香云小姐聪慧过人，不知我们夫妇为何而来吗？"

宁子浩和宁香云的神色变得凝重。宁子浩试探地问道："是香葆？"

方一正点头道："我们正是为香葆而来。"

宁香云伤心地痛哭道："我的妹妹——"

"唉。"宁子浩也深深地叹息。

方一正提高声调道："实不相瞒，香葆小姐的墓地被贼人刨开，里面的金银细软被洗劫一空，香葆小姐的尸身也被贼人偷走，我和夫人正是为此事而来。"

方一正隐瞒了香葆中毒而亡的事实，人心叵测，即使是亲兄手足，也暗藏玄机。

"是什么人如此狠心？"宁香云震惊得摇摇晃晃，险些摔倒在地，多亏宁子浩上前搀扶，才勉强站住。

秦吱吱劝慰道："事已至此，请节哀，我们会早日抓到贼人，还香葆小姐安宁。"

宁香云倚靠在木柱旁，只顾嘤嘤哭泣。

"宁公子，我们此番前来是想知道香葆小姐随葬的明细。我也好根据明细，顺藤摸瓜，早日找到贼人。"方一正缓言解释，"我们本想去温泉山庄登门拜访，但温泉山庄已成庙宇，只好来到棋局山庄。"

"唉，也罢。"宁子浩再次深深叹了口气，"我会将明细告知你们，但此事万不能告知爹爹。爹爹最是疼爱香蕉，因香蕉过世，病情才加重的。若是再知道香蕉死后也不得安宁，恐怕爹爹……"

"宁公子放心，我们不会告知宁庄主此事的。"秦吱吱紧盯着宁子浩宽大的衣袖。

"多谢方夫人。"宁子浩背过双手，悲伤地盯着繁花似锦的柳岸，又看向神色悲恸的香云，缓缓地说道，"我们兄妹四人，我排行老大，依次是香云、子虞和香蕉。香蕉出生不久，娘亲便去了，香蕉是被香云一手带大的，她们姐妹情深，关系远比一般姐妹要更近。"

"原来是这样。"秦吱吱微微点头。

宁香云伤心地看了一眼宁子浩，说道："方大人和方夫人是棋局山庄的大恩人，也没有什么好隐瞒的，我们不如直言相告。"

宁子浩轻轻踱了几步，走到水池旁，大方而语："香蕉年龄小，是我们的掌上明珠，但是她背着我们与琴师生情，甚至未婚先孕。她害怕爹爹反对，求助于我，我和香云彻夜商议，只能顺应香蕉的心意。"

"其实我们也是不得已而为之，香蕉身子娇弱，郎中说，若是落胎，会非常危险，我们只能以保全香蕉的性命为重。"宁香云擦了擦眼角的泪光，"待一切安排妥当，我便将香蕉带到了落安镇的温泉山庄。明里告知爹爹，香蕉陪我小住数月，暗里是为香蕉静心安胎。大哥为了保存香蕉的名誉，将温泉山庄内的下人全部调回了棋局山庄，只留下几个随身的心腹丫鬟。"

"没想到，香蕉所托非人，琴师竟然移情别恋。"宁子浩怒声痛斥。

宁香云咬牙切齿地说道："琴师虽然温文尔雅，一表人才，但是他以前竟然是花坊里教授烟花女子的琴师。此番重回落安镇，他三番五次地重返花坊，与旧人藕断丝连。时间久了，香蕉发现了端倪。可怜的香蕉天真烂漫，一颗心都在琴师身上。她知道真相后，肝火上涌，动了胎气，下了红，导致早产丢了性命。"宁香云低声哭泣，"我这辈子也忘不了那日的情形，香蕤躺在床上，奄奄一息，瘦弱的小脸上没有一丝血色，稳婆端着一盆又一盆的血水，郎中端来一碗又一碗的参汤，可是……可是那血根本止不住啊。不一会儿就染透了厚厚的床褥，香蕤咽了气。最后，稳婆从香蕤体内拽出一个不足月的死婴。"

"呜呜。"宁香云控制不住激动的情绪，大哭起来，"是死婴害了香蕤的性命，我唤人将那个孽障焚烧成灰，为香蕤抵命。"

秦吱吱和方一正皆是心中一惊，如若宁香云所言是真的，那又是谁将死婴救下来，放入棺材的夹层呢？

宁子浩也变得激动起来，说道："为香蕤抵命的应该是该死的琴师，若没有他，香蕤便不会死。香蕤太傻了。她死之后，我们没有办法，只能告知爹爹，香蕤突发重病，医治无效而死。爹爹伤心过度，卧床不起，我们只能在落安镇匆忙地埋葬了香蕤。"

秦吱吱和方一正四目相对，默默交流后，不动声色地问道："那位琴师，是柳师傅，对不对？"

"你怎么知道？"宁香云止住哭声，"对，就是他，枉他博学多才，却是个伪君子。"

秦吱吱微微轻语道："因为此人牵扯到另一桩血案，所以我略知一二。"

"另一桩血案？"宁香云怔怔地看向秦吱吱和方一正，"他还诱骗了别人家的女儿？"

"这个——"方一正面带难色，转而看向宁子浩："宁公子没有告知她，落安镇发生过什么吗？"

月浓花坊送花宴上的大火，传遍了静江府，宁子浩往返于棋局山庄和闹市，不可能一无所知，除非他刻意隐瞒。

宁香云泪眼婆娑地看向宁子浩，问道："大哥，你可有事情瞒着我？"

宁子浩微微蹙眉，说道："我并没有打算瞒着你，是最近发生的事情太多了，耽搁了下来。香云，你知道吗？柳师傅被烧死了。"

"死了？"宁香云瞪大双眼，"怎么可能？他数日前刚刚破解水流云在的棋局，从爹爹手里赢得万两银票，怎么会死呢？"

"千真万确，柳师傅心系花坊里的一位姑娘，那位姑娘死后，他便跟随去了。"宁子浩抬起头，微微挑眉道，"不知坊间传闻是否准确，还请方夫人明示。"

秦吱吱默认道："俗话说，无风不起浪，坊间的传闻大多是真的。"

"老天有眼，老天有眼！"宁香云忽然哈哈大笑，"香蓝，你瞑目吧，那个负心汉终于死了。"

"香云。"宁子浩轻轻抚着激动的宁香云，"我早就烧过纸钱，将此事告知香蓝了，你不必再揪心自责。你尽快找出一份香蓝的陪葬清单，交给方大人和方夫人，协助他们早日破案。"

"是，香云听大哥的便是。"宁香云听话地点头。

"好。"宁子浩朗朗而言："方大人，方夫人，近日我要忙碌棋局大赛的事宜，庄中的事情都已经交给香云打理，你们若是有什么要求和吩咐，尽快开口，能做到的，我们都会做。"

"多谢宁公子。"方一正拱起双手。

秦吱吱用羡慕的口吻说："香云小姐真是厉害，能操持如此大的山庄。"

宁香云微微叹息道："其实棋局山庄分为两部分，一部分是内宅，也就是我们宁家人居住的地方；另一部分是外宅，也就是水流云在。外宅的事情都大哥操持，我只负责内宅的小事，大事还得爹爹和大哥拿主意。"

宁子浩心疼地说："香云自幼身子弱，性情娇柔，根本不合适管家。但如今宁家无人，山庄杂事繁多，香云只能独挑大梁，难为她了。"

宁香云略带埋怨地应道："还望大哥早日成婚，娶一位精明能干的嫂子回来，我也好全身而退。"

宁子浩的手隐在宽大的衣袖中，闪亮的眸子渐渐失去光泽，苦涩地说道："等爹爹病好之后，我便去安家提亲。"

"你同意和安家的亲事了？"宁香云颇为惊讶地问道。

"事到如今，我只能接受命运的安排，完成宁家长子的使命。"宁子浩的语调很轻，眼神变得温柔。

"大哥。"宁香云苦涩地唤道。

"你回去陪爹爹吧，我去清雅居看看子虔，再去玲珑阁探望各路宾客。"宁子浩避过宁香云深情的目光，转身离去。

秦吱吱紧紧地盯着宁子浩的背影，若有所思。

"我也告辞了。"宁香云理了理衣裙的褶皱，"棋局山庄风景秀致，方大人和方夫人请自行观赏。"

"好。"方一正颔首示意。

宁香云迈着碎碎的步子走出回廊。

秦吱吱盯着莹洁的白玉栏杆，左左右右、上上下下地看个不停。

"你在做什么？"方一正清了清嗓子。

秦吱吱不好意思地咧着嘴笑了，问道："我只是想数数锦鲤的数量，嗯，你猜是单数还是双数？"

"呃？"方一正万万没有想到，秦吱吱会如此回答，回了两个最常用的字，"无聊。"

"哈哈，我就是无聊。"秦吱吱跟上方一正的脚步。

两人携手在棋局山庄闲逛，欣赏着令人神驰的风景。

棋局山庄是绝妙之地，一花一草、一石一树，无论什么景致，最终都落在"棋"字上面。

放眼望去，处处是装成小棋子的奇花异草和隐在树木中的棋盘亭台。

方一正在小棋子中发现了几株珍贵的草药，大为惊喜。

秦吱吱总觉得宁家只是个引子。她回想着宁香云和宁子浩在回廊里的话语，陷入苦思。

"累了吗？"方一正关心地问道。

"不。"秦吱吱轻轻摇头，低声说，"你不觉得宁香云和宁子浩的话说得太过漂亮吗？"

"漂亮？"方一正眼神深邃，"他们所言，确实很圆满，无懈可击。"

"对，不但圆满，而且太过顺利。"秦吱吱揉着太阳穴，"世上哪有什么完美。"

"那你的意思是，他们是来给我们讲故事的？"方一正蹙眉不解地问道。

"也不一定，但肯定的是，他们有事瞒着我们。"秦吱吱压低声音，左右相看，"你说他们会不会派人跟踪我们？"

方一正警觉地看向四方，说道："我们初来乍到，的确要处处小心。"

秦吱吱低声说："你有没有注意到宁子浩的衣袖？"

"他是六指。"方一正坦言。

"你怎么知道？"秦吱吱惊愕地看向方一正。

方一正轻声应道："我去搀扶宁子浩时，无意间看到他的手指有些不对劲，之后我仔细观察过他的每一个动作，他总会故意将手藏在宽大的衣袖里，所以我认定他有隐疾。"

"没想到你心思还挺细的。"秦吱吱夸奖道，"不过，六指谈不上隐疾，你还记得我在香蓝棺木里发现的死老鼠吗？"

"你是说死老鼠肚子里的一节小骨头？"方一正打起手势。

"对。"秦吱吱一顿点头，"那根小骨头比常人的手指骨要细很多，如今看来，应该就是第六根手指。只不过香蓝的六指长在脚上，而宁子浩的六指长在手上。"

"娘胎里带来的？"方一正依然不解，"如若宁子浩与湘公子是同一个人，为何音容笑貌判若两人？"

"易容术？"秦吱吱想起最原始、最好用的手法。

"不会。"方一正摇头，"易容术只是被人吹得神乎其神，但实际并非如此，只不过是李秋实的乔装打扮而已。"

"那……"秦吱吱百思不得其解。

"不管如何，宁子浩和宁香云最为可疑，他们对柳师傅恨之入骨，对琉月和柳师傅下手也是情理之中。"方一正细细地推测。

"那宁香蓝又是被谁所害？"秦吱吱低沉反问。

方一正默然无声，若有所思。

忽然，草丛里传出丝丝的声音，方一正刚想过去一探究竟，被秦吱吱轻声制止。

秦吱吱故意扔了块石子，提高声调喊道："什么人？"

只见草丛里露出个小脑袋，揉着额头，咧嘴说："方夫人，我是小梦。"

"小梦？"秦吱吱迟疑地来到草丛旁，惊讶地问道，"怎么会是你？"

小梦警觉地朝四周望了望，悲痛地说："方夫人，我家小姐的尸身真的被人偷走了吗？小姐生下的婴孩可在？"

秦吱吱与方一正暗自喜悦。

"婴孩在棺木的夹层里，但香蓝小姐的尸首真的被偷走了。"秦吱吱指着小梦问道，"你是香蓝的贴身丫鬟？"

"对，我是小姐的贴身丫鬟，自幼同小姐一同长大，长了小姐几岁。

自从小姐过世之后，大小姐便将我带在身边。这几日老爷病重，天元阁的人手不够用，大小姐又将我派到老爷身边伺候。"小梦低头解释。

"你偷偷摸摸地来见我们，是有事要说？"方一正低沉地问道。

小梦激动地跪倒在地，不停地磕头，说道："请方大人和方夫人务必找到小姐的尸身，并将柳师傅、小姐和婴孩一同安葬吧。这样小姐在九泉之下不会寂寞，他们一家三口也团聚了。"

秦吱吱想起宁香云之前的话语，谨慎地拉起小梦，问道："我且问你，当日是你将婴孩放入了棺材的夹层？"

小梦哭泣道："是呀，我买通了抬棺的阴倌，拜托他将婴孩和小姐一同安葬。"

"你不怕香云小姐发现，怪罪于你？"方一正盯着小梦问道。

小梦哽咽不止地说道："我不怕，大不了就舍了这条命，去阴间侍奉小姐。你们知道吗？小姐自有孕以来，非常喜欢孩子，每天都会摸着肚皮，和孩子说话，孩子也顽皮，总是踹来踹去，却没想到一尸两命。小姐咽气后，大小姐将所有怨气都撒到婴孩身上。我知道，小姐若是活着，一定不会让大小姐焚烧孩子的。"

秦吱吱轻轻地掏出绢帕，擦了擦小梦的眼泪，说道："小梦，我答应你，会让他们一家三口在阴间团聚。不过，你可知香蕴小姐到底是因何而死？"

"小姐是早产出大红而死的。"小梦咬了咬嘴唇，"我也质疑过，因为自从小姐有孕后，她的脉象一向稳定，小姐的身子又很好，极少生病。怎么会早产呢？"

"香云小姐说是柳师傅移情别恋，刺激到了香蕴。"秦吱吱引导她道。

"不。"小梦连连摆手，出口否认道，"柳师傅并非像大小姐和大少爷说得那般难堪龌龊，柳师傅是好人。"

"你知道些什么，全部告诉我们。"方一正沉稳地说。

"好。"小梦陷入回忆，"当年柳师傅来水流云在参加棋局大赛，小姐贪玩，偷偷躲在高处看他们，一眼就在人群中认定了柳师傅，随后便找机会和柳师傅相识。其实小姐知道柳师傅曾经在花坊中做琴师，柳师傅并没有隐瞒过小姐。"小梦眼神变得闪亮，"后来小姐恳求老爷，将柳师傅留在山庄教授琴艺，老爷同意了。那一段日子是小姐最快乐的时光。但好景不长，小姐的表白被柳师傅拒绝，柳师傅坦言心中另有他人。小姐伤心欲绝，便随大小姐去温泉山庄散心，恰巧柳师傅的腿疾犯了，被大少爷送到温泉山庄养伤。"

小梦渐渐握紧双拳，悲伤地说道："小姐的噩梦就是从温泉山庄开始的。那天夜里，小姐与柳师傅都喝醉了酒，有了夫妻之实。之后小姐回到棋局山庄，不久便发现怀孕了。"

"那柳师傅呢？"秦吱吱不解地问道，"柳师傅抛弃了香蕗小姐？"

"不是的，柳师傅说要迎娶小姐，小姐是为了成全柳师傅和心上人，忍痛放手的。"小梦哭着说，"小姐对我说，柳师傅能留给她一个孩子，她已经心满意足了，她此生就想带着孩子独自生活。"

"香蕗小姐真是性情中人。"秦吱吱叹息地摇头。

"可是——"小梦吞吞吐吐道。

"你有难言之隐？"敏锐的方一正发现端倪。

"小姐在临死前几日，莫名其妙地告诉我一些话。"小梦面带犹豫，"我不知道应不应该说。"

"什么话？"秦吱吱握住小梦微冷的手，"你不信任我们？"

"不是的。"小梦着急地解释，"自从你们来棋局山庄救了老爷，我就知道，你们是好人，而且是有本领的好人。其实——"小梦又警觉地朝四周看了看，"小姐曾经告诉我，这件事，不能告诉棋局山庄内的所有人，包括大小姐和大少爷。"

"也包括宁庄主？"方一正迎着小梦胆怯的眼神。

"嗯，小姐虽然没有明说，也是这个意思，但我知道，她是为老爷好，怕老爷伤心。"小梦点头。

"到底是什么事？"秦吱吱更进一步地问道。

"小姐在温泉山庄曾经见过一个神秘的人。"小梦神秘兮兮地说，"那人穿着白衣，戴着白纱斗笠，从背后看是男人，但实际是女子。"

秦吱吱瞪圆双眼，问道："你怎么知道是女子？"

"因为她身上有股胭脂的味道。"小梦语出惊人，"我的鼻子一向灵敏，绝对不会闻错的。而且——"

小梦低下头，说道："虽然小姐没明说，但我知道，她就是柳师傅的心上人。"

"琉月姑娘？"方一正惊声追问。

小梦摇头道："是谁我也不知道，她是专门来拜访小姐的。她和小姐单独聊了好久，我只是借着送茶的间隙，偷偷瞄了一眼。她走之后，小姐便闷闷不乐。我几次问起此事，小姐都是避而不答，还总是偷偷抹眼泪，身子也不好了，夜里总是睡不稳，咳个不停，我索性就不敢问了。没过几日大小姐回来了，小姐偷偷吩咐我，之前的事，一个字也不许告诉大小姐。"

"香云小姐和香蕊小姐不是姐妹情深吗？怎么会有所隐瞒？"秦吱吱谨慎地问道。

"是啊，她们的关系一向都很好，大小姐对小姐就像娘亲一样地照顾，可是偏偏在柳师傅的事情上，大小姐始终不同意，所以一直僵持不下。"小梦解释道。

"那大小姐回来之后，又发生了什么事？"方一正又问。

第十四章　圈套

世上事，峰回路转，看似绝路，却是柳暗花明。小梦的话让案情转向明朗，她泪流满面，抹了一把鼻涕，说道："大小姐回来以后，对小姐讲了好多柳师傅不好的话，小姐一时伤心，气血上涌，当天夜里便见红了。小姐折腾了整整两夜，最后体力不支，血崩而亡。"

秦吱吱慰藉道："别哭了，香蕊若是知道你如此伤心，也会难过的。"

"呜呜……"小梦跪倒在地，"方大人，方夫人，我家小姐走得蹊跷，虽然我没有直接证据，但是我不信小姐会血崩而死。你们知道吗？小姐临走前，时而清明，时而昏迷，不停地说什么因果报应之类的话语，还死死拉住我的手，细细叮咛，不要相信棋局山庄中的任何人，更不要告知任何人她见过神秘人的事情，要时刻提防他们。我知道，小姐是在保护我。"

方一正郑重地问道："小梦，香蕊告诉你这些话时，神志可清醒？周围可有其他人，比如香云小姐？"

小梦低头沉思片刻，仔细应道："小姐那时候虽然虚弱，但神志还算清醒，她是偷偷告诉我的，还偷偷塞给我一锭金子，说是让我找个好婆家。当时大小姐和郎中、稳婆都在外厅商量对策，都不在床边。柳师傅一直在床边，神色紧张，眼里满是慌乱。"

秦吱吱缓缓地搀扶起单薄的小梦，说道："小梦，你做得非常好。记住，今天说的这些话，不要告诉任何人，水落石出之前，你要学会保护自己。"

"嗯。"小梦点头，"小姐的尸身被贼人偷去了，还能找回来吗？"

"天网恢恢，疏而不漏，做坏事的人，定会受到应有的惩罚，我们会找回香蕉小姐的尸首。"方一正握紧拳头。

小梦仰起头，默默地说道："小姐是不是发现了天大的秘密，被坏人害死了？"

秦吱吱和方一正默不作声，小梦所言才是本案的突破口，香蕉案中有隐情。香蕉、柳师傅、琉月、湘公子四人都有交集，害人的动机到底是什么？秦吱吱在心中做了无数回的推理和假设，始终找不到解开铜锁的钥匙。

秦吱吱淡定地说道："小梦，你猜得没错，我虽然没有亲自验过香蕉的尸身，但通过其他间接证物，我可以十分肯定：香蕉并非是血崩而亡，而是被人毒死的。"

"毒死？"小梦恨恨地说，"是那个神秘人，她怕柳师傅与小姐日久生情，就毒死了身怀六甲的小姐，她好狠毒的心肠啊！"

"此案未真相大白之前，一切都是个未知数。"秦吱吱劝慰小梦，"你有什么打算？"

"我？"小梦垂下头道，"我能有什么打算，若是小姐在，我的归宿还能好些，如今小姐不在了，我也只能凭大小姐做主，许给山庄的哪个下人。哎，可怜了我以后的孩子，还是仆役命。"

秦吱吱热血上涌地说道："你就是你，想去哪里就去哪里。"

小梦拂过鬓间的乱发，喃喃自语道："自由说来简单，对我们奴仆来说真的好难。一代奴仆，世世代代都是奴仆，永远都是低贱的下人。"

秦吱吱叹了口气，最让人痛苦的并不是贫穷，而是出身和地位。贫穷可以通过聪明的头脑改变现状，但出身和地位难以更改。

方一正也是深受其累，鬼知县的低贱身份是他一生难以挣脱的桎梏，想来也怪可怜的。

秦吱吱拍着小梦的肩膀，说道："别气馁，只要心中有希望、有梦想，一切都会慢慢好起来的。只要你肯用心，就会跳出世俗的圈子。别怕，再苦、再难的时候，再撑一撑，总会守得云开见月明。"

小梦挤出一丝苦涩的笑容，恭敬地说道："谢谢方夫人。"

方一正从随身的香囊中取出一枚棋子，问道："这枚棋子是不是棋局山庄之物？"

小梦拿起小棋子，在阳光下晃了晃，又在手心搓了搓，眉头紧锁地说道："大人从哪里得到的？"

"香蕊的棺中。"秦吱吱蹙眉，"你可认得？"

"奇怪呀，"小梦将小棋子归还给秦吱吱，嘀嘀咕咕道，"这棋子很像老爷的花瓶。"

"是香蕊小姐生前之物吗？"秦吱吱不解地问道。

小梦摇头道："不是，小姐不喜欢下棋，只喜欢抚琴，闺房内有数把名贵的古琴，根本没有棋子。"

"花瓶是什么意思？"方一正追问。

"这棋子的材质和老爷珍爱的花瓶一模一样，老爷的书房里原来有两个花瓶，一黑一白，都是由上等的玉料制成的，交给大小姐保管，后来大小姐嫌弃这两个花瓶太素净，就换成了琉璃瓶。只不过，他的是花瓶，这个是棋子。"

"棋子？"秦吱吱思忖片刻，"你可知那两个花瓶收在哪里？"

"应该是珍宝阁吧。"小梦歪着头，"就是子虚少爷居住的清雅居对面，里面有好多宝物。"

"哦。"秦吱吱缓缓收起棋子，嘱咐道，"小梦，你去洗洗脸，再回天元阁侍奉，别惹了他人不痛快。"

"好。"小梦朝繁茂的花丛走去。

小梦走后，方一正轻声问道："你知道什么了？"

"哈哈，先不告诉你。"秦吱吱卖起关子说，"你若追上我，我就告诉你。"

两人一路说说笑笑，回到仙境阁。

顾砚竹端着茶壶从内室中走出来，问道："可有什么线索？"

方一正端起微烫的茶盏，沉吟道："收获颇丰。"

"真的吗？"李秋实兴奋地恢复男子声音，"快给我们讲讲。"

"那也得让我喝口茶吧。"秦吱吱眉开眼笑地盯着李秋实头上的那朵大红绢花，"你的品位真的好独特啊。"

"这是客栈老板背着媳妇送给我的。"李秋实得意扬扬地说道。

"呃。"秦吱吱差点一口热茶喷到那朵大红绢花上。

伴着淡淡的茶香，方一正和秦吱吱讲述着所有的事情。

李秋实拍案而起，说道："依我看，凶手就在棋局山庄。"

"宁子浩、宁香云的嫌疑最大。"顾砚竹沉静地推测。

方一正也点头道："宁子浩、宁香云、宁子虚和宁庄主似乎都脱不开干系，否则，香蕈为何要让小梦提防棋局山庄的所有人呢？"

"只是我想不明白，他们的杀人动机到底是什么。"秦吱吱蹙眉。

"为香蕈报仇呀。"李秋实径直回应道，"现在案子已大白，琉月妒忌香蕈怀有柳师傅的骨肉，出手杀了香蕈，柳师傅爱慕袒护琉月，被湘公

166

子妒忌，所以湘公子又设计杀了柳师傅。我们只要找到湘公子，严刑拷打，他必招供。"

"不对，琉月无心柳师傅，湘公子怎会妒忌？"方一正率先驳斥，"琉月杀害香蕊的证据不足，仅仅是凭借小梦的猜测，不足以将其定罪。再则，若真是湘公子杀人，宁香云和宁子浩又在中间扮演了什么角色？最关键的是，宁子浩到底是不是湘公子？"

"先抓起来。"李秋实一贯的江湖做派。

"小秋，"顾砚竹提醒道，"方大哥审案，从来没有动用私刑。"

李秋实凶巴巴地摇头道："这也不行，那也不行，那你们说怎么办？总不能眼睁睁地看着凶手再杀人吧？"

秦吱吱眸光闪亮地说道："你们说，凶手还会不会出手杀人？"

"这……"顾砚竹握紧了绢帕。

秦吱吱淡定地解释道："我们目前了解的所有证据，都说明了一点，棋局山庄的背后隐藏着巨大的秘密，而秘密没有被披露之前，凶手是不会善罢甘休的，换句话说，他还会继续作恶。"

"那会是什么秘密呢？"李秋实似乎也非常认同秦吱吱的推测。

"水流云在。"方一正幽深地说。

"对，棋局山庄以水流云在扬名四海，水流云在的残局无人能解，偏偏被柳师傅解开了。"秦吱吱缓缓地放在茶盏，"而柳师傅解开残局，只为那一万两银子，你们说，到底为什么？"

"问题就出在这里。"细心的顾砚竹说道，"依照小梦所言，柳师傅对香蕊并非没有情意，他在棋局山庄居住数月，即使对香蕊无情，也是彬彬有礼，与香蕊有了孩子之后，更是有所转变。虽然宁香云和宁子浩不同意这门婚事，但宁庄主健在，若是那时柳师傅能解开水流云在的棋局，宁庄主也会同意他迎娶香蕊，又何来今日的惨剧？"

"一切都说明，琉月死之前，柳师傅根本解不开水流云在的棋局。"方一正一语中的，"他是在香蕊和琉月死后，受人指点才破解了棋局，只为赢得一万两的银票，避免琉月的尸身受辱。"

"按照你们的说法，宁香云和宁子浩最有嫌疑。"李秋实虽散漫却不驽钝。

"不错。"秦吱吱更进一步，"马有失蹄，再狡猾的狐狸也逃不过好猎手，回廊之内，宁香云和宁子浩的话语有一个非常大的漏洞。"

"你是指——"方一正显然明白了。

秦吱吱微微浅笑道："按照宁香云和宁子浩所言，他们对柳师傅恨之入骨，甚至起了杀心。但你们别忘记了，柳师傅参加送花宴之前，是住在温泉山庄的，既然主人对他恨之入骨，又怎会是座上贵宾呢？"

"你是说汤圆？"李秋实想到黏糊糊的汤圆，整个人都不好了。

"不仅仅是汤圆，王汉找到了送柳师傅去月浓花坊的马车，赶车的伙计已经证实，柳师傅是从温泉山庄上的马车，还给了他双倍的车钱，让他在落安镇绕了一大圈后，在三生桥下了车。"方一正理了理衣袖，不动声色地说，"显然，柳师傅是温泉山庄的座上宾，这分明与宁香云和宁子浩方才所言相互矛盾。"

"对呀，我们怎么没想到呢？"李秋实用力地拍着脑袋，"真是糨糊。"

秦吱吱浅笑而语："他们以为自己天资聪慧，做事滴水不漏，以为柳师傅已经烧成了灰烬，没有留下丝毫线索，才会犯下如此低级的错误。"

"他们的确有嫌疑，但我们没有直接证据，也不能拿他们怎么样。"方一正盘算着如何收网。

"我们等着他们自己露出马脚。"秦吱吱眼神执着坚定。

"他们真的还会杀人？"李秋实着急地问道，"那我去跟着他们，避免好人受难。"

方一正说："不错，无论他们的目的如何，只要没有达到，他们就不会收手。我们只要在暗中盯着他们，就会找到证据。"

"我觉得，宁子虔是个突破口，他很害怕宁香云，明日，我去会会他。"秦吱吱琢磨着。

"不行。"方一正立即阻止，"宁子虔疯癫成性，你独自接近他，太过危险。"

"没关系，他伤不到我。"秦吱吱扬起俏美的小脸。方一正黑着脸，默不作声。

顾砚竹满脸羡慕地说道："还是吱吱姐厉害，将死棋盘成了活棋。"

"我哪里厉害，不过是术业有专攻，只会下死人的棋罢了。"秦吱吱大言不惭地回应。

"唉。"顾砚竹微微叹气，"想我顾家世代为仵作，却断在我的身上，看到吱吱姐，我才知道，女子也可以成为出色的仵作。真是可惜，我始终拿不起那把刀。"

"我可以教你，我们女子天生心思细腻，比男子更适合做仵作。"秦吱吱笑眯眯地说，"你也算是半个仵作了。"

方一正低沉地端起茶盏，笑而不语。

屋内笑声朗朗，暖意浓浓。

过了好一会儿，秦吱吱看向李秋实，问道："你可记得襄樊的事情？"

"襄樊？"李秋实的头隐隐作痛，无奈地说道，"我只记得零零散散的画面，忘记了好多事情。"

"记得什么？"秦吱吱问出心中的疑惑。

"大战，厮杀，火……"李秋实的眼底满是惊恐，"都死了，水里都是尸体。"

"我们有几分胜算？"方一正忍不住地问道。

当下的形势，襄樊是重中之重，襄樊失守，意味着江山易主。朝堂任命李庭芝将军为京湖制置大使，不过，听闻贾相更为喜欢范将军。朝堂上的事，谁能说得清呢？

"不知道。"李秋实默默摇头，吐出两个字，"鹿门。"

方一正怔住，国之重在襄樊，襄樊之重在鹿门，鹿门若是失守，回天无力。

"你镇守的是鹿门？"方一正问。

"有细作。"李秋实如实说道，"我已经记不住什么了，但是我记得那是个圈套，兄弟们都死了。"

"放心，我会医好你，帮你找回记忆。"方一正真诚地说道。

"细作就在静江府。"李秋实语出惊人，"我是在静江府遭人暗算，失去记忆的。"

秦吱吱抓住重点，说道："明月说夺取琉月清白之人是外族人。"

方一正倒吸一口冷气，若此案涉及外族细作，那意味着更为惊险。他淡定地说道："记住，我们都不得擅自行动，两日后就是棋局大赛，我们商议出来个万全之策，在天下人面前揭穿贼人的真面目。"

屋内烛光摇曳，屋外星空黯淡。黑暗中，鬼魅身影一闪而过，消失在朦胧的夜色中。

次日一早，四人用过早餐，商议着同去水流云在。

陈叔谦恭来报："方大人，大少爷命老奴来请大人，不知大人可否赏脸陪大少爷下盘棋？"

方一正谦虚地推辞道："我对棋艺只是略知一二，大少爷愿意指教，我自然愿意奉陪。"

"太好了，这边请……"陈叔举起手臂。

"那我们不跟随了。"顾砚竹朝着方一正微微点头，"我和小秋还有些东西留在玲珑阁，正好去取回来。"

"我陪你们去。"秦吱吱不愿意看枯燥乏味的对弈。

方一正赞同道："我去水流云在寻你们。"

这时，一个身材高挑的女子走了进来，说道："我是大小姐的侍女小莲，大小姐让我过来请方大人和方夫人，去看一下香蕊小姐陪葬的单子。"

"这么快？"秦吱吱挑眉相问。

小莲解释道："山庄的每一件器物都登记在案，找起来比较方便。"

"那……"方一正颇为犹豫。

陈叔犹豫道："这如何是好？大少爷在麒麟居等着呢。"

秦吱吱想了想，说道："不过是一张单子，我先去看看。"

"请方夫人随我走吧。"小莲柔和地说。

"好。"秦吱吱跟着小莲绕过萧瑟的假山和小溪，来到了宁香云的住所——紫云楼。

"方夫人请。"小莲俯身向前。

秦吱吱踏进紫云楼，这里满地都是各色蝴蝶形状的彩石砖，石砖的间隙雕刻着云朵。从远处望去，各个姿态的蝴蝶宛如在云朵中跳舞。

"好美。"秦吱吱夸奖道。

"方夫人过奖了。"宁香云将秦吱吱迎进闺房。

两人客套寒暄之后，宁香云拿出一本黑字白底的簿册，说道："这是香蕊的随葬账本，请方夫人过目。"

"好。"秦吱吱随意翻开，瞄了几眼，记录得非常详细，还配有图案和注解，一看就是专人管理的。

宁香云轻声问道："这些陪葬的物件虽然不是孤品，也是贵重的，不知能否追回？"

"香云小姐放心，贼人偷盗，无非是为钱财，有了这个名册，我们回去后，会命人调查古董铺子和当铺，会给你们一个交代。"秦吱吱点头说道。

"那就好。"宁香云微微颔首，"其实随葬的物件也没什么，香莛的尸身最为重要。若是找到香莛尸身，我必排除万难，将她葬入祖坟，不让她独自孤苦伶仃的。"

"香云小姐有心了。"秦吱吱迎上那双伤楚的双眸。

宁香云扬起宽大的衣袖，轻轻扶额，说道："瞧我这记性，应该去天元阁给爹爹送药了。"

秦吱吱扬起手册，说道："香云小姐快去吧，我在庄子里随意转转。"

"我让小莲陪你？"宁香云缓缓站立。

秦吱吱不停地推托道："我喜静，习惯一个人游玩。"

"没想到方夫人的爱好如此与众不同，那好吧，眼下快入秋了，这是山庄最美的时节。请方夫人在山庄随意转转，说不定会有意外收获。"宁香云意味深长地盯着秦吱吱，双眸却空得吓人。

两人一同离开紫云楼。

刚好正午，太阳最毒，口干舌燥的秦吱吱加快了步伐。她转来转去，竟然来到了宁子虔居住的清雅居。

进还是不进？秦吱吱有些犹豫，没想到清雅居的门被风吹开了。

"这是天意。"秦吱吱迈进门槛，四处张望。庭院空无一人，满地花瓣。

"不对呀！"秦吱吱提高了警惕。那日宁香云特意安排陈叔看守宁子虔，才隔了一日，就变了？她敲了敲紧闭的门，没动静，再敲，还是没动静。

秦吱吱稳了稳心神，直接推开了黑漆漆的房门。一股强烈的酸臭味扑鼻而来。

"咳咳。"秦吱吱一顿咳嗽。屋内依然安安静静，没有一丝动静。

秦吱吱故意提高声调："子虔少爷，我是来送黄鹂姐姐的，你在吗？"

宁子虔没有应答。秦吱吱走到了玉青色幔帐的榻前，问道："子虔少爷？"

两只果蝇嗡嗡地飞出来。

秦吱吱有种不好的预感，她轻轻地挑开了幔帐的一角……

第十五章　蒙冤

一大群背着网兜、拿着小鸟的家丁闯了进来，陈叔领着一位肩背药箱、身着布衣的郎中也踏门而入。

秦吱吱的眼皮微微跳动。陈叔先是愣了一下，随后恭敬地说道："方夫人也在，正好与林郎中一同为子虔少爷诊病。"

"诊病？"秦吱吱惊愕地指向幔帐，"他已经死了。"

"啊？！"家丁们震惊大乱，重获自由的小鸟像没头的苍蝇般扑棱着翅膀到处乱飞。

陈叔满脸惶恐地跑到床边，欲拉起幔帐，悲伤道："不可能！我们走的时候，子虔少爷只是喊肚子疼，让我们去捉小鸟。这才不过半个时辰，子虔少爷怎么会遭遇不测呢？"

"慢！"秦吱吱挡住他，喝止道，"不行！"

"方夫人？"陈叔怔住了。

秦吱吱低声解释道："子虔少爷死相狰狞，你要有个心理准备。"

她见过太多的尸体，不过在毫无防备的情况下拉开帷帐，心里依旧生了恐惧。陈叔是老人家，还是要提醒他的。

陈叔着急地摇头道："我是看着子虔少爷长大的，怎么会怕他呢？"

林郎中也走向前来，缓言道："让我来看看。"

"那好吧。"秦吱吱缓缓地掀开玉青色的帷帐。只是看一眼，秦吱吱惊得目瞪口呆。一炷香前，宁子虔直挺挺地躺在床上，身子僵硬，双手各自握着一只死鸟，脸颊、脖颈满是红肿流脓的疹子，嘴边挂着诡异的微笑，狰狞而可怕。

而此刻，宁子虔脸上的脓包诡异地消失了，整个人安安静静地躺在床上，眉目舒展，神态祥和，没有半分疯癫的样貌，如同寻常人般平稳地安睡着。

怎么会这样？

秦吱吱用力揉了揉双眼，满是疑惑。

"子虔少爷。"陈叔轻轻唤道。宁子虔毫无反应。林郎中抓起宁子虔的手腕，凝神诊脉。

"怎么样？"秦吱吱谨慎地问道。

林郎中深深地叹息道："子虔少爷已经过世了。"

"子虔少爷——"陈叔伤心欲绝地失声痛哭。两名机灵的家丁急忙跑出去报信。

死气沉沉的清雅居变得喧嚣热闹。大家都到了，宁香云和宁子浩哭得最厉害。

方一正握住秦吱吱微凉的双手，安慰道："别怕。"

"子虔。"宁子浩悲恸地拂过宁子虔的脸颊。

"到底怎么回事？"宁香云语调沉重地看向秦吱吱和林郎中。

林郎中拱起双手，说道："我们到清雅居时，方夫人也在。听方夫人讲，她到时，子虔少爷已经过世，不过——"他停顿半分，欲言又止。

宁子浩擦了擦眼角的泪，说道："林郎中，你不要有什么顾虑，尽管直言。"

"我来说。"陈叔提高语调道,"我们到时,方夫人说子虔少爷过世了。当时,我们想看看子虔少爷,方夫人说子虔少爷死相狰狞,让我们小心些,几次阻挡我们见子虔少爷。"

"你说谎!我什么时候几次阻挡了?"秦吱吱委屈地说,"我是好心提醒你们。"

"方夫人的提醒是好意,还是别有用心,我不得而知。但是正如大家所见,子虔少爷死得安详,并没有方夫人所说的狰狞之相。方夫人如何解释?"林郎中咄咄逼人地问。

"我的确看到子虔少爷满脸红肿,流着脓水。"秦吱吱回忆起当时的情景,慢慢地说,"真的非常可怕。"

"但是……"林郎中瞄了一眼神色深沉的宁子浩,并未多言。

宁子浩缓缓开口道:"方夫人,你发现子虔满脸流脓时,清雅居没有人吗?"

秦吱吱摇了摇头道:"我与香云小姐分别后,独自在山庄闲逛,见门虚掩着,才走进来的,一个人都没有。"

"不可能。"宁香云反驳道,"陈叔,我不是让你们好生照顾子虔吗?"

陈叔抹了把眼泪,痛哭道:"启禀大小姐,都怪老奴没有照料好子虔少爷。今日清晨,子虔少爷说肚子疼,喊着要找小鸟玩,我以为子虔少爷犯老毛病了,便吩咐他们去捉小鸟。我去请林郎中,谁知道——"陈叔老泪纵横地重捶胸脯,"我们刚一回来,方夫人就说子虔少爷过世了,都怪我,都怪我呀!"

"那也就是说,当时只有方夫人一个人在清雅居?"宁香云不动声色地看向秦吱吱,"没有人能够证实方夫人的话?"

"香云小姐的话，我怎么听不明白？"方一正抢在秦吱吱前面，"你的意思是贱内说谎？"

"大人不要误会，我没有别的意思，人命关天，子虔又是我的至亲，我不能置之不理。"宁香云讲得情真意切，"陈叔也说了，清晨，子虔还是好好的。半个时辰的工夫，子虔便去世了。方夫人几次阻挡众人探望子虔，这其中有什么缘由，还请方夫人说清楚。"

"我没有什么好说的。棋局山庄是宁家的地盘，这上上下下，都是宁家人，即使有旁人在场，也不会为我作证。"秦吱吱轻轻扫了扫衣裳上的尘土，"古人云：清者自清。我是第一个发现尸体的人，并不是犯人，按照规矩，我只能算是报案人，配合捕快缉拿凶手。至于现场的疑点，需要你们发现强有力的证据，才能判定我有罪。"

秦吱吱恢复了俏媚的微笑，道："你们若认定我是凶手，口口声声指责我是凶手，便是诽谤。诽谤他人谋杀，按照刑律，是可以入罪的。所以，这饭能乱吃，话却不能乱讲。"

"方夫人真是巧舌如簧，能言善辩。"宁子浩紧皱眉峰道，"我们没有认定方夫人是凶手，只是有些小疑点，请方夫人解释清楚而已。譬如，方夫人为何阻挡陈叔见子虔？难道是故意拖延时间？"

"宁公子。"方一正脸色阴沉地反驳道，"宁公子没有听清楚贱内的话吗？她不是犯人，犯不着对你解释。再说，我们与子虔少爷无仇无怨，为何会害他？"

"大人难道忘记了？前日，子虔误闯仙境阁，惊了方大人和方夫人的好梦。"宁香云掩住口鼻哭泣，"今日方夫人误闯清雅居，子虔袭击了方夫人，方夫人怀恨在心，失手误杀了子虔。"

秦吱吱厉声道："香云小姐讲得头头是道，莫非是你亲眼所见，还是你暗中设计？"

"方夫人真是冤枉我了。"宁香云委屈地摇头道，"子虔患疯癫之症多年，已经命不久矣，或许死去，才是解脱。即使方夫人真的失手杀了子虔，我们也不会追究。"

"是呀，方大人。"宁子浩拱起双手道，"方夫人救活爹爹，是我们棋局山庄的大恩人。子虔虽然过世，但他身患重症，又疯癫成性，我们是不会陷方夫人于不义的。"兄妹二人一唱一和，慷慨激昂，俨然一副奉承忠义的模样。

若依照两人之言，秦吱吱的一生都要背负莫须有的罪名，被人挟持。

方一正低眉思忖，仔细串联所有的一切，沉稳地说："多谢宁公子、香云小姐的信任，但事关人命，不能草草了断。此事事发突然，有诸多疑点，待我与贱内验过尸体，找出子虔少爷的真正死因，再找出凶手，如何？"

宁子浩脸色微冷地重语："方大人真是说笑了，方大人和方夫人伉俪情深，方夫人又精通仵作之道，今日出了这样的事情，方大人理应避嫌，若是你们执意来为子虔验尸，岂能服众？"

方一正义正词严地说道："自古有举贤不避亲的典故，贱内又是难得的仵作，我为何要避嫌？再说——"方一正疼爱地看向秦吱吱，坚定执着地说，"我坚信，此事定与贱内无关，她是手无缚鸡之力的女子，怎能杀害力大无穷的子虔少爷？宁公子和香云小姐不问青红皂白，咄咄逼人，到底想做什么？"

"你们到底想做什么？"秦吱吱郁闷地问道，"难道你们想私设公堂，将我抓起来吗？"

宁子浩不依不饶地冷笑道："私设公堂谈不上，宁家还结识几位朝廷大员，总是比知县大的，我为子虔博个公平，自然是容易的。"

"宁公子是在恐吓我？"秦吱吱对他嗤之以鼻。

"大哥，"温柔的宁香云低声劝慰道，"我觉得方大人和方夫人不是恶人，此事确有蹊跷，他们毕竟是爹爹的救命恩人，我们不能恩将仇报，此事还需从长计议。"

"从长计议？那子虔呢？"宁子浩恼火地大喊，"他们是好人？到底谁是坏人？谁能为子虔的死负责？"宁子浩握紧宁子虔的手，哭泣道，"子虔从小乖巧，聪明伶俐，三岁就熟读《三字经》和《百家姓》了。若不是那场大病，他不会疯癫，更不会变成今天的模样。我没有照顾好他，我辜负了娘亲临终的嘱托。"

宁子浩的身子弯曲得像弦月一般，颈间满是凌乱的碎发，洁净的衣袍角上沾着几根羽毛。显然，宁子虔的死彻底点燃了他内心的悲痛。

方一正语气坚决地说道："我的官职虽小，但也是食朝廷俸禄的命官。我会全力以赴侦破此案，请你们不要阻挠。"

"哼，"宁子浩缓缓起身，声音沙哑道，"大人此言差矣，我没有冤枉方夫人，屋内所有人都听见了，方夫人根本解释不了一味阻挡陈叔和林郎中见子虔的缘由，这难道不是最大的疑点？今日，方夫人若是解释不清楚此事，便休想离开清雅居，休想离开棋局山庄！"

屋内陷入了僵持的静寂。

"哎哟，哎哟，这是怎么了？"风风火火的李秋实和顾砚竹闻讯而来。

聪慧的顾砚竹顿了顿，转向宁子浩，小心翼翼地问道："宁公子，整个棋局山庄传得沸沸扬扬，说是方夫人杀害了子虔少爷。方夫人宅心仁厚，不像是大凶大恶之人，这其中不会有什么误会吧？"

宁子浩阴暗的脸色宛如乌云压顶，他背立双手，沉默无言。顾砚竹没有再问。

李秋实不停地翻弄着手绢，左摇右摆地走到宁子浩面前，拉起长调道："有什么误会呀？依照我看呀，不如直接将二人给绑了。"

"小秋，不得无礼。"顾砚竹拉住李秋实的衣襟，大声喝止道，"宁公子都没有说话，你乱说什么？"

李秋实努了努嘴，不甘心地后退了几步。

宁子浩轻轻冷笑："小秋真是明眼的爽快人。"

秦吱吱语带嘲讽道："顾姑娘、小秋，我们虽然是萍水相逢，却也相谈甚欢，你们怎么能落井下石呢？"

"谁落井下石？"李秋实愤愤地跳起脚来，"这里是棋局山庄，宁公子的地盘，由不得你胡闹！"

"我胡闹？"秦吱吱故意调高声调，"我看你才是胡闹！"

"我哪里胡闹了？"李秋实瞪着圆圆的大眼睛。

"算了，算了，都少说几句。"宁香云有些心烦意乱。

"我们走。"一言不发的方一正拉起秦吱吱的手就往外走。

"慢。"宁子浩振臂一挥，家丁们纷纷挡住方一正和秦吱吱。

方一正怒气地盯着宁子浩，说道："你们想挟持朝廷命官吗？"

"方大人执意如此，我只能得罪了。"宁子浩转向陈叔，"吩咐下去，棋局山庄从即刻起封庄，不得放走任何人。"

"是，大少爷。"陈叔红肿着双眼，哽咽离去。

方一正将秦吱吱护在身前，生怕有半分闪失。

秦吱吱转过身子，一个箭步冲到床榻前，仔细观察着宁子虔的口鼻，自言自语道："我刚来时，他的确满脸流脓，不过一盏茶的工夫，竟然没有了，真是见鬼了。"

"是人是鬼，还请方夫人说实话。"宁子浩的眸色愈加深了。

秦吱吱径直说道："你如果真心疼弟弟，最好让我为他验尸，也好早日捉拿到凶手，让他安宁。总好过你抓我做替罪羊，敷衍了事。"

宁子浩一副运筹帷幄的模样，显然没有将秦吱吱放在眼里："不劳方夫人费心，天下的仵作万万千千，无须方夫人亲自动手。"

这时，一声浑厚的语调传来。

"子浩，香云。"

宁子浩和宁香云忙出门相迎，来人正是宁庄主。

"爹爹。"宁子浩艰难地唤道。

"子虔到底怎么了？"宁庄主双眼浑浊地扑向床榻，浑身颤动。

"宁庄主，勿要大喜大悲。"秦吱吱总是改不掉爱管闲事的毛病。

"爹爹，这就是方大人和方夫人。"宁香云介绍道。

"原来是方大人和方夫人。"宁庄主感激地说道，"多谢救命之恩。"

"宁庄主。"方一正拱起双手，行下大礼，"请宁庄主为贱内主持公道。"

"方夫人？"宁庄主惊讶地问道，"到底是怎么回事？"方一正一字不漏地讲述着所有的事情。

"原来是子虔为难了恩公夫妇。"宁庄主盯着宁子浩，说道，"不管你信不信，我是信他们的。"

"爹爹。"宁子浩阻拦道，"你不能凭借一面之词，妄下定论。"

"我看你才是妄下定论。"宁庄主愤愤地指向床榻，"子虔尸骨未寒，还未入棺，你竟然再惹祸端？"

"爹爹，我没有。"宁子浩深深地叹了口气。

"呃，"秦吱吱看出了父子离心的端倪。

宁香云哭泣道："如今香蓝尸身被盗，子虔又随她而去，难道真应了水流云在的警示，棋局山庄要遭报应？"

"香云！"宁子浩厉声喝止道。

"可是——"宁香云掩住口鼻道，"那块石板，山庄里的好多人都看到了。"

"什么石板？"宁庄主警觉地问道。

"没什么。"宁香云摇头道。

方一正问道："上天示警？"

宁香云偷偷瞄过宁子浩，随后点点头道："两个月前，洪水最大的时候，水流云漂落一块石板，上面写着'宁家有难'的字样。因为担心爹爹的身子，我和大哥商量之后，就没有告知他此事。不久香蕗便去了。"宁香云哭哭啼啼地说，"没想到，子虔也跟着去了，下一个会不会轮到我？"

宁庄主重拍轮椅道："糊涂，真是糊涂！"

"爹爹，我们不是故意隐瞒的。"宁子浩谦恭地解释。

"担心我的身子？"宁庄主眼神如鹰地说道，"真是孝顺！"

秦吱吱不动声色地瞄过每个人，宁庄主才是棋局山庄真正的主人。她眼珠一转，柔声说道："宁庄主大病初愈，千万别动肝火。"

"多谢方夫人关心。"宁庄主无力地抬起双手，伸向子虔，那背影萧索而苍老。

此刻，他并不是风光无限的宁庄主，而是一位暮年丧子的老人。

屋内散发着悲凉的气氛。李秋实不停地扇动起绢帕，说道："哎呀，好闷热，大家还是尽早散去，准备丧事要紧。"

"不行。"宁子浩坚决地抬起头说道，"爹爹，不能让子虔就这么不明不白地没了，子虔这一生太苦了。"

"你想怎么样？"宁庄主看向宁子浩。

"不管子虔因何而死，方夫人都有重大的嫌疑。我们将方夫人送往京城？"宁子浩试探地问道。

"不行。"宁香云厉声阻止道，"方夫人救过爹爹的性命，我们不能恩将仇报。"

宁庄主看了看死去的子虔，没有说话。

方一正拱起双手，真挚而言："宁庄主，贱内不是凶手，还请宁庄主明察。"

宁庄主拂过胡须，说道："我不知两位因何而来，如果两位的目的已经达到，请就此离开棋局山庄。你们也看到了，如今棋局山庄是多事之秋，我实在无法顾及周全。你们救过我的性命，我能做的，也只能这么多了。"

"两不相欠，一笔勾销？"李秋实狡黠地眨动双眼，"宁庄主的法子好，要我说呀，这姜还是老的辣。"

秦吱吱坦然地提高声调："既然宁庄主如此说，我们便恭敬不如从命了。"

"好。"宁庄主清了清嗓子，说道，"今日时辰已晚，就再住一晚。子浩，香云，明日一早，你们代我送方大人和方夫人离开山庄。记住，不得有半分闪失。"

"是。"宁子浩和宁香云颔首回应。

"告辞。"方一正拉着秦吱吱，离开清雅居。

很快，李秋实和顾砚竹追上两人的脚步。

"怎么样？"秦吱吱压低声音。

"已经开始布置灵堂了。"顾砚竹柔声回应。

"真是可惜。"秦吱吱不甘心地回头看了看一片素白的棋局山庄。

"回去再说。"方一正的眸光仿若云暝般迷离。

四人回到仙境阁，秦吱吱愤愤地喝了一大口茶水，说道："这分明就是圈套。"

"小心烫。"方一正体贴地摸了摸微热的茶盏，亲切地说道，"蒙顶甘露的第二遍味道最好，你再尝尝。"

"唉，真是佩服你的好性子。"秦吱吱噘着小嘴，坐了下来，"真是好险，若是宁庄主不出现，宁子浩不会善罢甘休的，说不定要动用私刑呢。"

"现在知道怕了？"方一正看向满脸委屈的秦吱吱说道，"你不是答应过我，不独自去清雅居吗？"

"我没想过去啊，在门口，门自己开了，我就过去瞧瞧。谁知道他死了。"秦吱吱甩甩头，"好惨！"

"一定是宁子浩搞的鬼。"李秋实笃定地说。

"他为何要杀死亲弟弟？"细心的顾砚竹摇头道，"我瞧着宁子浩悲恸的神色，不像是假的。"

"你懂什么？"李秋实不服气地说："这代表他心中有鬼，对宁子虔有歉意，故意做出来的假象，就是为了迷惑大家。"

"我觉得宁香云最为可疑。"方一正沉稳地端起茶盏。

"不会吧，她与宁子浩分明是唱反调的。"顾砚竹回忆着清雅居里的一幕。

"你们忘记了吗？"方一正小心提醒，"宁香云和宁子浩是在唱一台好戏。"

"没错，他们联手陷害我。"秦吱吱气愤得双手抓狂。

"也就是说，他们故意分散我们的注意力，引吱吱姐独自入局。"顾砚竹推测道，"那宁庄主呢？宁庄主和他们一同唱戏？"

秦吱吱蹙眉道："我觉得宁庄主应该不知道此事。"

"那我就不明白了，他们杀了亲手足，就是为了诬陷吱吱？"李秋实猛然间恍然大悟道，"不对，不是诬陷吱吱，是阻挡吱吱。"

"不错，棋局山庄表面上看是风平浪静，实则暗涛暗涌。"方一正严肃地说道。

秦吱吱漫不经心地摸着棋盘上的小格子，将怀中的名册交给方一正，说道："这是香蕗的陪葬清单，我只看了一眼，有好多字叫不准，你自己看吧。"

方一正接过名册，仔细看过之后，沉思道："大多是女子家常用的金银首饰和细软。我们回去去当铺和首饰铺子查查，会有些线索。"

"你没有发觉这名册里面，有不对吗？"秦吱吱迎上方一正的眸子。

"什么地方不对劲？"顾砚竹也翻了翻名册。

秦吱吱指着名册，严肃地说："这本名册没有我们在棺木中发现的小棋子。"

"对呀。"李秋实凑过去，瞄了几眼。

"所以，我怀疑，小棋子才是命案的关键线索。"秦吱吱走向床边，解开包裹一看，"果然不出我所料。"

"小棋子不见了？"方一正震惊地问道。

秦吱吱缓缓点头，说道："还记得小梦说过吗？她说小棋子的材质和宁庄主书房的花瓶一模一样。香蕗小姐过世后，宁庄主病重，香云小姐将花瓶移走了，李秋实，你今晚就去珍宝阁看一看，有没有一白一黑的翠玉花瓶。"

"好。"李秋实低声回应道。

"我还是不明白，花瓶和棋子有什么关系？"顾砚竹始终不解。

秦吱吱从怀中取出一枚晶莹的小棋子，说道："我还没有十足的把握，但我推测，这花瓶应该是用小棋子粘成的。你们没有发现棋局山庄的特点吗？山庄景色别致，珍宝无数，尤其是玉器。这棋子就是这个道理，此等美玉打磨成一副棋子，聚能为瓶，又能散落成子，岂不更价值连城？"

"不错。而且两个花瓶曾经摆在宁庄主的书房里，绝非等闲之物。"顾砚竹在秦吱吱的提点下渐渐明朗。

"更主要的是，茶房的那盆清水。"秦吱吱搓了搓小棋子说道，"应该是特殊秘方的糨糊，用来将棋子粘成花瓶的。"

屋内安静无声。

秦吱吱慵懒地舒展着双臂，说道："如果我们猜测属实，一切疑问都将迎刃而解。夜里光线昏暗，贼人盗取香莼的尸身和陪葬的金银首饰时，无意间打碎了黑色棋子的花瓶，棋子随即散落在地。所以他们只带走了一个白色的棋子花瓶。"

"是谁将棋子花瓶偷偷地放入香莼的墓中呢？"顾砚竹问道。

"是谁放的，并不重要，重要的是放入的缘由。"方一正推测道，"可能是真正心疼香莼，也有可能是借机盗走宝物。"

"棋局山庄有内鬼？"李秋实的眼神中多了几分侠客的锋芒，"宁子浩和宁香云？"

"嘘，小点儿声。"秦吱吱低沉说道："这里不安全，我总感觉外面有双眼睛。"

顾砚竹声音轻柔地说道："宁子浩为宁庄主的长子，将来会顺理成章地接手棋局山庄，他怎会盗宝？宁香云是宁庄主的长女，将来丰厚的嫁妆也是少不了的，他们怎么会是内鬼？依照我看，内鬼有可能是陈叔这样的人。"

秦吱吱轻声叹气道："目前最要紧的是宁子虔的死因，我们要尽快验尸，找出最有力的证据。但宁子浩是不会让我接近棺材的。"

方一正从怀中取出搓成管状的小纸条，看后说道："唐狄已经找到香莼的尸身，但涉及权贵，想要问出点什么东西，着实困难。"

秦吱吱好奇地问道："你和唐狄用什么传递消息？"方一正细声解释，

"鸽子。"

秦吱吱睁大双眼，反问道："难道不怕鸽子被人打下来，吃肉熬汤，信息传递不出去？"

李秋实白了秦吱吱一眼，指向密密麻麻的小字，说道："这是用老鼠的胡子蘸着墨汁写下的千字文。发信者要背好口诀，将要说的事情化作小圆点。收信者再根据口诀将小圆点所代表的字，读出来，非常简单。再说——"李秋实将字条放在蜡烛下烧掉，"一般来说，携带相同信息的鸽子，要同时放出去五到十只，总会有一只能把信息送出去。若是鸽子真的落入凶人手中，也不必害怕，因为他们不知道口诀，根本不可能盗取信息。"

"原来小小的鸽子有这么多的门道。"秦吱吱看向李秋实，"你怎么会知道？"

"我？"李秋实拽着绢帕，"这是军中常用的法子。"方一正一直沉默无语，李秋实到底是谁？

四人皆默默无语，若有所思。

突然，屋内传入一股呛人的香气。

"咳咳，这是什么？"顾砚竹不停扇动双手，重重地咳嗽。

方一正连忙喊道："是迷香，快捂住鼻子。"

"别说话，快捂住鼻子，蹲下。"秦吱吱含糊不清地说道。那迷香越来越浓重，四个人愈发地站立不稳，倒在地上。

屋内烛光摇曳，层层素白，几个黑影跃门而入……

第十六章　尸斑

秦吱吱是被冻醒的。她睁开眼睛，正好迎上方一正深情的双眸。

"你没事吧？"秦吱吱和方一正异口同声道。

方一正握住秦吱吱微凉的手。不知道从哪里窜出来的李秋实夸张地捂住了双眼。

秦吱吱警觉地环顾四周说道："这是哪里？"

"谁知道是什么可怕的地方。"李秋实摇头叹息道，"我和砚竹根本没有找到出口。"

方一正十分笃定地说："这里是地下密室。"

秦吱吱惊讶地念叨道："你怎么知道？"

"这里如此阴冷，显然是终年不见阳光的地方。"方一正又指向微微晃动的烛光，"烛光无风而动，周围没有门窗，便是风向不定的阴风。"

秦吱吱疑惑道："是什么人抓了我们？又为何没有绑我们呢？"

歹人有什么目的？

这时，地面开始颤动，竟然升起三具棺材。

四人震惊万分，凑向前去。中间的棺材是宁子虔，宁子虔的身上放着一个信封。

两侧的棺材满是冰块，分别躺着两个面色苍白的死人。

方一正缓缓地拿起信封，只有两个字："申冤。"

"他的意思是：让我们验尸？"秦吱吱眉头微动地问道。

"看样子的确如此。"方一正指着角落装满工具的木箱，沉稳地回答道。

"抓我们过来，就是为了验尸？"李秋实不可置信道。

秦吱吱双眼冒光地挽起衣袖，从工具箱里拿出一把匕首，似笑非笑地说："太好了，接了个大活儿。"她直接进入了仵作的状态。

"有什么可疑的吗？"方一正轻声问道。

秦吱吱指着宁子虔脸上的青色印记，说道："我当初看到他时，他是仰卧在床，尸斑不应该出现在脸上和胸前。"

"那尸斑应该出现在哪里？"顾砚竹疑惑地问道。

秦吱吱细心解释道："一般来讲：仰面平卧的尸体，尸斑应该出现在枕部、顶部、背部、腰部、臀部两侧和手脚的后侧，尸体侧面，甚至锁骨上部，就是不应该出现在脸上和胸前。既然出现这些地方，也就是说，他根本不是死在床上。"

"你们看——"秦吱吱指向尸体，说道，"只有俯卧的尸体，尸斑才会分布在脸颊、胸部、腹部和四肢的前面，严重时，两侧的眼还会有淤血。换句话说，宁子虔被杀后，有一段时间应该是俯卧的。"

"他在床上分明是仰卧的。"方一正眼神寒冽地猜测，"凶手杀死他之后，又将他重新搬回去？"

"极有可能，不过也不排除宁子虔遇害后，被旁人改变了体姿。"秦吱吱又用力搬起宁子虔的手臂、腿脚和身躯，找寻新的线索。

方一正在一侧帮忙，夫唱妇随，默契感十足。

秦吱吱一边验尸，一边说道："人死后，身体僵硬。可以根据僵硬程度，推断死者的死亡时间。"她摸了摸宁子虔的双眼和咽喉，"这两处非常柔然有弹性，他根本没有尸僵。"

"不可能呀，人死后或多或少都会出现僵硬，他怎么会例外？"方一正顺手摸了过去，正如秦吱吱所言，宁子虔的咽喉处弹性十足，没有一丁点僵硬的迹象。

顾砚竹疑惑地问道："尸僵的时间不对？"

秦吱吱低声解释道："一般来讲，人在死亡后一个多时辰，尸体便会出现僵硬，在三到六个时辰可以蔓延至全身；再过三到六个时辰，尸僵才会消失，身体再度恢复柔软。"

"从吱吱发现宁子虔遇害到现在，不过四个时辰，他的身子没有理由不僵硬呀？"方一正仔细地说道。

秦吱吱突然想起来什么，说道："我知道了，如果周围温度低，同时死前身体处于长期的静止状态，尸体不会出现僵硬。"

"不可能，宁子虔天性疯癫，总是四处乱跑，哪里会长期静止？"顾砚竹摇头，"宁子虔死后，手中还握着小鸟呢。"

"对呀，让我好好想想清晨的事情。"李秋实一一分析道，"当时方一正与宁子浩正在对弈，我和砚竹在去往水流云在的路上，吱吱与香云小姐闲聊，接着传来吱吱杀害宁子虔的消息。凶手是在分散我们的注意力。"

秦吱吱朗朗而言："依照尸斑、尸僵的情况，可以推断出死者具体的死亡时间。宁子虔应该死于午时。"

"午时？"方一正怔怔地看向秦吱吱。

"这是简略的推测。"秦吱吱直起来腰板，说道，"算算时间，应该是我与宁香云交谈香蕊陪嫁之物时，他就已经遇害了。"

"看来凶手是个心思缜密的人。"顾砚竹盯着宁子虔说道。

秦吱吱眉头微拧道："心思缜密倒是小事，但借刀杀人这一计谋用得真是厉害，他避过所有人，将宁子虔杀害，又嫁祸给我，杀人动机是什么？"秦吱吱低下头，认真地回忆着每一个细节，"我从紫云楼出来，一路朝西走，刚好路过清雅居。当时清雅居空无一人，宁子虔满脸流脓。不过一盏茶的工夫，再次掀开帷帐，他就变成这个样子了。"秦吱吱转向方一正，"这世上有什么毒物，可以令人满脸生疮流脓，又迅速消失呢？"

方一正想了想说道："书上记载有一种金银树，地处寒凉之地，结下的果实被飞鸟吃下，随着粪便排出，其种子可令人生疮流脓；若想解毒，必须涂上金银树的枝叶，脓疮又会愈合。但是，谁也没见过金银树。"

"飞鸟吃下去，又拉出来？"李秋实连忙摆手道，"唉，害人也不容易呀，都是重口味的事情。"

"金银树。"秦吱吱低声嘀咕，"难道真的是金银树？"她瞥了眼旁边的两具棺材，要在天亮前，做完所有的工作。

秦吱吱拿起刀，挑开宁子虔的衣袍。

"他也是六指。"秦吱吱指着宁子虔的脚。

"真是奇闻。"顾砚竹啧啧称赞道，"六指是连着血脉的。"

秦吱吱大方地递过刀，说道："砚竹，不如由你来主刀？"

"我能行吗？"顾砚竹神色胆怯，没有接刀。

秦吱吱认真地说道："砚竹，你不但精通仵作之道，又经验丰富，只是缺乏经验，我来教你。"

"好。"顾砚竹咬着牙，缓缓接过手术刀。

"来，这里。"秦吱吱解开宁子虔的衣扣。顾砚竹对准中央，用力地切了下去。刀尖划过的地方泛起一层冒着血丝的白边肉，随后越来越多的鲜血涌出来，浸透了那双白皙的双手。

"啊？"顾砚竹吓得不知所措。

"没关系，再来。"秦吱吱亲切地鼓励道，"你一定行的。"

"我不行。"顾砚竹羞愧地低下头。

"你行的。"秦吱吱再次牵起顾砚竹满是血污的手，"凡事都有第一次，你熟读陈年案卷，精通仵作之道，只要今后多加练习，不足一载，你就是本朝第二个女仵作。"

"第二个女仵作？那谁是第一？"李秋实故意提高声调。

"我。"秦吱吱没有客套，径直而语。她有自己的小算盘。顾砚竹是不可多得的人才，待此案完结，她便以琉月之名筹建仵作学堂，顾砚竹是最适合教书的先生。

"嗯，我自己来。"顾砚竹抹了把脸，再下一刀。

"这里是咽喉、胃。"秦吱吱讲解道。

"哦，这个是什么？"顾砚竹指着一个个白花花的肉团子，好奇地问道。

秦吱吱沉稳地说道："宁子浩和宁香云没有说谎，宁子虔的确生病了，那不是什么肉团子，是肿疡。"

"肿疡会疼得要命，又是根本无法治愈的一种病，可以说是绝症。"方一正说道。

秦吱吱紧紧盯着一串串肉团子，宁香云和宁子浩既然知晓宁子虔病入膏肓，时日不多，又何必出手害他呢？

凶手另有其人。

这时，顾砚竹找到几根小鸟的羽毛。

"他吃过小鸟？"秦吱吱惊愕地盯着黏糊糊的羽毛，回忆着清雅居里发生的一切。他双手中紧握的死鸟？

方一正直接将羽毛放在干净的绢帕上，低沉地说道："或许是黄雀的羽毛？"

"不是。"李秋实仔细看了看，笃定地说，"黄雀的毛短小粗壮，这两根羽毛细而纤长，应该是体型轻盈的鸟。"

方一正转向顾砚竹，问道："羽毛是在什么位置发现的？"

"这里，"顾砚竹指着流血的部位。

"咽喉以下，胃部以上。"秦吱吱详细地补充描述。

"是卡在里面了？"李秋实满脸疑惑地问道。

"极有可能。"秦吱吱拿起另一把刀，用力翻了翻泛着血水的肉，"这两根羽毛没有到达胃里，证明是宁子虔死前吃进去的。"

"陈叔曾经说过，宁子虔清晨起来喊肚子疼？"方一正看向秦吱吱，"或许和这两根羽毛有关系？"秦吱吱眼前一亮。

"你们糊涂了，他是说肚子疼，不是胃疼。"李秋实摇头摆手，"根本就是两回事。"

"还是有关系的。"秦吱吱进一步解释，"通常，人若是感到身子极度不舒服或者难受，根本说不清到底哪里疼痛，因为痛觉遍布整个腹部，相互关联，所以感到处处疼痛。宁子虔本身疯癫成性，他根本说不清楚到底哪里疼，喊肚子疼，也是情理之中的。"

"那他为什么要吞鸟毛呢？"顾砚竹依然不解，"有人逼迫他？"

"现在下定论还尚早，再看看其他线索。"方一正示意顾砚竹继续验尸。

"我——"顾砚竹犹豫不决，双手也随着微微颤动，"我有些害怕。"

"别害怕。"秦吱吱鼓励道，"我们一起来。"

"好。"顾砚竹重新拿起小剔刀。两人配合着切开了宁子虔的胃。屋内弥漫着一股酸臭的味道。

顾砚竹强忍住难闻的气味，轻轻咳嗽了几声。秦吱吱和方一正全神贯注地看着胃里流出的污浊。

"好像是墨汁。"秦吱吱仔细拨弄。

"是种子。"细心的方一正说道。秦吱吱继续拨着，碰到一个硬硬的东西，她稳定心神，将其夹起道，"这又是什么？"

方一正端来一碗清水，硬物在清水中露出原来的样子。

"是棋子。"方一正一语中的。

"还有两颗。"顾砚竹也夹起两颗小棋子。

"他也太贪玩了，又吃羽毛，又吞棋子的，怪不得总喊肚子疼。"将绢帕系在耳后当口罩的李秋实咧着嘴。

秦吱吱喃喃自语道："这棋子好奇怪，每个棋子的表面都是凹凸不平，好像是有什么玄机。"

"先收起来，慢慢追查。"方一正想捞出水中的棋子。

"慢。"秦吱吱阻止方一正，"小心有毒。"她拿起绢布上的银针，刺向黏稠的污浊，银针并未改变颜色。

"他没有中毒？"李秋实盯着泛着寒光的银针，"他身上没有明显的外伤，到底是因何而死？"

秦吱吱若有所思地看着宁子虔体内一串串肿疡，一个常年深受病魔困扰的疯癫病人承受过什么？

秦吱吱缓缓地举起刀。

一盏茶后，秦吱吱和顾砚竹找到了关键的证据。

秦吱吱松下一口气，手把手地教授顾砚竹缝合针法。

"吱吱姐，你的手好巧呀。"顾砚竹看着隐藏在肉里的丝线，啧啧称赞。

"你很聪明，学得很快，以后有机会，我会再教给你几种缝合的针法。"秦吱吱放下手中的剪刀。

李秋实盯着桌案上的肉块，说道："他的死因是因为这个？"

秦吱吱指着从宁子虔的肠子里取出的一块肿疡，语调低沉地说："你别小看肠梗阻。"

方一正眉宇微皱道："他是因为重病正常死亡？"

秦吱吱微微点头，说道："我和砚竹在整个验尸的过程中，并没有发现宁子虔有中毒的迹象。他的五脏六腑里发现大量的肿疡。我认定，他应该是因病衰竭而亡。"

"既然已经明白他的死因，等于吱吱没有嫌疑，你们不必走了。"李秋实拍手叫好。

"不。"秦吱吱微微蹙眉道，"此事还有许多疑点，另有隐情。"

"你是说金银树？在宁子虔胃里发现的种子，是金银树的种子，所以你才会看到他满脸流脓的样子？"顾砚竹低声推测。

"还有凹凸不平的小棋子呢？"秦吱吱不解地盯着厚重的棺材，"我总觉得，宁子虔有话要告诉我们。"

"哎，别想那么多了，还是想想我们如何脱身吧。"李秋实望着微弱的烛光，"这到底是什么鬼地方？我们什么时候才能出去？"

"嘘，小点声，或许抓我们的人，此时就藏在暗处偷看我们呢。"秦吱吱警觉地看向四周。

方一正目光幽深，沉稳地说："既然人家让我们为死者申冤，就说明不会害我们。"

方一正手脚麻利地将所有的证物用绢布包好，放入桌案上的木盒里，又扫过另外两具棺材，"你们歇一歇，我来验这两具尸体。"

"等一下。"秦吱吱分别走到两具棺前，指着左手边的棺木说："这具尸体腐烂严重，至少是三年以上的陈尸，能保存得如此好，实属不易，还是由我来验，而这具——"她指向右手边的棺木，"这具尸体过世不久，保存得非常好，死者皮肤还有弹性，难度应该不大，就由你和砚竹来验，我们这样分别行动，会更快一些。"

"此法甚好。"方一正欣慰地点点头。三人开始埋头忙碌。

良久，累得腰酸背痛的秦吱吱舒展筋骨，问道："砚竹，需要帮忙吗？"

顾砚竹在李秋实的帮助下，缝合好了最后一针，回应道："我已经弄好了。"

"哎呀，总算大功告成。"李秋实晃动着脑袋。

秦吱吱真诚地赞誉道："真是很好。"

顾砚竹脸颊红晕地说道："如果不是吱吱姐鼓励我，恐怕这辈子我都只能远远地站在边上，看你们验尸。"

"是你自己有本领。"秦吱吱擦了擦掌心的血污，"你本就出身仵作世家，自幼熟读关于仵作方面的书籍，不做仵作，真是可惜了。"

"嗯，我相信，我一定能做好。"顾砚竹露出洁白的牙齿。

方一正蹲在地上处理着污秽。秦吱吱整理好证物，凝神问道："如何？"

顾砚竹柔声回答："死者是男子，胸口有一处非常明显的刀伤，流血过多而死。"

"凶手够狠的，连续几刀刺中死者，不过——"李秋实沉思了片刻，"凶手不像是习武之人。"

"你怎么知道的？"秦吱吱问道。

李秋实回答："伤口周围的肉被扎得乱七八糟，但是非常浅，所以凶手的力气应该不大。"

秦吱吱指向身边的棺材，说道："这具尸体是女子的，从小断过胫骨。”

“是呀。”方一正欣赏地看向秦吱吱，“这具尸体被人处理过，才会保存完好。五脏六腑已经被掏空，血肉十分松弛，有腐烂的迹象。好在吱吱见多识广，注意到尸体的背上有淡淡的青黑色痕迹，以此作为依据，才知道她死亡的真正原因。”

“也是刀伤？”李秋实迟疑地问道。

“嗯。”秦吱吱点头说道，“尸体虽然腐烂，但用厚厚的冰镇住。之前旧伤的痕迹都留在尸体表面，青黑色的淤青是刀刃曾经留下的伤口。一般的刀刃伤口为红色，此时显现出青黑色，说明当时的伤口更深。”

“他们的衣着打扮，应该是棋局山庄的下人。”秦吱吱笃定地说。

“一般富贵人家里的下人大多都是棋局山庄的家生子，也就是自己人。”顾砚竹细心地拂过桌角，“到底是什么人害了他们的性命？”

“是谁都不要紧，现在最关键的事是怎么离开这个鬼地方。”李秋实警觉地盯着微微颤动的地面，他隐约地听到“隆隆”的声音。

伴随隆隆的声音越来越大，三具棺材随着晃动。

“快退到那边。”站立不稳的秦吱吱又闻到了熟悉的气味。

四人再次晕倒在地。李秋实及时屏住气脉，透过微弱的余光望了过去。他似乎看到一个男子的轮廓。

一夜无眠，李秋实和顾砚竹来到秦吱吱和方一正的房内。

“是谁？”秦吱吱激动地问道。

“离得太远，但看着轮廓可以推断是宁庄主。”李秋实轻轻地说。

方一正与秦吱吱早就猜测到是宁庄主出手。

“方大人，方夫人，时辰不早了，大少爷正在山庄门口等待二位启程。”陈叔稳稳地敲着门。

“好，我们马上出去。”秦吱吱伸着脖子，大声应道。

方一正细心交代道："棋局大赛，你们一定要小心行事，千万不要暴露自己的身份。那几只鸽子和砚竹熟悉，会派上用场的。如果事情顺利，我和吱吱三日之内重返山庄与你们会和。"

"好。"李秋实扬起绢帕，提着大嗓门，"后会有期了，方夫人，方大人。"

四人拜别之后，秦吱吱和方一正随着陈叔离开仙境阁。神色悲恸的陈叔无意间问道："方大人和方夫人昨夜睡好了？"

秦吱吱想到昨日陈叔的咄咄逼人，不动声色地说："怎么能睡好呢？长这么大，第一次被人冤枉，现在头还疼呢。"

"唉。"陈叔重重叹息。

"老人家有心事？"方一正觉得陈叔怪怪的。

"我一个糟老头子，能有什么心事？"陈叔偷偷拭去眼角的浊泪，"这人老了，就不中用了，总是想起以前的事情。昨日，见到子虞少爷过世，我这心里呀，真是难受，难受呀。"

秦吱吱劝慰道："子虞少爷身患重病，昨日去了，也是解脱，否则真是到了山穷水尽的地步，恐怕会更加痛苦。"

"唉，我也知道，子虞少爷的病治不好，郎中都束手无策，但他活着，老爷可以时时看着他，如今他去了，真是可怜了老爷，老爷英雄一世，到头来，与我命运相同，真是天意弄人呀。"陈叔自言自语，讲述着自己的凄凉经历，"唉，我侍奉老爷快四十年了，老爷待我恩重如山，老天待我却冷酷无情，接连夺取我两个儿女的性命。没想到呀，老爷也步了我的后尘。"

秦吱吱想到昨夜密室内那两具腐烂的尸体，莫非……

方一正显然也猜到了，问道："陈叔的儿女是因何而死？"

陈叔的脚步顿了顿，说道："我也不知道，我们这些做下人的，生下来就是服侍主子的，我服侍老爷，我的儿女服侍老爷的孩子。我的大女儿小蝶长相俊俏，聪明伶俐，一直跟在大小姐身边侍奉，大小姐对她特别信任，主仆二人，无话不说。但是好景不长，就在三年前，小蝶跟着大小姐去温泉山庄，在途中，遭遇流窜的山贼，小蝶忠心护主，替大小姐挡了一刀，当场就死了。"

陈叔泪流满面，哽咽道："小蝶真是命薄呀，孩子他娘差点哭瞎了眼睛。"

秦吱吱放缓脚步，按照陈叔所言，昨夜那具腐烂程度极深的女尸应该是小蝶，小蝶并不是一刀致命，陈叔显然不知道事情的真相。

方一正陷入回忆道："落安镇近年来，并没有发生过抢劫命案。"

"大人有所不知，那些山贼呀，都是北方外族来的，他们四处游荡，坏事做尽。"陈叔伤心地叹过，"这日子总是要过的，我还有个儿子——小杰。小杰比小蝶小两岁，一直在清雅居里侍奉子虔少爷。数月前，小杰被发狂的子虔少爷用抓鸟的毛竹刺死了。"

陈叔显然痛到极处，万念俱灰地哭泣："他才十六岁呀，十六岁啊，多好的年纪。子虔少爷一向疯癫，又是主子，我们做下人的，能怎么办呢？老爷为了补偿我，给了我千两银子、百亩良田。"

陈叔顿了顿，突然转过身来，脸上挂着诡异的笑，直愣愣地看向方一正和秦吱吱，冷冷地说道："人都没了，要钱做什么？你们说，是不是？"

第十七章　隐情

秦吱吱一时没有防备，紧紧地抓住了方一正的手。

方一正转向陈叔道："钱财都是身外之物，只有性命最为重要。"

"还是方大人有见识。"陈叔苍老的脸上露出深深的沟壑，说道，"我和孩他娘都是土埋半截的人了，要那么多的钱财做什么？再多的良田，也换不回小蝶和小杰的命呀。"他微微抬起头，紧盯着远处，眸中露出幽幽的墨色，好似在寻找什么。

秦吱吱暗自琢磨，陈叔对宁庄主情深义重，对宁子虔之死也是悲痛欲绝，显然，他对宁家忠心不贰。如果他不提及这些陈年往事，谁也想不到他与宁家还有如此的死结。一双儿女都因宁家人而死，他真的没有半分仇恨？

秦吱吱紧随着陈叔的眼神望向青翠的树林，他在找寻什么呢？不对，这里并不是通往山庄大门的路。

方一正也注意到路径的异样。陈叔解释道："这里是山庄的后门，也是通往水流云在的小路，正门的山路被山中溪流卷下的泥水堵塞，下人们正在清理。"

秦吱吱疑惑，近日并没有下雨，怎么会发生泥石流呢？

方一正轻轻呢喃道："这是天意，来到棋局山庄，没看到水流云在，岂不白来一回？"

"方大人所言极是。"陈叔指向隐在茂密树林中的高耸山石，"那里就是水流云在，前面是玲珑阁。"

秦吱吱恍然大悟，原来陈叔沉思远眺的方向是水流云在。

秦吱吱挑眉问道："今年来参加棋局大赛的人多吗？"

"玲珑阁已经住满，年年如此，"陈叔的眼中带着几分嘲讽，"已经过去十年，没有一人能够解开水流云在的棋局。今日老爷已经吩咐，因为子虔少爷过世，棋局大赛延迟，待子虔少爷安葬妥当，再行开赛。"

"香云小姐说，柳师傅解开了水流云在的棋局。"方一正不动声色地说道。

"他只能算是解开一半，水流云在的残局虽然盘活了，但水流云在的石门根本纹丝未动。"陈叔淡定地看向方一正和秦吱吱。

"石门？"秦吱吱震惊不已，原来水流云在的秘密是悬崖下的山洞。

"是呀。"陈叔幽深地望向水流云在，"柳师傅不知从何地得了本棋经，钻研数月后，盘活了水流云在的残局，老爷特别高兴，亲临水流云在。谁知道，残局虽然解开，但悬崖下的石门纹丝未动。"

"原来如此。"方一正紧盯着远处孤峭叠嶂的山石。

陈叔凝神低吟道："柳师傅是近十年来唯一盘活水流云在残局的人，老爷信守承诺，给了柳师傅万两银票。"陈叔眉头紧皱，话锋一转，"听闻柳师傅是寻花问柳的轻佻之辈，他用那万两银票去买一具女尸，最后落得个凄惨的下场。"

"陈叔所言差矣。"秦吱吱落寞地摇头，"人生在世，数十载春秋，所追求的东西各不相同，有人求财，有人求安，有人重义，有人逐力，有人重情——"她仔细观察着陈叔的每一个表情，"就比如老人家是重义之人，那柳师傅是重情之人。在他眼中，钱财不过是身外之物，心爱的女子才是无价之宝，何来轻佻之说？"

陈叔惭愧地拱起双手说道："方夫人所言极是，是老奴驽钝了。"

方一正径直而言，问道："陈叔，我有一事不明，还请赐教。"

"方大人请讲？"陈叔谦恭而答。

"宁庄主是否知晓水流云在的秘密？"方一正直奔主题。

"这个——"陈叔犹豫一瞬，深沉的眼神变得阴翳，随即摇摇头，"老爷酷爱风雅，尤其喜欢下棋，但始终没有解开过水流云在的残局。老奴觉得，老爷也不知道水流云在的秘密到底是什么。"

"哦？"秦吱吱觉得此事蹊跷无比，"棋局山庄不是宁家祖上传下来的家业吗？他怎么会不知晓自家的秘密呢？"

陈叔脸色微变道："棋局山庄是不是宁家的祖业我不知晓，但老爷是十三年前举家搬进棋局山庄的，我也是那个时候到山庄当差的。老爷经营古董生意，在京城有多家铺子，家底殷厚。不过——"陈叔顿了顿，"初到此地时，老爷并不喜欢太过张扬，总是静静地望着水流云在发呆。三年后，老爷一掷千金，邀请天下名士，参加水流云在的棋局大赛。这一办，便是十年，棋局山庄的水流云在因此扬名四海。"

秦吱吱感叹道："不知这妙不可言的棋局山庄到底是何人所建？"

陈叔摇头道："关于棋局山庄的事情，宁庄主很少提及，只是在言语间透露过，好像是从故人手中买来的，到底是何人修建，不得而知了。"

秦吱吱细声揣测道："棋局山庄布局巧妙，玲珑有序，高雅肃静，或许修建棋局山庄的人，是位醉心山野的辞官老臣，又或许是位身家万贯的富贾商人吧。"

"方夫人聪慧，或许真如方夫人所言。"陈叔赞同地点头。

方一正摇头道："其实，是谁建造的都不重要，这棋局山庄遍布珍宝，隐藏在高山茂林之间，远离城郭，远离外世尘嚣，若没有棋局大赛，还真是隐世山野的好地方。"

"是呀，方大人和方夫人所言极是。"陈叔指向山下一排排低矮的屋阁，"你们看，那里便是玲珑阁。"

秦吱吱和方一正低头望去，碧草茵茵的山脚下，有一处四面见方的楼阁屋宇，楼阁的上方悬挂着"玲珑阁"三个大字。

就如李秋实所言，那里就像一副棋盘。一间间屋子宛如棋盘上的小格子，住在里面的人就是棋子，在格子里忙碌。

面对此景，秦吱吱有种触动心弦的感慨，人生真的宛如棋盘，每个人都逃脱不开棋子的命运，或许当初修建棋局山庄的真正主人，也参透了人生和命运的哲理，才会将这理念融入棋局山庄的一亭一阁、一草一木。

他到底是谁呢？

方一正盯着玲珑阁上悬挂的匾额，心生疑惑道："玲珑阁是宁庄主搬来后建的？"

陈叔面带钦佩地说："方大人果然聪慧。这里之前是荒废的观星台，许久不用，长满荒草。后来老爷为了棋局大赛，为建造玲珑阁选址。有一日，老爷在水流云在无意中看到这里，觉得此地空旷，风景又好，便选了这里，修建了玲珑阁。"

"这里原来是荒废的观星台？"秦吱吱十分费解，"观星台怎么会建到低矮之处？那要如何观星？不会是记错了吧。"

陈叔低沉地摇头道："前人之事，不得而知。"

清风徐徐，山林深处传来几声清脆而古朴的钟声。

方一正心中早已明了，他温润地看向陈叔说道："时辰不早，我们还是快些走，莫让宁公子等急了。”

"到底是老奴话多了些。"陈叔举起手臂，指向远处。"瞧，绕过水流云在，便是后门，大少爷就在那里恭候二位。山庄现在是多事之秋，老爷大病初愈，子虔少爷刚刚过世，棋局大赛近在眼前，有很多事情要忙，老奴就姑且送二位到这里吧。"

"多谢老人家多日照拂。"方一正谦恭还礼道。

"后会有期。"陈叔的眼神黯淡无光，缓缓地消失于两人的视线中。

"去水流云在瞧瞧？"方一正看向秦吱吱。

秦吱吱感叹地说道："有些风景，远远看去心旷神怡；到了近处，却少了心中的那份念想。就好比这水流云在，寓意极深，风景又美，绝对是天下间绝无仅有的好地方。若是日日在这里生活，早已习以为常。"

"也好，我们加快行程，办事顺利的话，还是来得及回来参加棋局大赛的。"方一正说道。

"我们要在棋局大赛之前回来。"秦吱吱坚定地说道。

"好。"方一正拉起秦吱吱的手，踏步向前。

树林阴翳，鸣声上下，一对俪影，穿梭山野，走向棋局山庄的后门。

身着一袭白衣的宁子浩伫立在门廊前的汉白玉石狮旁，显得落寞。

"宁公子，久等了。"方一正迎了上去。

"方大人，方夫人。"宁子浩缓缓回礼。

"宁公子，山庄事情繁多，我们独自离开便是。"秦吱吱试探地问道。

"爹爹交代的事情，我向来都是听的。"宁子浩冷冷地回答。

"宁公子，请不要怪罪贱内，我们也没有想到子虔少爷会去世。"方一正语调迟缓地说，"打扰山庄的安宁，真是抱歉。"

"该来的，总会来的，谁也挡不住，而不该来的，即使不是你们，也会有他们。"宁子浩攥紧拳头，"大千世界，茫茫人海，能够相遇，是有缘分的。"

秦吱吱暗中观察。她隐约地觉得，宁子浩是个极度矛盾、毫无安全感、对所有人都不信任的人。

他天性敏感，情感脆弱，似乎被强大的痛苦包围着，每一天都挣扎在苦难泥潭的边缘。这一切都表明：他受过强烈的刺激。

或许找到一个合适的缺口，恰到好处地释放他所有的戾气，那样他才会毫无保留地敞开心扉，讲出藏在心底的全部秘密。

到底要如何做，才能触碰到他最敏感的神经呢？

真是书到用时方恨少呀……

宁子浩转过身冷漠而语："启程吧。"

"好。"方一正轻声应答。

"慢。"宁子浩拍动双手，唤出两个身高体壮的家丁，"为防不测，多带些人手上路。"

五人同行，一路无语。

在山脚之下，宁子浩和家丁停下脚步，方一正和秦吱吱继续前行。

秦吱吱噘起嘴嘟囔道："唉，棋局山庄三日游，到此结束，好可惜呀。"

"没住够仙境阁？"方一正调侃道。

"我还想再和你比一次凫水呢。"秦吱吱一想到搬石头砸了自己的脚，气愤得牙根痒痒。

"哦。"方一正瞧着秦吱吱俏丽的模样，微笑道，"你不说，我差点忘记了，你还欠我一个愿望。"

"方一正。"秦吱吱眯起双眼，大声痛斥，"我告诉你呀，愿望不能太过分，否则——"她微微阴笑地看向方一正。

"否则怎样？"方一正好奇地问道。

"否则，我——"秦吱吱做出斩立决的手势，"送你入宫去享福。"

"真是家有悍妻，家门不幸呀。"方一正故意板起脸道。

"谁是悍妻？"秦吱吱叉着腰，不服气地喊道。

"哈哈。快点赶路，再晚，就要在山里过夜了。"方一正加快了脚步道。

两人加快步伐，用最快的速度回到县衙。

"大人、夫人一路辛苦。"王汉欣喜地唤道。

"你们也辛苦了。"秦吱吱有种回家的感觉。

唐狄眉开眼笑道："莲姨若是知道大人和夫人回来，会特别高兴。"

"莲姨呢？"方一正望向大堂，以莲姨的性子，定会出门相迎的。

王汉笑嘻嘻地说："莲姨去城东的观音庙，为大人和夫人求子了。"

"呃。"秦吱吱顿时目瞪口呆，脸有些热热的。

"进去再说。"方一正面不改色地走入县衙。秦吱吱迈着小碎步，紧随其后。

回到偏厅，还没坐稳，方一正便径直问道："怎么样？可找到线索了？"

王汉恭敬地回道："启禀大人，我按照您的吩咐，查过琉月姑娘的身世，所有人都不知道她从何而来。"

方一正思忖片刻道："如此说来，她不是落安县人？"

"是的。"王汉眼神闪亮地说，"我通过莘月姑娘找寻到月浓花坊当年的一位老嬷嬷。据老嬷嬷说，虽然不知道琉月姑娘的老家在哪里，但琉月姑娘到花坊后，并没有太重的口音，所以我推测，琉月姑娘的家是在落安县附近。"

"她有没有什么随身的东西？"秦吱吱不甘心地问道。

"没有。"王汉摇头，"老嬷嬷说，琉月姑娘从小喜欢下棋，而且棋艺了得，花坊的大师傅也不是她的对手，后来那位大师傅被花姨娘辞退，请来了棋艺高超的柳师傅。”

"下棋？"方一正和秦吱吱都想到了棋局山庄？难道琉月姑娘和棋局山庄有关联？

"哎呀，我想起来了。"王汉重重地拍着脑袋，"瞧我这记性，我想起来了，老嬷嬷说，曾经搜过琉月姑娘的身，见到过一枚晶莹剔透的小棋子，小棋子是用上等的美玉雕琢而成的。问题就出在这里，既然琉月姑娘怀揣着如此珍贵的美玉，为何要卖身花坊呢？琉月姑娘说，这棋子是他人相送之物，迟早有一天要完璧归赵的。"

"别人相送？"秦吱吱迟疑地低下头，"这么说来，琉月姑娘应该有相识的故人。"

"嗯。"王汉点头同意，"但这个人迟迟没有露过面。老嬷嬷也没有追问，琉月姑娘从小就是个美人坯子，老嬷嬷一心想留下她作为摇钱树，谁会在意小棋子？"

方一正轻轻放下热茶，拂过衣袖，说道："琉月姑娘虽然是女子，却是恪守承诺之人，也是难得了。"

秦吱吱径直反驳道："恪守承诺固然是好，也要随机应变，若是赔上一生的幸福和清誉，得了重情重义的虚名，到底是孰轻孰重？琉月姑娘真是糊涂呀！女子最主要的事情是保护好自己，钱财都是身外之物。若真是因为一枚所谓的棋子，失去宝贵的自由和数年清白，只能说是愚昧至极。"

方一正直言："君子重情重义，恪守承诺，自古是华夏大地上的正统规矩，怎么在你眼里，却成了愚昧？如果你是琉月姑娘，你会如何做？"

秦吱吱眯起笑眼，随手在盘中拾起香糯的桂花糕，无意地说道："如果我是琉月姑娘，自然不能卖身花坊，我会先去把小棋子当了，得了银子，弄家小铺子，自食其力，多吃些辛苦，多动些头脑，争取在最短的时间内，多赚钱，再把小棋子给赎回来。"她觉得嘴巴干干的，大口喝了杯热茶，不停地扇动小舌头，"然后坐在摇椅上，静静等待小棋子的真正主人的到来。"

"你——"方一正怔怔地迎过那明慧的目光，心中满是暖意和爱恋。

唐狄夸奖道："夫人真是聪慧。"

方一正为秦吱吱续了杯热茶，轻声道："没想到，我娶到了一位精明能干的女子。"

秦吱吱骄傲地看向方一正，说道："你们也不看看，我的本家是什么？棺材铺！"

方一正从怀中取出剩下的最后一枚小棋子，交到王汉手中，吩咐道："你去拿给老嬷嬷，看这两枚小棋子是不是相同的。"

"好。"王汉小心翼翼地收起小棋子，笑道，"对了，大人，夫人，你们走后没几天，落安镇出了一件天大的喜事。"

"喜事？"方一正惊愕地看向王汉。

王汉和唐狄会意微笑，双双拱手道："如今，百姓间口口相传大人的政绩和功德，更有人提议书写万民伞，为大人颂扬事迹呢。"

秦吱吱警觉地拉住王汉问道："是明月姑娘对不对？"

王汉胆怯地看向秦吱吱，不停地摇头，又不停地点头，不知道如何回答。

"算了，由她去吧，总之是好事，我可以在万民伞下躲太阳了。"秦吱吱顽劣地偷笑。她又转而问向唐狄，"香菇的尸身可有线索？"

"我正要向大人和夫人禀告此事。"唐狄满脸严肃地举起双手，"我几乎走遍了附近所有的药铺，找到些关键的线索，只是——"

"发生了什么事情？"方一正蹙眉问道。

"我去过的药铺都说过：数月前，只有万老爷家有人病了。"唐狄叹息，"万老爷是贾相的门人……"

贾相？朝堂上的股肱之臣！方一正心头一紧。

唐狄无可奈何地点头说道："我已经确认过，中元节那日刚好是万少爷的七期，下葬的日子。香蓝和万少爷已经合葬，入土为安，于情于理、于公于私，大人如何能再掘开坟地呢？"

秦吱吱盯着伤心的方一正，想起曾经答应小梦将柳师傅、香蓝和婴孩一家三口合葬的事情，也没了主意。

"改日，我亲自拜访万老爷。"方一正轻轻坐下，满脸坚定地说。

"那如今怎么办？"唐狄无可奈何地问道。

"嗯。"秦吱吱轻轻扶额，微微抬起下颌，说道，"既然我们已经知道香蓝尸身的下落，不妨顺藤摸瓜，一路走下去，尽快缉拿盗墓者，另外一定要尽快弄清香蓝小姐陪葬清单上的物件，确定棋子花瓶的事宜。或许那棋子就是解开整件案情的关键。"

"好，"方一正嘴角上扬，温润而笑，"你所说，正是我所想，唐狄，一切都按照夫人说的去办。"

"是。"唐狄拱起双手。

秦吱吱又咬了一小口香软的桂花糕，说道："依照目前我们掌握的证据来看，凶手的范围逐步缩小，一切皆有可能。香蓝尸身一事也颇为棘手，如若香蓝真的是被人害死的，那必须要为她验身，找寻有力的证据。但万家如何能随便让我们开棺验尸呢？"她微微抬头，刚好迎上方一正深邃的双眸。

秦吱吱厚着脸皮，直直地回了过去。朦胧的爱意悄无声息地蔓延着。

王汉微笑谦恭地说道："大人、夫人一路旅途劳顿，先休息吧，我等先行告退。"

"也好。"方一正从袖口掏出名册递给唐狄，细声吩咐道，"你去附近的当铺和首饰铺子看看，有没有相似的物件，尽快收回，这样，也会早日寻到贼人。一定要记住，不可挑起民怨，惹出不必要的麻烦。"

"是。"唐狄接过名册。

"等等，还有——"秦吱吱阻拦道，"你先去趟月浓花坊，让明月瞧瞧，看看这名册里面，是不是有眼熟的？我们对贵重的物件不是十分在行，明月是见过大场面的人，尤其对女子家的金银首饰和细软最为在行，说不定会有什么良好的建议，对案情有帮助的。"

"好。"王汉和唐狄走出县衙。

他们前脚刚走，从观音庙归来的莲姨踏入屋内。

"莲姨。"秦吱吱甜甜地叫道。

"夫人。"莲姨激动得抓住秦吱吱的小手。

"莲姨，就叫我吱吱吧。"秦吱吱顽皮地眨着大眼睛。

"吱吱。"莲姨擦了擦眼角的浊泪，"你们父女俩的性情真是同出一辙，都是性情中人。"

"你见过我爹了？"秦吱吱搀扶着莲姨坐下。

莲姨点点头道："是呀，我见过亲家公了。你们啊，还真是情投意合，即使是查案，也不差这一天的时间呀，害得我们老人为你们操心。"

"莲姨教训得是，今后，我们一定注意。"方一正给秦吱吱递眼神，示意其找机会溜走。

秦吱吱不忍让莲姨伤心，对于莲姨，她还是心虚的。她殷切地问："莲姨，我爹还好吗？"

"好，好，好。"莲姨连连点头，"亲家公一切都好，整日都在做棺材，说是再做一百具棺材就收手不干了。对了，亲家公给你带了一百个腌好的白玉鹅蛋，说你从小就爱吃这个。瞧你这孩子，爱吃白玉鹅蛋，和我说呀，我的手艺可不比亲家公差。”

方一正谨慎地问道：“岳父大人是否怪罪我？”

莲姨责怪地扫了方一正一眼，说道：“现在知道着急了？亲家明事理，知道你的难处，非但没有怪罪你，还让我转告你，一切以大事为重，不必拘世俗小节。”莲姨微笑地将秦吱吱和方一正的手放在一处，“你们就放心吧，我们都是支持你们的。”

“谢谢莲姨。”秦吱吱腼腆地低下头。方一正的脸颊微微泛起红晕。

莲姨偷偷瞄两人，故意地板起脸来，语调微冷地说，“我们虽然支持你们，不过，你们必须也要答应我们一件事情，这是亲家公特意交代的。”

秦吱吱双眼明亮地说道：“莲姨放心，别说是一件事情，即使是一百件事情，我们也答应你们，让你们二老放心。”

莲姨喜上眉梢道：“嗯，那就好。”

方一正故意清了清嗓子：“咳，咳。”

秦吱吱一头雾水地看向方一正，认真地问：“你怎么了，是哪里不舒服吗？”

方一正欲哭无泪，说她聪明，真是聪明伶俐，简直是比仙女还通彻，但若说她笨，真笨得叫人头疼。

“是呀，方一正你怎么了？”莲姨也关切地问道。

“我没事。”方一正落寞地低下头，不动声色地摇头。

“没事就好，别故弄玄虚。”秦吱吱高高地噘起小嘴。

“我——”方一正微微叹息，这么明显的圈套，她都看不出来？不过——他反过来一想，眼底满是得意的微笑。

“莲姨，爹爹到底交代了什么？”秦吱吱挑眉问道。

“哈哈，”莲姨眉开眼笑，“其实亲家公和我是一样的心思。”她盯着秦吱吱平坦的肚子，关切地问道，"吱吱，你最近可觉得身子不舒服？"

"不舒服？"秦吱吱不解地眨动着大眼睛，"我没有什么不舒服呀？"

莲姨不相信地问道："不会吧，会不会是你太大意了？近日，你有没有觉得特别劳累，总想睡觉？"

"睡觉？"秦吱吱一听到劳累睡觉，不由得打了个大哈欠，"是呀，你一说，我的确是困了，最近方一正拉着我，没日没夜地赶路，我都没睡过一个安稳觉，真是好困呀！"

"没日没夜地赶路？"莲姨急忙站立起来，"怎么会这样？方一正，你怎么能让吱吱如此劳累呢？"

"我——"方一正偷偷瞄了一眼，委屈地欲言又止。

秦吱吱还幸灾乐祸地告状："是呀，莲姨，你必须说说他。日夜兼程地赶路，我倒是忍了；但是，他还不让我吃饱，整日都在吃没滋味的干粮，还都是素的，我真是好饿呀。"她摸了摸尖尖的下颌，"瞧，我的小脸都瘦了。"

"什么？"莲姨心疼地拍了拍秦吱吱的肩膀，"整日吃干粮？那怎么行，女孩子的身子怎么撑得住呢？方一正，你自幼在寺庙中吃素食习惯了，但吱吱可不行，这对孕育胎儿是非常不好的。"

"呃。"秦吱吱震惊地张大了嘴，就像生生吞下去一整个白玉鹅蛋。又丢人了，原来莲姨和爹爹是这个意思，她怎么没想到呢？

第十八章　心意

秦吱吱傻了眼，不知如何是好。莲姨皱起眉头，心疼地拉起她的手，说道："一正呀，你太大意了。你瞧，吱吱的手好凉呀。唉！你太大意，不然说不准现在吱吱已经有孕在身了，若是有什么闪失，我和亲家公都饶不了你。"

方一正委屈地低下头，出人意料地说："莲姨，我错了，下次不会了。"

莲姨关切地说道："吱吱呀，你一定饿了吧，我去厨房给你炖些汤，补补身子。"

秦吱吱连连摆手说道："我现在又困又乏，先去洗个热水澡，然后睡觉。"

"行，都随你，我去准备热水，你们都好好洗洗，等休息好了，再喝汤也不迟。"莲姨从怀中掏出一枚平安扣，"这是我从观音庙里求来的，等会儿，你们把它压在枕头下，保佑你们平安顺利、多子多福的。"

"谢谢莲姨。"秦吱吱接过寄托着深厚情感的平安扣，心中充满感激。

随着莲姨的离去，屋内静了下来。

"哎呀，怎么办？"秦吱吱慌乱地摇动小脑袋，埋怨道，"都是你出的馊主意，还什么假成亲，这下好了，都来催要孩子了，我们拿什么搪塞？"

方一正低吟道："能拖一日是一日吧，总会想到办法的。"

"那要是拖不下去了呢？"秦吱吱焦虑地追问，"不如，我们早日和离，说明一切，岂不更好？"

"不行。"方一正重语拒绝，懊悔地说道，"现在还不是时候。"方一正顿了顿，没有再说下去，他温柔地看向秦吱吱，眸光里漾满爱意。

秦吱吱的心跳得厉害，浓密的睫毛微微低垂，逃避道："我去茶房收拾一下。"

她匆匆地转身离去。方一正独自咽下微冷的茶水。

秦吱吱漫不经心地整理着琉月和柳师傅的验尸结果和所有证据，心跳得更厉害了，这就是男女之情吗？

这时，莲姨走了进来，喊道："吱吱，热水备好了，快去沐浴吧。这是一正专门为你配制的安神汤。"

"他人呢？"秦吱吱东张西望地找寻那抹动人心弦的身影。

"在浴房。"莲姨指着挨着厨房角落里的小偏间，"一正为你配制完草药，吩咐我熬制后，就进了浴房。看来你们都累了。"

"谢谢莲姨。"秦吱吱只朝浴房看了一眼，便觉得双颊热热的，急忙避过，头也不回地往屋内走去。

"哎？"莲姨看着秦吱吱离去的背影，又朝浴房看了看，微微地摇头道，"这两人怎么了？都怪怪的，真是搞不懂。"

秦吱吱抿了抿嘴，一头扎到水里。

"呼——"她尝试着平复自己凌乱的心神。反复几次下来，好了很多。

秦吱吱抬起白皙的手臂，端起安神汤。

好甜，一股甜丝丝的味道，没想到她在途中无意一语，他竟然记在心上。

这份心真的好难得，秦吱吱大口咽下安神汤。

不知道李秋实和顾砚竹在棋局山庄怎么样了？泡在木桶中的秦吱吱不由自主地想起棘手的案情。

宁香蕤真的见过琉月吗？秦吱吱想不明白，自诩清高的琉月为什么会去见身怀六甲的宁香蕤。

她不喜欢柳师傅，即使柳师傅成亲生子，也与她无关，她有什么理由见宁香蕤呢？

难道另有隐情？

秦吱吱的眼神无意地落在前方的桌案上，那是琉月的首饰。

真的好富有，秦吱吱羡慕地盯着珠光宝气的细软首饰，发现了一个微小的问题。

她越想越不对劲，裹了件袍子走向前去。

"怎么会是这样？"秦吱吱盯着满桌的首饰愣愣出神，如若推理成立，她是如何做到的？这背后到底隐藏着多大的阴谋和隐情？

就在秦吱吱失神时，房门吱吱地响了。

头发湿漉漉的方一正从外而入，看到同样湿漉漉的秦吱吱，瞬间无法移动。

"你转过去。"秦吱吱跳到床上，盖上被子。

"我——"方一正犹犹豫豫地站立在屋内。

屋内安宁寂静，袅袅檀香令人沉迷。

秦吱吱盯着那枚同心扣怔怔发神。

同心扣，贵在同心，两个人皆心慌意乱，不知如何是好。

微凉的同心扣变得潮热，秦吱吱和方一正同时抬起头，看向对方，不约而同地说道："你……"

秦吱吱避开方一正炙热的眼神，将同心扣压在枕下，说道："既然莲姨是好心，我们还是别辜负她的心意。"

"其实，我也是这个意思。"方一正声音沙哑地低着头说道。

为了缓和微妙的尴尬气氛，秦吱吱顺了顺及腰的长发，漫不经心地对方一正说："我能不能麻烦你一件事情？"

"好。"方一正脱口而出地答应，没有丝毫的犹豫。出水芙蓉、宛如蓓蕾的她是如此的美艳动人。

方一正拂过鸳鸯锦上的丝线，轻声问道："你有什么事情？"

秦吱吱伸出白皙纤长的手指，指向铜耳双锁的木箱，说道："麻烦你，给我找件睡觉穿的小衣。"

方一正温润地说："好。"

秦吱吱尴尬地笑着，盯着喜庆的鸳鸯锦。

一会儿工夫，方一正捧着一套朱色金丝鸳鸯的小衣递过来，柔声问道："这件可以吗？"

秦吱吱的脸颊瞬间通红，红鸳鸯太暧昧、俗气了，她可不想当妖艳的尤物。

"不行，换一件。"秦吱吱摆手加摇头。

木讷的方一正又折返回去，从木箱里找出一套香色双飞燕的小衣递了过来。

"这件还差不多。"秦吱吱去接小衣，可是方一正离床榻有些远。秦吱吱用力过猛，勉强裹体的袍子掉落了，好一个风光无限。

方一正的手臂一弯，低头吻了上去……

秦吱吱喘不过气来，霸道地环住方一正。

"别乱动。"方一正恋恋不舍地用被子围住秦吱吱。他用温热的指肚轻轻拂过秦吱吱光滑的后背，缓缓低吟道，"吱吱，你知道吗？我爱上你了。这几天，我的心里、脑子里，无时无刻不在想念你，想念你的笑，你的蛮不讲理……想念你所有的一切，我从来没有如此想念过一个女子，我后悔了。我不想和你假成亲，不想和你三年后和离，更不想失去你。"

秦吱吱不敢乱动。

方一正殷切地恳求道："吱吱，我只想让你做我此生唯一的妻子。我们夫妻同心，不离不弃，你可愿意？"

"咳咳。"秦吱吱吓到了，不敢说话。方一正更进一步地说道："我会等，等到你接受我的那一天。"

屋内静悄悄的，一个不知所措，一个情不自禁……

第二日一早，秦吱吱醒得极早，用最快的速度跑到县衙大堂，只想第一时间见到他。大堂空无一人。

"吱吱，"莲姨解释说，"一正领着唐狄和王汉外出办案，留了封信给你。"她卷起腰间的围裙擦了擦手，取出一封信函，交到秦吱吱手里，"你先忙着，我去厨房收拾东西。"

"哦。"秦吱吱忐忑地接过信函，怀着无比复杂的心情怔怔发呆。原来自己也是个小女人，逃脱不开纠缠反复的命运。静心的秦吱吱鼓足了勇气，打开信函，鼻子差点气歪了。信函上写着八个风骨俊秀的大字：记得吃饭，等我回来。

他什么意思？敢情她多愁善感了半天，他没事？

秦吱吱望向空旷的大堂，似乎感觉方一正躲在某个角落，看她的笑话。

秦吱吱气愤得抓狂，在空中连连打了几下太极拳。不过，心中倒是暖暖的：记得吃饭，等我回来。他还是蛮关心她的。

秦吱吱将八个大字细细品味了多遍之后，小心翼翼地将信函叠好，装入内怀。

此时，强烈的阳光照得庄严的大堂灿烂明亮。

秦吱吱舒展着身子，自己也不能闲着，配合着方一正尽早破案。

秦吱吱歪着头，想到琉月的细软。对，月浓花坊。

秦吱吱在喧闹的街上一顿闲逛，很快到了月浓花坊。花坊对秦吱吱不大欢迎，因为她来得太早了。烟花之地，都是夜里的活计，哪有一大早就迎客的？

"爷，你确定是来玩乐的？"开门的下人闭着眼，打起哈欠。

"爷就喜欢白天出来玩。"秦吱吱大方地将几块碎银子塞到下人手里。

下人立刻睁开双眼，眉开眼笑道："对，爷说得对，这出来玩嘛，就要白天，太阳大，看得更为仔细。爷，快里面请。"秦吱吱大摇大摆地走入花坊。

花坊静悄悄的，少了夜里的浮躁，多了几分清晨的安宁。

"我随便走走。"秦吱吱随口支开开门的下人，下人又打了个哈欠，高兴地离去。

秦吱吱走到溪园，停下脚步，坐在石桌前静心沉思，莘月到了。

"快来坐。"秦吱吱热情地朝莘月招手。莘月迈着碎步，轻盈地走了过来。

"你起得好早。"秦吱吱微笑地说道。

"吱吱姐也好早。"莘月神色痛苦地捂住脸颊，"我起得早，是因为牙痛得睡不着。"

"哦？"秦吱吱这才注意到莘月微微肿胀的脸颊，"怎么了？"

莘月噘起嘴，不高兴地说："我这几天长智齿，牙疼得要命，根本睡不着，只能出来闲逛。"

秦吱吱关切地问道："可用药了？"

"吃过药了。"莘月的小脸纠结成一团，"花坊里的姑娘长了智齿，都是要拔掉的，等过几天，牙不疼了，我也拔掉。"

"拔掉？"秦吱吱想到在海棠苑发现的牙齿，谨慎地问道，"你可知晓，琉月拔过智齿吗？"

"琉月啊。"莘月低头想了想，"我想起来了，琉月非常怕疼，虽然长了智齿，可是死活不拔，当时花姨娘也没有办法，也就由着她了。"莘月压低声音，"琉月的死，可有眉目？"秦吱吱没有言语。

莘月伤感地叹息道："真是可怜了柳师傅和琉月，难道真的要枉死两条性命吗？"

枉死？秦吱吱故意挑眉："那日的送花宴，我们都亲眼所见，柳师傅是自焚而死呀！"

"怎么可能？"莘月一口否定，连连摇头，"先别说琉月，单单是柳师傅，他是绝对不可能自戕而死的。"

"为什么？"秦吱吱不动声色地问道。

"柳师傅读书多，懂的道理也多，曾经劝慰过花坊里好多意图轻生的姑娘，用我们的话说，就是好死不如赖活着，而用他的话就是行到水穷处、坐看云起时。"莘月又捂住脸颊，执着地问道，"吱吱姐，你说，这样的一个人怎么可能自戕而亡呢？"

"柳师傅是心宽之人。"秦吱吱微微点头，看来花坊里的姑娘对柳师傅都非常留恋，难怪情窦初开的宁香蕗会对柳师傅心生爱恋，这样一个博学多才、善解人意的男子的确迷人。她眸光一闪，盯着溪园平静的水面，"不知，明月姑娘可在？"

"在呀。"莘月点点头，"自从花姨娘隐退之后，花坊中的大小事宜都由明月负责，姐妹们的日子好过多了，只是明月从早忙到晚，非常辛苦，这会儿正睡觉呢。"她朝花坊正房的东南角瞄了一眼，偷偷地说，"你还不知道吧，明月是花坊中最能睡回笼觉的人，每日不到午时，她是不会醒的。"

秦吱吱沉思片刻道："我和方大人一直在暗中调查月浓花坊的命案。今日我来，是希望能再找到些线索，不知你是否愿意帮我？"

"好呀。"莘月丝毫没有犹豫地回答，"只要能早日寻到杀害柳师傅的凶手，让我做什么，我都愿意。"

秦吱吱探到莘月耳边，细声吩咐道："你……"

"好。"莘月伶俐地低声回应，"吱吱姐，我明白了，你放心，和他们有些瓜葛的人，无论是敌是友，我都给你叫出来，你随我来吧。"

莘月左转右转，将秦吱吱领到一处雅静的房间，说道："吱吱姐，不，秦公子，你在这里稍等片刻，我去去就来。"

莘月办事风风火火，一盏茶的工夫，房内已经是姹紫嫣红，欢声笑语。

"呦，秦公子，来来来，再喝一杯。"一位长相妖艳的女子爽快地举起酒杯。

"好，我先干为敬。"秦吱吱洒脱地搂住莘月的细腰，将酒倒入事先备好的棉巾上。

莘月甜美地挑高声调道："凌月姐，真是海量啊。"

"什么海量，不是见到秦公子高兴吗？"名唤凌月的女子捻起一颗晶莹的紫玉葡萄送到秦吱吱嘴边，"秦公子呀，我生平就喜爱长相俊美的官人，今日见到秦公子，我真是太高兴了。"

秦吱吱顽劣地举起手，暧昧地送到莘月口中，说道："凌月姑娘说笑了，自古才子爱佳人，来花坊容貌俊秀的公子可是一大把的，哪里轮得到我呢？"

"哎，公子真是说笑了。"凌月眸中带着落寞，"来花坊的俊秀公子是很多，轮到我手里的，却——"

"哎呀，"一旁的莘月咧着小嘴，"我真是为凌月姐鸣不平，当日风雅卓绝的湘公子是凌月姐的客人，偏偏让琉月给抢走了。"

"呸，别提那个死女人，真是晦气。"一提到琉月，凌月的眼中充满仇恨。

她的对面长着桃花眼的女子，随声喝道："琉月总是以为自己高高在上，仗着有几分姿色，处处抢我们的客人。可恶的花姨娘也给她撑腰，年轻俊秀的公子全被她挑走了，留给我们的都是些好色的老头子，真是岂有此理。"

"算了，碧月，人都没了，你们还是都留些口德吧。"莘月对面一位身着藕色衣裙的女子柔声劝慰。

"呦，华月，你真是心地善良呀，难道忘记了当年就是因为琉月，你才会被花姨娘关到暗室里责罚的事情吗？"碧月愤愤地提醒道。

"当年的事情，我自然没有忘记，毕竟是我有错在先，害得琉月浑身红肿，连酒都不能喝。"华月目光盈盈地盯着酒杯，"难得琉月不计前嫌，替我挡下了米铺张老板的赎身。否则，我早就死在张府了。"

"如此说来，你还感激她？"碧月惊讶地扫过华月，华月微微地点头。

"你呀，就是心太软，做不了什么大事。"碧月不停地埋怨，"当年是琉月多嘴激怒了张老板，张老板才想到为你赎身的，后来琉月见事情不妙，又鼓动花姨娘提高赎银，最后张老板两下为难。琉月不知道发什么神经，良心发现了，主动替你扛下了此事，事情因她而起，因她而落，你有何感激她的？"

"就是啊，这就是琉月做事的特点——显摆。"凌月咬紧牙根儿，"她以为自己能耐，总是先设下陷阱，引我们入局，然后她再出手相助，好让我们感激涕零，分明是戏弄我们。"凌月扬起眉梢，"你还对她心怀歉意，害得她不能喝酒？真是可笑，她那是故意骗花姨娘的。有一次，我亲眼看到，琉月在思月亭里偷偷地和湘公子饮酒。"

"琉月饮酒了？"碧月震惊地看向凌月。

凌月坚定地点头。

莘月殷勤地为她又倒了杯酒，揶揄道："你整日都醉醺醺的，不会是眼花了吧？花坊谁不知道琉月不能饮酒。"

"我才没有眼花呢。"凌月反驳，"我真的看到她饮酒了。"

"凌月姐没有说错，琉月的确偷偷饮酒，以往轮到我去海棠苑当差，时常会闻到淡淡花露醉的味道，就算她用胭脂香粉掩盖，我也能闻到。"捧着梅花烙点心的小丫鬟添了一嘴，"来花坊之前，我家邻居就是酿酒的，我一闻那味道，就知道是酒。"

"看看，连小玉都如此说，我没有撒谎吧。"凌月又喝下一杯酒。

碧月咬了一口小梨酥，说道："如此说来，她既想当婊子，又想立牌坊。"

"哈哈，这句话，我爱听。"凌月笑得花枝乱颤。

秦吱吱见时机成熟，和莘月互相交换眼神后，诧异地问："你们说的，可是送花宴上被烧掉尸身的琉月吗？"

"是呀，就是她。"碧月咬牙切齿地说，"她自己命短就算了，还连累了柳师傅，真是个灾星。"

"对，她天生就是灾星。"凌月的双手微微颤动地说道。

"哼！"坐在秦吱吱正对面的女子拂袖而起，脸色微变，"你们别太过分了，死者为大，话到嘴边留半句。当年琉月在世时，你们苦心巴结，一路讨好，只为多得几个顺眼的客人，多得几样琉月瞧不上的首饰，可

222

是琉月死后，你们竟然，竟然……"女子扬起娇媚的小脸，怒声痛斥，"你们真是十足的小人！"

"梦月，你说谁是小人？"凌月扬起手帕站立起来，一副撒泼的模样。

梦月轻蔑地瞧着残花败柳的凌月，说道："谁两面三刀，谁就是小人。"

碧月拍案而起，矛头径直指向梦月，说道："梦月，别以为你现在红了，就可以不把我们姐妹放在眼里。想当年我们红的时候，你还不知道在哪个山洞里猫着呢！"

"是呀，"凌月不以为然地瞄过梦月，伸出修长艳红的手指，"这还没红呢，就以为自己是头牌。当年姐也有红的时候，也算是你的前辈。不过，这人的命运啊，都是天注定，有福气，也得有运气，别像某些人一样，红是红了，可是命却没了，无福享受，等于白搭。"

"是啊。"碧月不停地随声附和，"凌月看得透彻，说得有理，这人生在世，命才是最重要的。没了命，再红也没有用，难道娇媚的容颜要给阎王爷看吗？真是可笑。"

"哈哈。"凌月开怀大笑。

"你们——"梦月气愤得双眼冒火，脸色铁青，"你们真是无可救药。"

"算了，算了，都是自家姐妹，少说几句。"平和的华月打起了圆场，试图平复着三人之间的怒火。

"哼。"梦月、凌月、碧月都不领情，互不搭理。

莘月混迹花坊多年，自然学会了圆滑之道，她举起酒盏，柔声劝慰道："华月说得对，琉月的事情先放一放，今日难得秦公子来捧场，别扫了秦公子的兴致。"

梦月歉意地说道："让秦公子见笑了。"凌月、碧月和华月也向秦吱吱投去羞赧的目光。

秦吱吱一一点头回应。宴席变得安静，每个人都各有所思。

秦吱吱不愿错过任何重要的线索。依照目前的情形来看，她们与琉月之间不外乎是三种关系：其一，碧月和凌月厌恶琉月；其二，华月和小玉对琉月谈不上好，也谈不上坏，表面上算是说得过去；其三，梦月对琉月似乎很仰慕，甚至尊敬。不过依照梦月的年纪来看，估计是受明月的影响，才会如此的。

不过——秦吱吱转而一想，换句话说，琉月应该是对花坊里年幼、未出阁的女孩颇为照料，否则梦月也不会如此袒护她。

可是又一个新的疑问出现了：琉月不是自命清高，拒人于千里之外的女子吗？

秦吱吱计上心头，装着粗犷的嗓音说道："怎么都不说话了？今朝有酒今朝醉，明日愁来明日烦，我们何必为一个死人争论不休，坏了和气？又为个死人闷闷不乐呢？来，我们一醉方休，喝个痛快。"

"对啊，喝酒。"莘月高举酒盏。

谈笑风生，几杯美酒入怀，秦吱吱假意喝醉，暧昧地靠在莘月身上，语调轻佻地说："我到底是晚来了一步，没有见到冰清高洁的琉月姑娘。方才听你们这一吵，都把我弄糊涂了，这琉月到底是清高命薄之人，还是贵命真挚之人？你们每个人说得都不一样呢？"

"哎呀，秦公子有所不知。琉月的性情一贯阴晴不定，有时候平易近人，有时候高高在上，谁知道她心里从早到晚想什么。"凌月手腕一抖，轻轻叹息，"说到底，这也不能怪琉月，什么样的好人落到这冰冷无情的烟花之地，能心情舒畅呢？只不过有人喜怒无常，有人表面逞强，暗自落泪。我就只能整日宿醉，醉生梦死，各人各命罢了。"

"是呀。"碧月也动情地抹了把眼泪，"琉月在时，心情舒畅的时候，对大家还是不错的，出手大方，又阔绰，帮助过花坊不少可怜的姐妹，对那些刚入花坊的小女孩尤其照料。如果她性情不好时，那执拗的大小姐脾气，实在是不敢恭维，简直清高至极，以为自己是皇宫里的娘娘，眼里根本容不下任何人。"

"是啊，到底是琉月的小性子害了自己。她前脚刚做完一件好事，又高高在上。更可气的是，有的姐妹落在低谷，她还不忘挖苦人家几句，轻者让人下不来台，失了面子；重者让人咬牙切齿，恨不得与她拼命。唉，这又是何苦呢？分明是不会做人。"华月揉了揉睡眼，压低声音，"我觉得此事有蹊跷，你们不知道吧，琉月有风疾头疼的病根。"华月神秘兮兮地指着脑袋，"我怀疑她这里有病。"

"不会吧。"年少的梦月摇头道，"她若是真有风疾头疼的毛病，花姨娘和明月姐怎么会不知道。"

"梦月，你年纪小，与琉月接触不多，根本没有摸清她的秉性习惯。"丫鬟小玉笑眯眯地说，"琉月风疾毛病是愈发严重，她总是遮遮掩掩，花坊没几个人知晓。后来琉月遇到了湘公子，湘公子知晓琉月的毛病，做了各式的熏香为其祛病。"

"湘公子？"梦月不解地看向小玉。

小玉点点头道："是呀，湘公子也是因为此事，得到琉月的信任和爱慕。"

"湘公子是郎中吗？"秦吱吱诧异地问。

"湘公子不是郎中，是文人雅士罢了。"小玉仔细地解释，"文人雅士不都爱好风雅的熏香吗？一些醒脑安眠的熏香可以治病，公子不会制香吗？"

"呃……"秦吱吱真是被问倒了，她只会验尸。

"怪不得海棠苑香气不断，原来是湘公子的功劳。"凌月惋惜地说，"若早知道湘公子有这样的本领，我是死活也要将他留下的。"

"哈哈，只能怪你手段太低。"碧月微笑地挖苦，"还是琉月的手段高明，我们只能甘拜下风。"

凌月举起酒杯，对着梦月，说道："我敬你一杯，希望你早日夺得花魁，早日脱离苦海。"梦月浅笑应下，两人冰释前嫌。

秦吱吱盯着一笑泯恩仇的两人，花坊女子都是可怜人，若即若离，非敌非友，只有她们最懂自己的不易。

这种情形下结的姐妹之情，是对人性最直接的考验。

莘月开口说道："小玉，你去厨房端几碗醒酒汤和肉粥来，为秦公子醒酒。"

"好。"小玉迈着欢快的步伐离去。屋内充满了欢声笑语。

半晌后，众人醉意醺醺，东倒西歪，时辰不早，秦吱吱该撤了。

莘月会意地搀扶起秦吱吱，大声说："我先扶秦公子回房休息，各位姐妹也回房吧。"

席间没人回应，她们早已熟睡。秦吱吱示意别吵醒她们，她想悄悄地离开花坊。

不知道方一正回来没有，秦吱吱加快脚步，回到县衙。她一头钻进茶房，盯着所有的证据怔怔发呆道："到底什么地方错了？"

第十九章　细节

时间过得很慢，秦吱吱望着漫天红艳的夕阳，既期盼，又有些失落。

他会回来吗？他吃饭了没有？她此时才明白，痛苦并不是离不开，而是舍不得。

舍不得心爱的人受到一丁点儿的委屈和痛苦，宁愿自己背负所有的苦。

忽然，几声难听的咕咕声音传来，窗檐飞来几只鸽子。

秦吱吱急忙从鸽子脚上的铁环取下信函，对照方一正教授的密码，费了好大的功夫，才将信函上的内容翻译出来。

宁子虔已顺利安葬。入葬那日，宁香云因悲伤过度而卧床，宁子浩和宁庄主操持全局。李秋实在珍宝阁没有发现棋子花瓶，却在清雅居找到宁子虔生前藏在鸟笼里的半句诗。

"忽如一夜春风来，千树万树梨花开。"秦吱吱细细品味着，这是一曲荡气回肠的边塞诗，宁子虔写来做什么？

秦吱吱低头不语，暗自沉思：宁子虔疯癫极重，怎么会背出如此美妙的诗词呢？她卖力地朝门口看去，方一正没有回来。

阵阵凉风而过，下起了淅淅沥沥的小雨。

"到底发生了什么事情？"秦吱吱满脸担忧地撑着一把油纸伞走出门去。

街上的人很少，秦吱吱走走停停，以前爹爹总不让自己出门，担心受到旁人的怠慢。如今她随心所欲，却无心欣赏。原来一切都因心境而起，没了美好的心境，再美的景色入眼，依旧是索然无味。

"姻缘线，红线系姻缘。"声声高调的吆喝，引起秦吱吱的注意。

"姑娘，这是姻缘线，将心上人的名字写在上面，再将这红线绑在树上，就能保佑心上人一生平安，两人也能心心相印。"卖姻缘线的老妪微笑地解释，"下雨了，我要收摊回家了，我送姑娘一个吧，保佑姑娘与心上人白头偕老。"老妪将姻缘线递到秦吱吱手中。

秦吱吱接过红线，偷偷地将块碎银子塞在竹筐里，说道："谢谢婆婆。"

老妪微笑地摆手道："姑娘，快回去吧，小心着凉。"

雨越下越密，根本没有停的意思。

秦吱吱踩着湿滑的青石，来到熟悉的三生桥上。

河上烟雨朦胧，她的眼前氤氲一片。

清风拂过，秦吱吱拢了拢油纸伞，转身一瞧，不远处有棵粗壮的木棉。

秦吱吱跑向巷口的铺子，借了笔砚在姻缘线上坚定地写下"方一正"三个字。随后，她又走到树下，将自己的姻缘绑在繁密的枝条上。

"真好！"秦吱吱望着随风飘动的姻缘线，露出甜美的笑容。她刚想离去，不远处见到一人，他也望着飘扬的姻缘线，在雨中孤单地伫立。

秦吱吱愣住了，恨不得一头扎进那人的怀里。

方一正没有看到秦吱吱，他独自一人站在树下，盯着飞舞的红线沉思，丝毫没有在意被朦胧的细雨淋湿了大半的身子。

"方——"秦吱吱欲言又止，故意用油纸伞挡住自己。

回县衙，还是回一品棺材铺？秦吱吱凌乱不堪，找不到原来的自己。

"吱吱。"一声温润的声音传入耳内，秦吱吱惊愕地抬起头，迎上方一正如墨的眸子，问道："你回来了？"

"我回来了。"方一正略微苦涩地回答。

"我们离真相不远了。"秦吱吱扬起娇媚的小脸，坚定地说道。

"是啊。"方一正抬起头，凌乱的雨点散落而下。

秦吱吱主动将油纸伞递过去，埋怨道："下这么大的雨，你怎么不打伞呢？"

"我习惯了。"方一正拂过额上的雨滴。

"我差点忘记了，你是医术高明的郎中。"秦吱吱咧开小嘴，"方郎中，我们回家吧。"

回家？方一正心头一暖。

两人共撑一伞，消失在烟雨蒙蒙之中。

一到县衙，莲姨便端着两大碗冒着热气的姜汤迎了上来，关切地说道："你们快喝姜汤，驱驱寒气。这么大的人，还像小孩子一样去外面淋雨，若是染了风寒可怎么办？"

"好。"秦吱吱和方一正同时端起姜汤，微笑地喝下。

夜色渐浓，阴暗的天空隐约出现了几颗明亮的星。秦吱吱绘声绘色地讲述着月浓花坊的所见所闻。

"就这些？"方一正低沉地问道。

"是呀。"秦吱吱细声回应。

"你怎么不等到午时去见明月？"方一正不动声色地往秦吱吱身边凑了凑。

"嗯。"秦吱吱不怀好意地眯着美眸,"我是想把见美人的机会,让给你呀。"

方一正立刻板起脸,说道:"要我说多少遍,我不喜欢美人,我只喜欢你。"

"呃。"秦吱吱哭笑不得,凶巴巴地说,"方一正,你什么意思,难道我不是美人吗?"

"嗯,"方一正上上下下地打量了秦吱吱几眼,明煦而语,"如果你性情再温柔些,也算是个美人吧。"

秦吱吱万般不服气地噘起小嘴,争辩道:"美人就是美人,怎么还能是算作的? 我是浑然天成的美人,你懂不懂欣赏,真是没有眼光。"

"哈哈。"方一正的眼里满是浓情蜜意。

"你有什么收获?"秦吱吱问道。

"我和唐狄、王汉去了万家堡,求见万老爷。"方一正细细讲道,"我与万老爷见过几面,有些私底下的交情,想说服万老爷,取回宁香蒌的尸身,但万公子英年早逝,已经入土为安,万老爷也颇为踌躇,有些推托。"

"这的确是个棘手的事情。"秦吱吱也没有了主意。

方一正微微合上双眼,轻轻地说:"我只能将实情对宁庄主如实禀告,再听听宁庄主的意见,或许宁庄主与万老爷直接交涉会好些。"

"对,宁庄主是宁香蒌的父亲,是富甲一方的乡绅,说话的分量比我们要重些。"秦吱吱眼前一亮,问道,"那些失窃的首饰,可有眉目?"

"嗯。"方一正缓缓应答,"万县周围城镇里的当铺、首饰店、玉石铺子能去的地方,我们几乎都找遍了,你猜结果怎么样?"

秦吱吱歪着头,笑道:"找到了。"

方一正苦笑:"的确找到了,而且找回了名册中的数倍,此事最为奇怪。比如:随葬的朱雀耳环只有两对,我们收回了六对;随葬的金络圈一个，我们收回了三个；连那入葬的朱红玛瑙筷子，我们都看到了两双。所以，我只带回了其中一部分。"

"他们同意你没收如此贵重的物件？"秦吱吱蹙眉问道。

方一正摇头道："商者逐利，哪里肯轻易让我带走数千两银子的细软，我以官印作保，和各家店铺的老板说是暂时借用。"

"你也学会了变通。"秦吱吱夸奖道，"怎么会多呢？店铺的老板们是怎么说的？"

"所有店铺的老板都说，这些首饰细软是周围的百姓送来的，更有人亲口作证，说是在自家院落里捡到的。"方一正解释。

秦吱吱惊讶地追问："什么意思？"

方一正沉稳地回答："他们说，有人将贵重的首饰包在布兜里，扔在寻常百姓家的院落里，一夜之间，大半的百姓都得到了布兜。"

"劫富济贫？"秦吱吱惊叫。

"不管这个人出于什么目的。"方一正微微张开双眼，"他已经扰乱了我们的计划。"

"本来可以顺藤摸瓜，谁知道是扑朔迷离。"秦吱吱挑眉道，"你发现了白色的棋子瓶吗？"

方一正摇头道："没有。我觉得，这个白色的棋子瓶应该还在棋局山庄，根本没有失窃。"

秦吱吱朝方一正怀里拱了拱，说起了来信："砚竹在信里说：一切都好，他们在宁子虏喜爱的鸟笼里发现两句诗：忽如一夜春风来，千树万树梨花开。"

"岑参的出塞诗词？"方一正喃喃自语。

"对，"秦吱吱大胆推测，"我觉得宁子虏并非表面这般简单，他或许知晓棋局山庄的秘密，故意装疯卖傻。或许，他将秘密藏在这句诗里。"

"这句诗是指边塞大雪后的美景。"方一正回忆着整首诗词。

"我们再去一趟棋局山庄。"秦吱吱不甘心地说，"无论是高深莫测的宁庄主，还是毕恭毕敬的陈叔，棋局山庄的人都很神秘。宁香云和宁子浩似乎嫩了些。我们原来觉得宁香云和宁子浩嫌疑最大，如今看来，他们两个似乎只是棋子。"

方一正淡淡地说："我们离开棋局山庄那日，陈叔的一番坦诚相告，证明他的如意算盘是想通过我们为一双儿女申冤。但是他私下做过什么不得而知。那天夜里，有人偷袭咱们，为三具死尸申冤，很有可能便是陈叔所为。"

"不，我倒是觉得是宁庄主。"秦吱吱摇头，"陈叔是不会让儿子和凶手宁子虔同处一室的。"

方一正停顿片刻道："若你所言，宁庄主也有嫌疑。"

"对，这个宁庄主最为可疑。"秦吱吱坦诚而语，"你还记得，当初我们刚到天元阁时的情景吗？"

"救治宁庄主？"方一正回忆起那日秦吱吱不怕辛苦、认真救人的模样，问道，"你发现了什么？"

"我真是太傻了。"秦吱吱叹息道，"当时救了宁庄主，我满脑子都是得意，冷静下来想一想，这就是个圈套。你知道吗？心疾是非常危险的，如果在极为短暂的时间内没有得到有效及时的救治，病人必死无疑。但陈叔之前说过，宁庄主的死不过是一炷香的时间，与实际相差太远。我曾经在天元阁和大门之间做过实验，一炷香根本不可能到达，最快也要三炷香。而且宁庄主爷腹肌强壮，一看就是经常练武之人，或许用了什么绝世武功，才会闭气停脉的，在旁人看来还以为是诈尸了。"

方一正凝神说道："你的意思是宁庄主没有心疾？"

"这几日夜里睡不着时，我将所有的案情都反复推敲了几次。"秦吱吱眉目舒展道，"我虽然没有十足的把握认定宁庄主有问题，但可以完全确定他绝对不是心疾。那日，我太着急了，没有注意到众多的细节，一心只想着救人。你仔细想想，如果按照陈叔所说的话和实际的时间相互比较，宁庄主心疾的时间要超过一盏茶，心脏停止跳动这么久，我们用简单的手法根本救不回他的性命。"

方一正回忆起那日急迫的情形，陷入沉思。

秦吱吱继续说道："心疾的人即使救回来，大多都会留有手脚麻痹或者是行走不利的后遗症。即使幸运没有留下后遗症，身子也不如以往那般硬朗。但宁子虔死的那日，我们在清雅居第一次看到坐在轮椅上的宁庄主，他精神矍铄，气脉沉稳，尤其是唇色红鲜，根本不像是有心疾的人。"

"他懂武功。"方一正摇头道，"棋局山庄里的人都以为，宁庄主只是一介孱弱的书生，一生经商，酷爱下棋，但是他会武功。"

"对，宁庄主不但懂武功，而且还是位高手。"秦吱吱说道，"我清楚地记得，替他按压的时候，他有柔韧的肌肉，绝非孱弱的书生。"

"这么说来，他极有可能是诈死，被我们阴差阳错地给救了？"方一正倚在长枕上，困意全无，"他为什么要诈死呢？他才是棋局山庄真正的主人。"

秦吱吱缓缓说道："或许他意识到了威胁。"

方一正静静地点头："我们不妨借宁香蕊与万少爷配冥婚的事情，去棋局山庄一探究竟。"

秦吱吱笃定地说道："所有秘密都在水流云在的残局里。"

方一正浅笑劝慰道："再等等唐狄和王汉的消息，根据万家管事的描述，盗墓贼是附近几个城郭有名的大阴官，若是真抓住他，也是造福一方百姓了。"

"对了，你摸摸这个。"秦吱吱从荷包里摸出一枚小棋子。

方一正闭上眼睛细细地摸过，说道："这是从宁子虞胃里发现的小棋子？"

　　"对。"秦吱吱明快地回道，"我觉得这枚小棋子和我们发现的小棋子同出一辙，都是组成棋子花瓶的，只不过位置各不同。你瞧，这颗棋子表面凹凸不平，应该是花瓶底部的座子，等到了棋局山庄，找小梦确认一下。"

　　方一正仔细地在手心里摸了摸，思忖片刻道："你说得有几分道理，宁子虞冒死吞下棋子，说明棋子非常重要，真没想到你如此细心，不当捕快真是委屈你了。"

　　"那是自然。"秦吱吱扬起小脸，得意扬扬道，"仵作和捕快对我来说，得心应手，两不耽误。"

　　"你啊。"方一正苦笑，早就料到了秦吱吱会如此说。

　　秦吱吱收回笑意，神秘兮兮地问道："你说，水流云下的山洞里是不是藏着富可敌国的金银财宝？"

　　方一正面带迟疑，怔了怔，说道："从未听说过什么宝藏的传说呀。"

　　"没听说过，并不代表不存在呀。"秦吱吱满脸财迷的模样，"即使没有金银财宝，也许也是哪个大人物的陵墓入口，藏着些秘籍宝典……"

　　方一正叹了口气："或许我们遗忘了身边人。"

　　"李秋实？"秦吱吱的语气轻了些。

　　方一正点头道："此人来自襄樊，我暗中打听过，军中无此人。"

　　"他不会是逃兵吧？"秦吱吱推测。

　　"他身手了得，哪能受人桎梏？"方一正说道，"他说来静江府找细作，反过来说，他会不会也是——"

　　屋内顿时安静了下来，谁也没有再说话。半轮月牙发出微弱盈盈的光芒，等待天明。

第二十章　眉目

秦吱吱和方一正一觉睡到天亮，用过早餐后，两人一边整理陈年卷宗，一边等待唐狄和王汉。

接近午时，唐狄和王汉风尘仆仆地回来了。

"大人，夫人。"两人齐声说道。

"一路辛苦。"性急的秦吱吱忙问道，"捉住盗墓贼了？"

王汉拱起双手回道："启禀夫人，我们晚去了一步。"

"盗墓贼跑了？"方一正惊讶地站立。

唐狄摇头道："他没有跑，是死了。"

"死了？"秦吱吱敏锐地眯起双眼，"怎么会死呢？尸首带回来了吗？"

"没有。"唐狄仔细解释道，"盗墓贼姓杨，乡亲们叫他杨神通，他不但盗墓，而且是附近有名的风水先生。会设坛求雨，做法事，是个十足的大阴官，专门吃阴阳饭的，只是年纪大了些。"

王汉接着说道："杨神通年近半百，平日里身子结实，但近日染了风寒，卧床不起。听他自己说，是因为得罪了各方的神灵，沾染了多年的尸毒，拒绝请郎中。他一味地喝符水，贴符咒，当我们赶到时，他已经奄奄一息，不久就咽了气。"

"这就是害人终害己。"方一正眼神幽然地盯着唐狄肩上的小包裹，缓缓地问，"他临终前，说过什么？"

"他什么也没有说，只是直勾勾地盯着房梁。"王汉想起当时的情景，依旧心有余悸。

秦吱吱蹙眉疑惑道："房梁藏着东西？"

"是一本花名册和一叠银票。"唐狄取下肩上的小包裹，递了上来，"杨神通早已吩咐家人，房梁藏有木盒。没想到临终前，遇到了我们，他的家人便委托我们将此物转交给县衙，请大人过目。"

方一正迟疑地打开花名册，如玉的脸色越来越黑，仿若乌云压顶。

"上面写了什么？"秦吱吱好奇地凑了过去。

方一正死死攥紧拳头说："天下奇闻，他竟然厚着脸皮将这一生盗过有的所墓葬都记录下来，简直人神共愤。"

"罪证本？"秦吱吱惊讶地接过花名册，上面密密麻麻地记录着偷盗墓葬的年月和墓主人的身份，一直翻下去，足足有数十页之多。

最后一页记载了两例配冥婚的事情，第一例就是二十年前，方一正的生母被盗取尸体，许配给了因痨病而死的冯员外。

白纸红字清清楚楚地写着：墓主无名，身怀六甲，在墓中产子，其子被星云大师收养，星云大师慈悲为怀，点化了自己。

第二例，便是数月前，宁香蓙的尸身配给万少爷。

秦吱吱偷偷瞄了方一正一眼，难怪他义愤填膺，这个杨神通真是罪大恶极，死不足惜。

王汉谦恭地劝慰道："请大人息怒。"

方一正冷漠地扫过厚厚的一摞银票，阴沉地问道："他到底是什么意思？"

"回大人。"王汉低声回答道:"杨神通一生只有两个聋哑的儿子,以及一个侄女香荷。听香荷说,杨神通吃的是阴间饭,虽然赚了钱,却不好花。他犯了忌讳,遭到了报应。五年前,杨神通的妻子和两个聋哑的儿子被雷劈死了。杨神通痛不欲生,要不是香荷的细心照料,他早就随妻儿去了。"

唐狄接着说道:"听香荷说,从此以后,杨神通怕自己罪孽太深重,妻儿在阴间的日子不好过,近年来,一直在赎罪。所以从那以后,他再也没做过掘坟盗墓的活计。孤僻的性格也变了好多,平日里依靠给人家看风水墓地、做一些法事,来维持生计。日子虽然清贫些,却也心安理得。他将积攒下来的钱都藏了起来,希望能补偿给曾经盗取过的墓主后人,能寻到多少是多少。余下来的银子,他希望能为穷苦百姓,做些善事。"

王汉举起手,指着银票,说道:"这些是九十九张银票,共计八千一百两银子,寓意九九归一。当香荷得知我们是落安县的捕快之后,痛快地将包裹给了我们,想将此事交给大人处理。"

方一正脸色幽冷,沉默不语。

秦吱吱摇了摇头说道:"不对呀。既然杨神通在妻儿横死之后,金盆洗手,不再干掘坟盗墓的事情,又为何盗取宁香蕤的坟墓呢?而且,他年事已高,怎么会有体力再去盗墓?此事前前后后,根本说不通。"

唐狄坚定地解释道:"回夫人,香荷为人坦诚、性情柔弱,对我们没有丝毫隐瞒和欺骗,至于杨神通为何又在花甲之龄重操旧业,她也不知晓,又十分困惑。"

"是呀,"王汉接着说道,"香荷是个好姑娘,年纪虽小,却知晓大义,我和唐狄事先问过杨神通家附近的邻居,他们都说,杨神通和香荷为人和气,生活简朴,和周围的人相处得极好,杨神通还时常免费给村里的邻居看风水呢。"

秦吱吱看向一张张发黄的银票,低声说道:"浪子回头金不换,迟暮之年能悔悟，也实属难得，杨神通一生行走阴阳两端，图的就是财，最终却落个家破人亡、钱财散尽的下场，受到的惩罚也够了。"她转向方一正，眼神明媚，浅浅地笑道："过去的就放下吧，总是纠结在一处，受苦的只有自己。"

方一正微微颤动，紧锁的眉峰缓缓舒展，艰难地说道："是呀，都已经过去二十年了，我的确应该放下了，这可怜又可恨的杨神通，早知今日，何必当初呢？"

秦吱吱随意地抽出几张颜色发黄的银票，嘟囔道："杨神通好能攒钱，和我家的老爷子有一拼。"突然，她眼前一亮，喜上眉梢，"我知道杨神通为什么会盗取宁香蕴的尸身了。"

方一正、唐狄和王汉都惊愕地看向秦吱吱。

秦吱吱麻利地从厚厚一摞银票的底部、中部和上部分别抽出几张，放在手里，解释道："你们瞧，这张存在鑫盛腾钱庄里的五百两银票，年代久远，有十年之久；这张存在老钱庄里的五百两银票，只有五六年的时间；而这张，却是数月前的银票，这说明什么？"

方一正顿时豁然开朗道："你的意思是，这笔银子，是杨神通多年积累攒下的？"

秦吱吱扬起一叠银票，抿嘴笑道："是这样的。杨神通掘坟盗墓多年，积攒下不少的银子，却未承想，多行不义必自毙，虽然自己性命无碍，却害了妻儿，或许在至亲亲人过世后，杨神通才真正悔悟到自己犯下的罪孽，决定金盆洗手。所以，当你们费力找寻与杨神通生平较为熟悉的邻居时，他们皆对杨神通的印象极佳。"

方一正风雅地指向秦吱吱手中崭新的银票说道："杨神通是为了凑足九九八千一百两银票，再次铤而走险，你们看，那几张近年的银票正是出自万家的大元钱庄。"

"我明白了。虽然杨神通临死前什么也没有说，但我们可以根据近期的银票，找到钱庄，再顺藤摸瓜。"王汉眉头舒展地说道。

唐狄大步向前问道："大人，我们如何做？"

方一正沉思片刻，沉稳地说："我们分头行事，我和吱吱根据银票的线索，去寻找隐藏在背后的人。你们拿着花名册，去分发银两吧。"

"这……"唐狄面带迟疑，八千一百两银子不是小数，方一正真的如此信任他和王汉？

"用人不疑，疑人不用，我们相识这么久，我自然是信得过你们。"方一正看出了唐狄的疑虑，缓声劝慰道，"这是杨神通死前的心愿，而且对于墓主的亲人来说，也是份迟来的安慰。"

"承蒙大人、夫人如此信任，我们定不负所望。"唐狄和王汉跪在地上，朗朗而语。两人拜别后，离开大堂。

空旷的大堂，只剩下秦吱吱和方一正两个人。

这时，一只灰色的鸽子在屋檐间盘旋。方一正吹了几声口哨，鸽子听话地落了下来。

秦吱吱取下绑在鸽子带来的信函，方一正只扫了一眼，脸色微变。

"棋局山庄出事了？"秦吱吱追问。

"宁子浩死了。"方一正眼神幽暗地说道。

"什么？"秦吱吱急忙凑过来去看，砚竹在信上说，宁子浩在玲珑阁的雅间死去，死状和宁子虔满脸流脓的模样同出一辙。

"宁子虔是死于衰竭，不是中毒而亡。"秦吱吱不解。

"你还记得在宁子虔体内发现的小种子吗？"方一正缓缓讲道，"从棋局山庄回来，我将那小种子放在茶房里培育。今早，我去看了一下，小种子已经发芽了。"

秦吱吱激动地问道："是什么种子？"

方一正说道："我查过古籍，确实是神秘的金银树。金银树多在寒凉之地，为外族所有，从未在静江府发现过此树。"

"此事与外族有关联？"秦吱吱大吃一惊。

"襄樊。"方一正缓缓地说道，"襄樊战事不稳，事关江山社稷。双方僵持三载，这细作一事？"

"如果棋局山庄与外族有关，那宁庄主——"秦吱吱大吃一惊，"李秋实。"

方一正点头道："砚竹在信上说，棋局山庄乱作一团，宁庄主已经将消息封锁，所有人只许进，不许出，形势颇为复杂。"

秦吱吱掐指一算，问道："那棋局大赛呢？"

方一正沉思不语，又吹了几声长短不一的口哨，一只灰白色的鸽子飞了进来。

方一正一边取信，一边从瓷罐取出一些谷粒，鸽子欢快地啄食谷粒。

秦吱吱羞愧地低下头，她怎么没想到喂鸽子呢？方一正看过信函，低沉地讲道："棋局大赛照常进行。不过，宁子浩是宁家长子，他的死对宁庄主打击很大，宁庄主宣布棋局大赛是和宁子浩的葬礼一同在水流云在举行，所有人都要身着素白。没有找出谋害宁子浩的凶手之前，所有人不得擅自离开棋局山庄。"方一正语气加重，"宁庄主放言，若一日不为宁子浩申冤，所有人便不能离开玲珑阁；若十年还抓不到凶手，他愿意奉养玲珑阁所有人一直到终老病死，算是为宁子浩陪葬。"

"天呀！"秦吱吱震惊得哑口无言。

"宁庄主是说到做到之人，我们马上启程去棋局山庄。"方一正坚定地说。

两人用最快的速度带了些衣物和银两，走出县衙大门。

"我们先去趟月浓花坊。"方一正想了想，走上三生桥的方向。

第二十一章　利用

几日未见，明月已经是月浓花坊的管事。

留给秦吱吱和方一正的时间不多，秦吱吱开门见山地径直问道："明月，你是明白人，自然知晓湘公子对你无情无意，他不过是在利用你，你又何必依然死心塌地地痴情于他？"

明月哽咽柔声道："其实，我——"她从怀中取出一枚带着裂纹的玉佩，捧在手心，"我自己也清清楚楚，湘公子心中只有琉月一人，但我就是控制不住自己对他的痴恋。为了能让湘公子的眼神在我身上多停留一分，我心甘情愿做琉月的替身，也心甘情愿为湘公子做任何事情。"

"你这又是何苦？"秦吱吱安慰道。

明月自嘲地说道："我在风月场多年，最擅长逢场作戏，左右逢迎。可是我与湘公子的事，藏得严丝合缝。不承想被方大人和方夫人看穿，我真的很想知道，到底什么地方露出了马脚？"

秦吱吱微笑道："你做得很好，否则，上次我们来时，就应该看透你与湘公子之间的纠缠。正是因为你做得太好了，才会引起我们的怀疑。这些天，我想了好多事情，隐隐猜到你们之间的关系，而且，我托人打听过，花姨娘虽然老了，但精气神还在。如今在邻县养老，她闭口不提自己为何离开花坊。"

秦吱吱看了看华丽的四周说道："这有名的月浓花坊，怎么会交到一个如此年轻的女子手里？论资历还是手腕，你都不如花姨娘。"

"我——"明月紧紧抿着红唇，说不出一句话来。

"所以，"秦吱吱更近一步，目光凌厉道，"只有一个可能，那就是，有人在背后支持你，而那个人，就是湘公子。如果我没有猜错的话，湘公子就是月浓花坊背后的金主，什么琉月失身之类的事情，都是你和湘公子编造出来的假话，对不对？"

"不是的，琉月被人欺负的事情是真的。"明月不停地挥舞双手。

方一正见时机成熟，轻轻拂过衣袖道："很多事情，我们都已经知晓，本想再过段时日来问你，可是最近发生太多的事情，便提前来了，希望你不要再有所隐瞒，一五一十地告诉我们真相。"

秦吱吱也开始了温情攻势，说道："明月，你既聪明伶俐，又有重情重义，对琉月姐妹情深，对花坊里的姑娘照顾有加。现在，我只问你一句，湘公子是不是棋局山庄的大少爷——宁子浩？"

明月怔住了，声音颤抖道："你们怎么知道？"

方一正深沉地说道："根据我们目前所掌握的证据，基本可以认定湘公子就是宁子浩，只是缺乏有力的人证，而那个人证，就是你。"

"也罢。"明月优雅地擦了擦脸上的泪滴，讲道，"既然你们知晓一切，我便将自己知道的都告诉你们吧，也了却我一桩心事。其实，琉月在世时，我和湘公子并不熟悉。"明月淡淡地盯着手中的残玉，"湘公子是琉月的恩客，湘公子来到花坊，只找琉月一人，根本不看别人一眼，两人在海棠苑你侬我侬，很少出来。"

"他们没有在庭院饮酒对弈过吗？"秦吱吱不解地问道。

明月摇头道："湘公子和琉月都喜静，不喜欢喧闹，他们都在屋内。我只是通过和琉月来往的密信里，了解湘公子的一些脾气秉性。"

"既然你和湘公子没有丝毫交集，你们又是如何相识的？"方一正眼神幽深地问道。

明月的眸光变得娇媚，脸上似乎还挂着一丝明媚的微笑，像个娇羞的小女子，低声说道："也是天意。那是去年的上元节，琉月染了风寒，卧病在床，恰巧湘公子来了，琉月素来风雅，不忍让湘公子见到她久病不愈的模样，又怕怠慢了湘公子，便拜托我去侍奉湘公子。也就是那次之后，我再也无法忘记湘公子。"

"是不是莘月见到湘公子真容的那次？"秦吱吱不动声色地问道。

"对。"明月眼神明亮地说道，"湘公子不愿待在我的召棠苑，我便带着他在庭院里闲逛，一路走走停停，无意间到了僻静的溪园，因为昨夜下过雨，石子路特别湿滑，一不小心，我险些跌入冰冷的河水，多亏湘公子出手相助，及时拉住了我。可是，他戴的白纱斗笠落了河，露出了温润如玉的真容。当时莘月在对面的望月亭陪客人喝酒，正好看到这一幕，所以才会——"

"原来是英雄救美。"秦吱吱总感觉哪里怪怪的。

"后来呢？"方一正追问。

"后来？"明月微微抬起头，失落地说，"后来，琉月的病好了，我就再没有机会接近湘公子，只是在他来时，寒暄几句。"

"琉月知晓你对湘公子的情意吗？"秦吱吱谨慎地问道。

"不。"明月摇头道，"若是她没有遭遇不测，我不会让自己越陷越深，毕竟姐妹一场，怎能夺人之美？"

"你的意思是，你是在琉月死后，与湘公子有过接触？"方一正眼神幽深地问。

"嗯。"明月轻轻颔首，"琉月死后的第二日，我与湘公子见面了。"

"是他提出的送花宴？"秦吱吱惊讶地问道。

"对，他说要带琉月离开花坊，到一个美丽宁静的地方安葬。"明月悲伤地说，"他也道出了实情，他父亲就是月浓花坊背后的金主，他是棋局山庄的大少爷——宁子浩。"

秦吱吱震惊地瞪大双眼说道："宁庄主是背后金主，那琉月是被宁庄主——"

明月哽咽地回道："此事隐晦，湘公子并没有明说。但他提及此事，异常的激动和愤怒。"秦吱吱飞速分析着扑朔迷离的复杂关系。

"他还说了什么？"方一正低沉地问道。

"他说，父亲并不知晓他寄情于琉月的事情，所以不能直接找花姨娘要人，只能智取。"明月回忆起那日的情景，"他还说，会安排人赎回琉月的尸身，自己不会露面，希望我能帮助他。并且直言，他会让我做花坊的管事，这点小事，他还是能做主的，月浓花坊迟早要交到他手里。"明月顿了顿，"但我并不知道，他安排的人是柳师傅，更没有想到柳师傅竟然焚烧了自己和琉月。"

"你不怀疑湘公子吗？"秦吱吱巧言问道。

"我虽然怀疑，但是每次想到那温润如玉的面容，我便打消了念头。"明月低头道，"湘公子知晓你们在暗中查案，便假意嘱托我，与你们交好，骗取你们的信任，再将你们的动向一五一十地告知他。我虽然不愿意如此做，但实在是喜欢他，为了多见他一面，我只能违背了良心。不过，和方夫人相识之后，我被方夫人的胆识和真性情所感动。我真是很后悔，不知道该如何做。为了对得起良心，我只能应付湘公子。"

"明月。"秦吱吱拉住明月的手，说道，"你做得很对，并不是我感动了你，而是你善良的天性左右着你。湘公子明知道你对他的情谊，而一而再、再而三地利用你，根本就不是你的良人，你又何必固执？"

明月看向秦吱吱和方一正，落寞的眸光中夹杂些羡慕，惨笑道："世上最圆满的姻缘，便是郎情妾意，夫妻同心，就像方大人和方夫人这般夫唱妇随，亲密无间。我自幼沦为风尘女子，至死不渝的情谊注定此生与我无缘，与湘公子，我也心知肚明，无非心中想想，由着自己任性罢了。"

"不会的。"秦吱吱明媚的眼神迎上失落的明月，说道，"无论是皇亲国戚，还是平民百姓，世上的每个人都有追求幸福的权利，老天都会一视同仁，只在于我们每个人如何去想，如何去做。如果我们总是一味地伤感哀愁、怨天尤人，幸福就会与我们擦肩而过。而相反，若是我们心中怀着坚定的信念，鼓足勇气去努力，幸福就会离我们越来越近。当幸福真正来临，我们再回过头，想想初衷时，你就会发现，只不过是自己多愁善感，看不开而已。人生苦短，生活不易，又何必一念执着？"

明月微微颔首，盯着残玉苦叹道："多谢方夫人提点，方夫人心胸宽广，想法又别出心裁，真是令明月佩服。正如方夫人所言，事到如今，明月会慢慢放手，将他彻底遗忘。"

这时，方一正注意到那半块残玉，他沉稳地问道："这半块玉佩有何来历？"

明月拭去眼角的泪光，柔声说："对了，我忘记告诉你们，我藏了私心，这块玉是在溪园的岸边捡到的。"

"溪园岸边？"秦吱吱也紧盯着残玉：莫非与琉月和湘公子有关？

明月轻轻拂过残玉，说道："是呀，当日更夫发现琉月的尸身，花坊所有姑娘都聚到溪园，溪园乱作一团。我也在众人不注意时，捡到此块残玉。你们瞧，这原本是块完整的玉佩一分为二了，玉佩上还有刻字，我琢磨了许久，也没有看明白。我当时也没觉得这半块玉佩有何不妥，还一味猜测是哪位醉酒的客人或姑娘遗落在河边的。可是后来，我隐约地想起，每次湘公子来花坊，腰间的荷包里似乎也半隐着一块残玉。"

"你是猜测，这是湘公子和琉月的信物？"方一正紧盯着残玉上模糊的字迹，陷入沉思。

"对。"明月点头应道，"说起此事来，我真是惭愧万分。我真是情不自禁，只要一想到自己和湘公子同执一块玉佩，就莫名的欢喜。每当思念湘公子而无法入眠时，我都会拿着这半块残玉，以慰藉相思之心，我——"说着说着，明月眼前又是一片氤氲。

秦吱吱的语气重了些："你太受感情羁绊了。在我们这些外人看来，这块残玉的主人极有可能是湘公子。这半块残玉是在琉月尸身旁发现的，湘公子有重大的嫌疑。如果此事是真的，那这半块玉佩就是证明湘公子在琉月遇害前来过花坊的关键性证据。也就是说，湘公子就是谋害琉月的凶手，而琉月爱慕湘公子，即使苏醒，也不愿苟活，宁愿自溺身亡，一切都顺理成章。"

"不会的。"明月激动得连连摆手，坚定地说，"湘公子是不会谋害琉月的，这一定是琉月佩戴之物，是凶手落下的，一定不是湘公子的。"

方一正侧目相问："你为什么如此笃定这半块残玉是琉月所有，不是湘公子的？"

"因为——"明月支支吾吾地低下头，面带羞涩，"此事说来惭愧，让方大人和方夫人见笑了。我每夜都会将这半块残玉当成湘公子放在唇边，发现残玉隐约有淡淡的胭脂香气，那是琉月喜爱的茉莉清香。这就说明，只有经常贴身佩戴此物，才会沾染上胭脂香气，怎么可能是湘公子呢？"

秦吱吱缓缓点头，真没想到，她对湘公子迷恋到如此地步，真是可叹，可怜。

方一正轻轻拿起残玉，迎着明媚的阳光，仔细看去，玉佩的中间有半个圆环，圆环内刻着几个笔画，比复杂的花式篆刻要简洁得多……

方一正心中大惊，脸色微变。

"方大人可认识此字？"明月问道。

"我只是猜测，需要回去查查古籍。"方一正眼神幽深地回道。

"那好，这半块残玉就交给方大人保管吧，若是有机会，请转交给湘公子。"明月低沉而语，"我与他此生无缘，但愿来生，我能赶在琉月之前，遇到湘公子，了却此生的心愿。"

秦吱吱犹豫着是不是将宁子浩过世的消息告诉她，但此刻告知她，她能承受得住吗？

秦吱吱抬起头看向方一正。方一正示意：先缓一缓。

方一正将残玉收起，面色凛然地说道："多谢明月姑娘。"

秦吱吱想到一事，问道："你最后见到湘公子是什么时候？"

"嗯。"明月陷入沉思，"我最后一次见到湘公子，就是上次你们偷偷潜入海棠苑那天。"

"哦。"秦吱吱苦不堪言，明月果然有些手腕。

方一正更是黑着脸，一语道破道："当时，他并没有走，他就坐在这里，对不对？"

明月抿了抿嘴唇，歉意地缓缓点头道："看来什么事情都瞒不过方大人的慧眼，正如方大人所言，湘公子当时，就坐在屏风后饮茶。"

"那你告诉我们的毛毯和熏香一事，都是真的？"秦吱吱想到了关键的证物。

明月顿了顿，焦灼地回应道："方大人和方夫人请放心，那日我所言，都是真的。因为湘公子只是让我过来探探你们的底细，他非常关心琉月的案子。"

"哦？"方一正冷笑道，"我倒是糊涂了，他明明在县衙告诉我们杀害琉月的凶手是月浓花坊背后的金主，而那背后的金主是他的亲生父亲——宁庄主。他到底居心何在？"

明月沉重地挑起柳眉，柔声应道："湘公子的确有意命我将祸事都引到宁庄主身上，我也是百思不得其解。他们虽然是父子，但性情天壤之别。我听闻宁庄主久居棋局山庄，很少出庄，又在落安镇有温泉别院，为什么偏偏要到月浓花坊来呢？后来，湘公子提及的寥寥数语，我才明白湘公子的孤寂和凄苦。"

"凄苦？"秦吱吱不解地看向明月。

明月微微叹息道："是呀，湘公子曾经说过：他自幼与娘亲、弟弟、妹妹单独生活，根本不知道父亲——宁庄主身在何处、做过什么，直到自己十二岁时，消失五年的宁庄主才现了身，接回贫困潦倒的他们。那时，他的娘亲已经因病过世，他们父子之间的隔阂很深。我猜测，他一味地将祸水引向宁庄住，是想借助你们的手，查查宁庄主的底细。"

秦吱吱眸光闪亮地说道："怪不得，在棋局山庄，我总觉得宁子浩和宁香云兄妹二人对宁庄主怪怪的，还有这层缘由。"

"他们兄妹二人对宁庄主多了分敬畏，少了分该有的亲切，根本不像寻常父子的亲密无间。"方一正缓缓站立，"如此看来，棋局山庄的确是迷雾重重，宁庄主才是最为神秘的人。"

秦吱吱也随之站起道："今日明月的话语刚好验证了我对宁庄主的推测。如今宁庄主下了死命令，封锁整个山庄，我担心李秋实和砚竹的身份若是被他识破，会有危险。"

"我们即刻动身。"方一正立刻回应。

"封庄？莫非湘公子出事了？"明月激动地盯着秦吱吱，"你们有事情瞒着我？"

秦吱吱不知如何提起。明月紧盯着雕花的窗棂，喃喃自语道："我知道，湘公子一定出事了，否则你们是不会来花坊找我的。"

"你为何会这样想？"方一正意味深长地追问。

"前几日，我接到长风镖局送来的一封信。"明月从梳妆盒的暗格里取出一封信函来，她淡定地说道，"这是湘公子寄来的，还有月浓花坊的地契。信上说，他已经彻底接手棋局山庄的大小生意，但是他不愿意经营烟柳生意，便将月浓花坊转给了我。只不过，我每年要拿出花坊盈余的一半银两，捐助给附近的大小寺庙，当作佣金。"

"他如此慷慨？"秦吱吱疑惑地看向明月。

"你们不了解湘公子。"明月坦言，"湘公子性情温润，博学多才，视权钱为身外之物，没有丝毫富家公子哥的做派，虽然不善言谈，显得有些笨拙，但正是这一点吸引了我，因为只有这样的男子，才是值得托付终身的人。他在信中说：处理完几件重要的事情之后，就永远地离开喧嚣的尘世。至于去哪里，他并没有多说。我心中总是隐隐不安，近日更是失魂落魄，无时无刻不在琢磨着他内心的想法。"明月紧紧抓住秦吱吱的手，"方夫人，你看待事情总是有自己独特的想法，你告诉我，他口中所说的永远离开，是不是不好的征兆，棋局山庄内到底发生了什么事情？"

秦吱吱实在无法面对浑身伤楚的明月，低声抚慰道："所有的一切你早已经猜到，何必再自欺欺人？实不相瞒，我们得到来自棋局山庄的消息：宁子浩死了。"

"死了？"明月不停地摇头，"他怎么会死呢？"

"你要节哀顺变。"秦吱吱搀扶住摇摇晃晃的明月，"我们现在就前往棋局山庄。"

"我随你们一同去，我要见他最后一面。"明月面如死灰地说。

"这——"方一正盯着桌案上的信函，犹豫不决。

"也好。多个人多个帮手。"秦吱吱爽快地答应了。

"多谢方夫人。"明月已经泪流满面。

"我们在城外的碧云亭等你。"方一正低声说。

秦吱吱和方一正悄然无息地离开花坊，出了城门。

"真没想到，看你表面老实忠厚，心眼挺多的。"秦吱吱扶着碧云亭的栏杆，揶揄道，"三言两语让明月说了实话。"

方一正有节奏地敲打石桌，慢悠悠地说："彼此彼此，你对她不也早有疑惑吗？今日，只不过是借我的嘴说出来而已。"

"真没想到，宁庄主是月浓花坊背后的金主。"秦吱吱喃喃自语，"你说，宁庄主的真实身份是什么？不会是金盆洗手的江洋大盗吧。"

方一正缓缓从怀中取出半块残玉，迎着明亮的阳光，仔细地看着。

"这到底是什么字？"秦吱吱也凑向前去。

"如果这块玉佩真的是宁子浩以湘公子之名送给琉月的信物，那就说明，这块玉佩出自棋局山庄。"方一正将残玉放在秦吱吱的手中。

秦吱吱也认真地看了看说道："你的意思是说，这块玉佩非常重要？"

方一正迎着微微的山风站立，解释道："自古有君子爱玉，以玉示人的习惯。玉佩各有不同，代表着所佩戴之人的身份。天子所佩戴的玉佩以龙纹装饰，皇后所佩戴的玉佩以凤凰神鸟装饰。而富庶的乡绅家所佩戴的玉佩都与整个家族有关，或是姓氏，或是整个家族的图腾，总之，这块玉佩就是解开宁庄主身份的关键。"

"你是状元之才，难道也不认识这玉佩上的字？"秦吱吱晃动手中的玉佩，笑眯眯地问着方一正。

方一正盯着玉佩，低沉地回应，"我只是不敢确定，如若真是如此，那此事事关重大，恐怕——"

"是外族？"秦吱吱一语道破。

"你怎么知道？"方一正震惊地看向秦吱吱。

"这不是我朝文字。"秦吱吱说道，"之前我们总是找不到盗墓案和花坊血案的作案动机，如今看来，此事若是牵扯到外族，真是关系重大。"

方一正微微点头，说道："如果宁庄主出自外族，那整个棋局山庄便是外族的秘密据点，水流云在的秘密，更为重要，如今外族与我朝争战数年，连襄樊的李秋实都来了。"

"我们是不是要上报朝廷？"秦吱吱紧张地挑眉。

"不行，"方一正摇头道，"单单凭借半块残玉，不足以让人信服，待等到水落石出之时，再报不迟。"

"如今当务之急，是寻到另外半块残玉。"秦吱吱陷入沉思，"或许棋局山庄里的人认识此物？"

"陈叔？"方一正和秦吱吱显然想到了一处。他们正在接近尘封多年的真相。

第二十二章　身份

不过三日，棋局山庄凄凉冷清，处处散发着寒意。秦吱吱、方一正、明月三人神色凝重地走向玲珑阁。

玲珑阁围着一大群人，皆面带怒气，情绪愤慨激昂。

"这是——"见过大场面的明月下意识地往后退了退，秦吱吱与方一正凑了过去。

"宁庄主是什么意思？我们是来参加棋局大赛的，不是来给他们宁家披麻戴孝的。"一位体壮的书生愤愤而语。

"是呀，高兄说得对。"另一位身着青衫的书生，随声附和道，"披麻戴孝是晦气的事情，再说宁子浩与我们非亲非故，又都是同辈，纵然他是枉死，也不能让我们给他披麻戴孝。"

"对，我们不给他戴孝，若是真的顺应了宁庄主无理的要求，如何对得住家中的父母？"人群中传来怒声的痛斥声，"没想到宁庄主自诩仗义，心智如此糊涂狭隘。"

"对，我们的父母健在，不能给宁子浩披麻戴孝。"赞同的声音彼此起伏。

"不能给天下读书人丢脸。"

"对！"

……

"不行，不行。"熙熙攘攘的人群中挤出一位身材瘦小的书生，不停地擦着头上的热汗，焦虑地说道，"你们聚在这里做什么？难道忘记了李玄兄的下场吗？宁庄主连丧两子，已经迷了心智，什么事情都做得出来，为了大家的安全，快散了，散了吧。"

"威远兄，难为你的名字中还有一个威字，如此害怕宁家人，对宁庄主顺从妥协。"青衫公子竖起横眉冷笑，"今日当着大家的面，你说说看，到底收了宁庄主什么好处？"

"哎呀，冷公子。"王威远垂头丧气地回应道，"你们都知道的，我出身寒门，宁庄主根本不待见我，我怎么会对他妥协？我是为大家的安危考虑，你们想想，如今凶手就藏在我们中间，若是我们这么一闹，岂不给凶手可乘之机？宁子浩和李玄兄不是白死了？我们还是协助宁庄主早日找到凶手，一切都会迎刃而解，也是功德一件啊。俗话说：大丈夫能屈能伸，何必拘于小节？为了伸张正义，委屈一时又何妨？"

"说的倒是容易，玲珑阁都是熟读圣贤书的读书人，哪里有什么凶手，分明是鬼灵作怪，连神通广大的宁庄主都没有办法，我们能怎么办？"冷公子蔑视地扫过王威远，"宁家休想再欺瞒我们，如今大家都已经知晓，半年前，水流云在曾经出现宁家必亡的示警石碑，我们不是宁家人，怎能受宁家的拖累？"

"不，那一定是谣传，青天之下，怎么会有鬼灵？"王威远高声安慰众人，"当务之急是大家齐心合力，将凶手找出来，水落石出之时，大家自然就能出庄了。"

"不行，那要等到什么时候，我家中还有要事，这棋局大赛，不参加也罢。"人群中有人大喊。

"别，你怎么能不参加棋局大赛呢？要知道，近五年来，读书人都以解开水流云在的棋局而苦读棋经，怎么能轻易放弃呢？"王威远着急地劝阻，"我们再忍一忍吧。"

"王威远，你别在这里危言耸听，你拿了宁家多少好处，竟然当起了说客？"站在最前方的高公子缓缓地走向王威远痛斥道，"你劝大家留下，难道，你是想一辈子都住在棋局山庄？还是另有所图？"

"高公子，你别冤枉好人呀，我是为大家好。"王威远的脸色发白道。

"哈哈。"冷公子从袖中拿出一张信函，阴险地笑道，"冤没冤枉你，你自己心里最清楚，众所周知，宁庄主膝下有四个子女，如今宁香蓝、宁子浩和宁子虔都死了，独独剩下大小姐——宁香云。你口口声声为宁家争辩，我看你才最有嫌疑。"

高公子眼神轻浮地接着说道："你对大小姐——宁香云倾心许久，又觊觎宁家的财产，所以背地里杀了宁子浩和宁子虔，成全你的私心。"

"你，你血口喷人。"王威远气愤得直跺脚。

"血口喷人？"冷公子扬起手臂，语调高挑道，"零落成泥碾作尘，只有香如故。你给大家解释解释：这香如故到底是什么意思？"

冷公子将信函扔过去，咄咄逼人道："是谁偷偷尾随香云小姐，偷窥她美色？又是谁对宁庄主唯唯诺诺，言听计从？今日当着大家的面，你倒是说说看，居心何在？"

"居心何在？"众人开始随着冷公子一边倒，对王威远产生质疑。

"我，我——"被言中心事的王威远耷拉着头。

秦吱吱暗自思量：没想到来参加棋局大赛的书生，还藏着这样的小心思。

人群中的高公子又大声疾呼道："各位公子，不如今日，我们一同闯下山去，不参加棋局大赛怎么样？"

"好。"众人高声赞同。

顿时，呼呼啦啦的人群朝着山门涌了过去。

山门处的守卫，忙放下绞绳，城门敲响了古钟。

宁香云痛斥道："你们想去送死吗？"众人停住了脚步。

明月紧紧盯着宁香云，脸色苍白得没有一丝血色。

王威远急忙地迎向前去，解释道："香云小姐，快去劝劝他们，我实在是无能为力。"

宁香云面带忧色地应道："爹爹连丧两子，如今正在气头上，你们若是强行闯门而去，爹爹定然会痛下杀手，为大哥陪葬。各位何不忍耐一时，待爹爹的气消了，再从长计议。"

"说得容易，宁庄主何时才能消气？"人群中有人质疑道。

宁香云语调柔和地劝慰道："诸位放心，爹爹早晚会消气，诸位都会平安出庄。虽然这段时日委屈了诸位，但棋局山庄会给诸位满意的补偿。"

"什么补偿啊？"涉及利益，有人忍不住地问。

"一日一两黄金。"宁香云一字一句地许下重语。

李秋实和顾砚竹走了过来，李秋实挥舞着手帕说道："一天一两黄金，包吃包住，多好的差事啊，我巴不得永远住在这山清水秀的地方呢。今后呀，赶我，我都不走了。"

"这位小姐说得对，我不走了，等等再说。"一些人开始松口。

宁香云加重语气道："只要大家安心住下，静心参加后日的棋局大赛，如果解开水流云在的残局，奖励会更加丰厚。"

重赏之下，必有勇夫，重诺之下，皆事都成。众人为了钱财失去之前的血性。

不大一会儿，人群悉数散去。

秦吱吱缓步走到宁香云面前，微笑而语："香云小姐。"

宁香云见到秦吱吱和方一正，惊愕地说："方大人、方夫人，你们怎么来了？"

"我们找到了香蕤小姐的尸身，而且找到了盗墓贼。"秦吱吱直接说道。

宁香云面带感激，连连柔声："多谢方大人、方夫人。"

"香云小姐言重了，这是我的分内之事，不过香蕤小姐的尸身有些纠缠，所以我们特意前来，拜见宁庄主。"方一正语调温和地说道。

"我带你们去天元阁。"宁香云拂动罗裙在前面带路。

"等等。"秦吱吱引荐明月说道，"还有一位宾客。"

"小女明月。"明月微微欠身，低眉顺眼地说道，"我是来见子浩少爷的。"

"大哥？"宁香云也随即默默落泪。

方一正解释道："明月姑娘是月浓花坊的主人，与宁子浩相识，故随我们一同前来。到了山庄才得知，子浩少爷遇害，明月姑娘伤心不止。"

"是大哥的故人。"宁香云拉住明月冰冷的小手，说道，"明月姑娘与大哥有缘。今日刚好能见到大哥的最后一面，因为过了今晚，大哥就要封棺了。"明月惊得连连后退，不敢相信听到的一切。

秦吱吱关切地问道："明月，你没事吧？"

明月声音虚弱地说："多谢方夫人，我没事。"

宁香云转过身，面向贴身的家丁说："你快去禀告爹爹，说贵客到了。再去仙境阁安排一下，贵客要住在仙镜阁。"

"是，大小姐。"小家丁麻利地转身离去。

李秋实终于寻到机会，打起了招呼："你们可真会选时候呀，是来和我们抢金子的？"

"呃。"秦吱吱想到襄樊一事，他一直在演戏吗？

方一正也没有接话，转而对着宁香云说道："时辰不早，还请香云小姐带路，我们先去祭拜子浩少爷，再去拜见宁庄主。"

宁香云缓缓点头道："大哥的灵堂就设在爹爹的天元阁，每夜爹爹都会在大哥的灵前驻足凝望。一会儿见到爹爹，还请你们多多劝解爹爹。"

"放心吧，香云小姐，我们会尽力而为。"秦吱吱真挚地应过。

"多谢。"宁香云的眼神无意中扫过明月，"你们随我一同来吧。"

"请——"方一正高挥衣袖。

"请——"宁香云优雅回应，在前方领路。

"哎，等等我们，我们也去。"李秋实和顾砚竹也迎跟了上去。

众人绕过平坦的石子路，来到一大片紫色的花海。细心的秦吱吱发现，宁香云领的这条路与当日陈叔送她和方一正下山的路不一样。

那条路是废弃的老路，而这条路应该是内宅通往玲珑阁的新路。

两条路虽有交叉之处，但大半的路途是不同的。

最为关键的是新路只能听到来自水流云的溪水声，见不到刻在水流云的绝世棋局。

炎炎烈日，山林凉风徐徐，秦吱吱不经意间打了一个大喷嚏。

"看来路途劳顿，方夫人沾染了暑气。"宁香云指着前方的八角亭，"我们在那里歇一歇。"

"也好。"方一正微微点头。

八角亭坐落在高处，视线极佳，放眼望去，刚好可以见到之前路过的花海和满眼的翠绿。不过翠绿之间，隐约有一片灰突突的树林。

"那是什么？"秦吱吱指着远处。

宁香云微笑道："那里是胡杨林。"

"胡杨林？"秦吱吱惊讶地张大嘴巴说道，"胡杨是北方树种，多在干旱少雨的沙漠种植，这里怎么会有胡杨林？再说，胡杨是极为美丽的树种，这个季节多为金黄和艳红色，怎么会是灰突突的？香云小姐不会是说笑吧。"

宁香云缓缓站在朱漆柱子旁，说道："方夫人真是见多识广，认识胡杨的人并不多见，方夫人去过塞外？"

秦吱吱连连摆手道："我只是在闲书上看到的。"

"哦。"宁香云微微颔首，"我并没有说笑，那里确实是胡杨林，只不过，谁也说不清，是何人所为，我也不知道胡杨到底是什么颜色，但这里的胡杨只在春季时，花白一片，而其他三季都是灰突突的，大概是因为水土不服吧。平日里，我们都很少去胡杨林，只有子虔时常去捉些飞鸟玩耍。不过，他每次进去，都会迷路，总是走不出来，数月前，还差点被蛇咬伤呢。唉！真是物是人非事事休，如今他已经化作白骨，而胡杨林仍在，真是令人伤悲。"

"哦，原来是这样。"秦吱吱沉思不解地盯着远方的胡杨林。

突然，阵阵阴风传来。李秋实大叫了一声："小心！"

几支飞箭不知从何处射了过来，方一正一个箭步环抱住秦吱吱。

李秋实将顾砚竹挡在身后，赤手握住两支锋利的飞箭。

又是一轮飞箭，李秋实去挡，可惜飞箭太过密集，两支飞箭同时射中了明月和宁香云。两人倒在了朱漆的柱子旁。

秦吱吱担忧地喊道："明月——"

呼吸急促的明月，诡异地笑道："我，要随湘公子，去了……"

秦吱吱嘤嘤低泣到放声痛哭。

"别、哭。"明月突然间握紧秦吱吱的小手，断断续续地说，"琉月，琉月……"她费力地喘息着，直勾勾地盯着宁香云。

手臂受伤的宁香云哭哭啼啼道："你想说什么？"明月说着模模糊糊的话语，根本听不清楚。

宁香云不顾鲜血直流的手臂，悲伤地许诺道："你放心，我会将你和大哥埋葬在一处，这样，你们在阴间也能相伴，了却你的一桩心事。"

明月突然安静下来，不再胡言乱语，她的瞳孔缓缓放大，没了声息。

此时，飞箭停了，八角厅散发着浓重的血腥味道。

"香云小姐。"顾砚竹呼唤昏迷的宁香云。

"她只是惊吓过度，不碍事。"方一正为其包扎好伤口。

李秋实气愤地将手中的箭掰成两截，骂道："真是胆大妄为，我去追。"

"算了，穷寇莫追。"秦吱吱抹了把眼泪，一脸决然地说。

"刚才真是好险，你们来做什么？"李秋实抱怨道，"棋局山庄危险重重，若是遇到紧急情况，我自会带着砚竹逃离。而你们一来，我一个人救三个人，还是有点麻烦。"

"放心，我们会照顾好自己。"方一正说道。

顾砚竹担忧地说道："到底是谁想对我们痛下杀手？"

"宁庄主？"李秋实理了理凌乱的发髻，不假思索地脱口而出。

"他为什么会对亲生女儿下手？"方一正径直反驳。

"那是谁？"李秋实懊恼地追问，"能在棋局山庄神出鬼没，接连痛下杀手，不是件容易的事情。"

"那倒未必。"秦吱吱紧紧盯着远处的胡杨林，"棋局山庄地广人稀，尤其是这后山，若是想藏个人，倒也不难。"

秦吱吱低头看了看脸色苍白的宁香云，说道："如今看来，凶手的目的就是针对宁家人，先是天意示警的石碑，又是宁家人接连死去，此人一定与宁家有血海深仇。"

"陈叔？"方一正说出两个字。

秦吱吱低头不语，陈叔的确有重大的嫌疑，那日语重心长的话，不像是编造的。但是陈叔真的想来寻仇，也只是针对宁家人，根本与柳师傅和琉月无关，难道之前的推测都是错的？

顾砚竹不解地说道："陈叔忠厚老实，对宁庄主忠心耿耿，怎么能对宁家人痛下杀手呢？不对呀，我们与陈叔无冤无仇，他为何要杀我们？"

"他不是要杀我们，是要杀她。"李秋实指向昏迷中的宁香云，又惋惜地看了看死去的明月，"哎，绝世佳人替人枉死，好可惜。"

秦吱吱摇头道："好在宁香云同意明月与宁子浩同葬，他们生前虽然不能在一起，但能死后同穴，也算是了却明月的一桩心事。"

"不错。"方一正安静地说道，"明月对宁子浩一往情深，虽然死后同穴的方式太过残酷，但对她来说，未尝不是好事。"

四周静悄悄的，只听到沙沙的树叶声。

前一刻，欢声笑语的八角亭。

这一刻，一个如花似玉的娇柔生命，永远地定格在朱漆柱子旁，深藏着无怨无悔的誓言。

"方一正，你也受伤了？"秦吱吱大惊失色，这才发现方一正的手臂中了一支长箭。那箭原本是射向她的，被方一正生生挡了下来。

"我真的没事。"方一正挤出一丝勉强的微笑。

"别动。"秦吱吱不由分说地拉扯住方一正的衣袖，"让我看看伤口有多深。"

秦吱吱稳了稳心神，将飞箭高出的部分削短，避免了二次伤害。那箭头不偏不倚，刚好射在方一正的手臂处，还好射得不深，又偏了些，只是埋入肉里大半个箭头。

秦吱吱放下心来，说道："还好没有伤及筋骨，只是皮肉伤。"

李秋实指着满地的飞箭，说道："没事就好。你们仔细看一看，这是用什么做成的飞箭。"

秦吱吱看过断茬，笃定地说："是胡杨。"

"胡杨？"方一正的目光落在远处。

李秋实从地上重新捡起一截断箭，说道："我还是第一次听说用胡杨制成飞箭。"

"外族多狩猎，他们自幼就能拉弓射箭，人人都会就地取材，因为在他们眼中，任何树木都是武器。"秦吱吱淡淡而语。

李秋实的眸黑了下去，沉稳地说道："凶手来自外族？"

秦吱吱和方一正都没有说话。

顾砚竹焦灼地问道："我们要去哪里？如何安排明月的身后事？"

"天元阁。"秦吱吱坚定地回答。

果然，来了一群急匆匆的家丁。秦吱吱看向李秋实。

李秋实开始大声呼救，家丁们闻声而来。

家丁们哪里敢怠慢，抬着大小姐宁香云和过世的明月，离开八角亭。

待安顿好明月的尸身之后，方一正和秦吱吱来到阴气重重的天元阁。

天元阁满目素白，冰冷压抑的气氛令人喘不上气来。

一身黑衣的宁庄主坐在轮椅之上，孤寂地抚摸着宁子浩厚重的棺椁。

这里没有富甲天下、神秘莫测的庄主，只有一个痛失爱子的父亲。

他用自己独特的方式，缅怀着儿子仅有的余温。

"宁庄主。"秦吱吱抢在方一正前面，拱起双手。

"你们又有何事？"宁庄主深陷的眼窝没有一丝温暖和光亮。

"请宁庄主节哀顺变。"方一正缓缓讲起宁香蕤与万少爷配冥婚一事。可是宁庄主根本没有在意宁香蕤的归属，所有心思都在死去的宁子浩身上。

"不知宁庄主处理完棋局山庄的大小事务后，是否愿意前往万家庄向万老爷索要香蕈小姐的尸身？"方一正不动声色地问道。

宁庄主漠然地摇了摇头，说道："香蕈已经入土为安，万少爷又是大富大贵之家，两人都是苦命人，天意如此，就让他们在黄泉之下，做个伴吧。实不相瞒，我在数日前，接到了万老爷送来的亲笔信函，信中言辞诚恳，情真意切，句句道出了我们为人父母的心声。也罢，香蕈既然已经死了，我何不顺应天意？让他们结为夫妇。"

方一正拱起双手说道："既然宁庄主心意已定，我们也不再强求。"

宁庄主又望向宁子浩的棺椁，叹息道："世上的事情难以预料，就像我一样，迟暮之年，承受丧子之痛，到底是为什么，为什么？"

这时，一道黑影出现在三人面前，拿着刀指向宁庄主。

宁庄主岿然不动。

"你终于现身了，我已经等你很久了。"

黑影恶狠狠地说："没想到你也有今日！这都是你的报应，你曾经作恶多端，今日，我就要你们宁家人付出沉重的代价。"

"老夫等待这一日，已经等得太久了。"宁庄主从轮椅上站了起来，用手紧紧攥住对方锋利的刀剑，"来啊，你已经得偿心愿，接连杀死了我的三个孩儿，现在就来个痛快，一剑杀了我吧。"

黑影哈哈大笑道："想死，没那么容易，若是我提前动手，你早已经命丧黄泉。"

"那你到底想要什么？"宁庄主咄咄逼人。

"交出棋局山庄的镇山之宝。"黑影一语道破。

秦吱吱稳定了心神，焦虑地问道："是棋子瓶？"

"不错，正是棋子瓶。"黑影大声说道，"交出棋子瓶。"

"你到底是什么人？"方一正丝毫没有畏惧眼前的危险。

“哈哈。”黑影发出令人毛骨悚然的笑声，“方大人和方夫人真是执着，不辞辛苦二次上山，你们不是口口声声心怀正义吗？那就看着我是如何杀了这个道貌岸然的贼人。”

“陈叔。”秦吱吱一声高调，道破黑影的真实面目，“你刚刚在八角亭伏击了我们，又来这里，难道不怕我们是故意设下陷阱，引你出来吗？”

宁庄主疑惑地看向黑影，不敢相信地说：“你，你是陈叔？”

黑影撕下脸上的伪装，说道：“方夫人如此聪慧，猜出老奴的身份。”

“怎么会是你？”宁庄主震惊万分。

“怎么，怕了吗？”陈叔凶狠地看向宁庄主，“我蛰伏在棋局山庄多年，接连痛失两子，都是为了给我们家老爷报仇。”

“你家老爷？那你也是——”宁庄主径直发力，“砰”的一声，折断了指向自己的刀剑。

陈叔挥舞着断剑指向宁庄主，俨然一副视死如归的神色。

“你们两人到底有什么血海深仇，牵扯数条人命？”方一正义正词严地发问。

陈叔愤怒如火，厉声痛斥道：“血海深仇？我们之间，岂止是血海深仇！棋局山庄的真正主人原本是我家老爷，可惜我家老爷当初交友不慎，引狼入室，最后被鸠占鹊巢。就是你！”陈叔指向宁庄主，“你以怨报德，狠心杀了老爷全家。摇身一变，取而代之，如此狼子野心，必将受到报应，我就是要你们宁家人一个个地死去，让你们宁家在世上永远消失，让你到阴间为老爷做牛做马，偿还你欠下的血债。”

“哈哈哈哈……”宁庄主发出一阵狂笑，“没想到唐萧养了个忠心耿耿的奴仆。”

“呸。”陈叔吐了口水，“老爷的名讳，岂能是尔等小人叫的？”

“我不能叫？”宁庄主步步紧逼陈叔，“今日，不妨直言，你家老爷蛰伏于此，到底有什么秘密，我想，你也是心知肚明。我和唐萧都是各为其主，身不由己罢了。其实，我们谁也不是棋局山庄真正的主人，我们不过都是一颗颗受人摆布的棋子。"

"你是说——"陈叔脸色微变，"我们暴露了？这么多年，你一直在守株待兔？"

"不但你们暴露了，我们也暴露了。"宁庄主重重叹息，"否则，这十多年来，为何我没接到过任何发给唐萧的密函？"

"不可能，主公不会抛弃我们的。"陈叔显然受到了极大的刺激。

秦吱吱扬起从明月手中得到的半块残玉，看向宁庄主，说道："如果我没有猜错，你出身外族，是否认识这个？"

宁庄主和陈叔齐齐看向半块残玉，异口同声道："你可见过玉佩的主人？"

秦吱吱内心惊讶，玉佩的主人？不是琉月和宁子浩？

方一正接过秦吱吱手中的残玉，说道："我们自然见过玉佩的主人，目前，我们手中握有大量的证据，证明此事与外族有关，而宁庄主的身份就是整个案情的关键。还请宁庄主坦诚相告。"

宁庄主浑身散发出残暴的戾气，说道："既然你们已经识别出我的身份，又何必多此一举地问我？待我先解决了这个老家伙，再告诉你们真相也不迟。"

"不要！"秦吱吱冲向前制止，被宁庄主强大的掌风拦倒在地。

"吱吱。"方一正心疼地扶起秦吱吱。

"我没事，快阻止他，此案还有众多疑点，不能杀掉陈叔。"秦吱吱抚着素白的灵幡，焦急地大喊。

"什么疑点，方夫人过虑了，所有的一切都是我做的，宁香蓝、宁子浩、宁子虔都是我杀的，连柳师傅也是我杀的，谁让他撞见了我与稳婆的谈话，我自然不能留下他。"陈叔倒是痛快，三言两语地将一切罪责揽在自己身上，"方才在八角亭的飞箭也是我射的，苍天无眼，竟然让宁香云逃了。待我解决了这个大贼人，再去杀了她。"

"那琉月呢？"秦吱吱不依不饶地问。

"琉月也是我杀的，我原本想借琉月之手除去化名湘公子的宁子浩。"陈叔瞥了一眼棺椁，"谁知道，琉月不识抬举，要拉我去报官，我只能下手杀了她，又将她的尸身扔入溪园。"

"你杀了琉月？"宁庄主收起手掌，眼神幽深。

"对，是我杀了琉月，怎么？我杀了你的相好，你不高兴了？"陈叔故意激怒宁庄主，"你们父子同时喜欢上一个女子，真是龌龊，龌龊。"

"你——该死！"宁庄主重重一掌拍在陈叔的胸口，"你真是该死！"

"你才该死！"陈叔被掌风所伤，重重地摔在地上。

"今日，我就要为子浩报仇。"宁庄主再次发力。

"别杀他！"秦吱吱和方一正异口同声地大叫。

陈叔抹了抹嘴角的鲜血，得意地看着宁庄主不停抖动的右手，说道："哈哈，我的剑在铸造时淬了金银树的剧毒，我曾经用这把刀杀了宁子虔、宁子浩和那个命短的书生。今日，我就用这把剑再杀了你这个贼人，送你们父子三人在阴间团聚。"

"你——"宁庄主微微低头，右手的指尖开始发黑，鼓起了脓包，整个手腕似乎没有了知觉。

陈叔几乎疯狂，得意地大笑，跪倒在地："老爷，我终于为你报仇了。"

"你不要太得意！"晃动的宁庄主甩了甩脑袋，从腰间解下鎏金匕首，大吼一声，生生将右手斩下。

"啊！"秦吱吱和方一正大吃一惊。

宁庄主忍着剧痛，手腕一抖，将匕首直地射了出去。

"你，该死！"

陈叔应声倒地。"我终于可以回家了。"脸上挂起安详的微笑。

"吱吱，快过来帮忙，宁庄主怕是不行了。"方一正为倒下的宁庄主包扎着断腕。

"让我来吧。"秦吱吱接过方一正手里的布条，一层层地缠绕在断腕上。

"宁庄主流血过多，金银树的余毒已经浸入内脏，恐怕——"方一正皱眉说道。

秦吱吱看了看棺椁下的陈叔和宁庄主，感慨而语："多行不义必自毙，或许这就是他们的宿命。"

方一正意味深长地盯着惨烈的现场，若有所思。

仙境阁内一灯如豆，坐立不安的秦吱吱轻轻挑开香纱的一角，盯着窗外熙熙攘攘的人群和湛亮的火把。

"吱吱，李大哥不会出事吧？"顾砚竹担忧地问道。

"不会的。"秦吱吱坚定地回答，"方才小梦不是说过吗？宁庄主昏迷不醒，宁香云受伤卧床，棋局山庄乱作一团，连个主事的人都没有了，谁还会有心思去谋害李秋实？"

屋内静寂无声，三人各有所思，只能静静地等待，等待。

天空微微见白，身着褴褛的李秋实从房顶而下，一声不吭地扎到床上，闭上了双眼。秦吱吱竖起手指，抵在唇边，低声说："嘘——他没事，只是睡着了。"

这时，清脆的叩门声传来，丫鬟小梦踏门而入。

"方夫人。"小梦一副疲惫不堪的样子。

"怎么样了？"方一正问道。

"林郎中为大小姐施了针，大小姐已经好多了。"小梦说道，"大小姐一直在哭，哭得喉咙沙哑，眼睛都睁不开了。不过，这还不是最重要的，重要的是——"

"棋局大赛出了乱子？"秦吱吱径直接了过去。

"方夫人真是聪慧。"小梦点头道，"人死不能复生，既然事情已经发生了，大小姐只能欣然接受，迫在眉睫的棋局大赛才最令人头痛。"

"不是说，香云小姐已经决定取消棋局大赛，并且主动开放山门，送众人离开棋局山庄吗？"方一正疑惑地问道，"难道她后悔了，要学强硬的宁庄主？"

"不是的。"小梦连连摆手道，"这次，大小姐没有反悔，反倒是熟读圣贤书的书生们反悔了。天没有大黑之前，就已经告知了玲珑阁的众位书生。谁知道，他们只走了一半。"

秦吱吱恍然大悟道："你的意思是，那些没有走的半数书生们，想在棋局山庄继续对弈？"

"对呀。"小梦哭笑不得地说道，"当时大小姐为了稳住书生们的心，许下重金，但事情有变，如今老爷昏迷不醒。没有人在意老爷的死活，在他们眼里，只在乎金子。还有人觊觎大小姐的美貌，想成为棋局山庄的乘龙快婿，从而霸占宁家所有的财产。我虽然与大小姐有些误会，但我在棋局山庄长大，今日的局面是我最不愿意看到的。"

"那宁香云到底如何想？"方一正皱紧剑眉。

"大小姐沉默寡言，与平时判若两人。"小梦回答，"她说棋局大赛照常举行。"

秦吱吱和方一正都没有说话，两人不约而同地看向熟睡的李秋实。

第二十三章　大白

秦吱吱和方一正起得极早，与李秋实和顾砚竹一路同行，来到天下闻名的水流云在。

秦吱吱望向风化的峭壁。

"水流云在"四个大字风骨卓绝，一副偌大的棋盘刻在峭壁上，棋盘上的每个点位都有一个圆形的凹槽，从下向上望去，规规矩矩，整整齐齐，给人强烈的震撼。

峭壁的下面是川流不息的山涧溪水，一股股寒气升腾扩散，形成一片片缥缥缈缈的云雾。一切都成就了水流云在的绝美风景。

人世间，谁也摆脱不开棋子的命运。方一正轻轻拂过秦吱吱的肩膀。

李秋实与平时判若两人，脸颊坚毅了许多。

"这是古残局。"顾砚竹解释道，"如果没有棋谱，根本无法解局。"

阵阵喧闹声传来，参加棋局大赛的书生们到了。走在前面的，正是吵得最欢的几个人。他们身着苎麻孝衣，却面带喜意，看上去十分别扭。

秦吱吱心生厌恶，方一正也蔑视地扫了一眼。

脸色惨白的宁香云在丫鬟小梦和众多家丁的陪伴下也到了。幽静神秘的山谷，变得热闹非凡。

秦吱吱稳了稳心神，迎了过去，说道："香云小姐，明月的身后事，可安排妥当？"

"嗯。"宁香云点头道，"我已经安排人将明月安葬在大哥的墓地旁，也算是了却她的一桩心事吧。"

"多谢香云小姐。"秦吱吱连声称赞。宁香云的脸色愈加苍白。

这时，站在人群前面的高公子关切地凑了过来，说道："香云小姐，你看起来气色不佳，还是多穿件衣服，保重身子呀。"

"多谢高公子惦记。"宁香云拢了拢耳鬓的乱发，低声回应。

"不知大赛什么时候开局？"有人已经按捺不住急躁的性子。

宁香云避过秦吱吱和方一正，缓缓举起手臂，对身边的家丁使了眼色，伶俐的家丁搬过来两个暗纹朱红色的木箱。

宁香云指着木箱说："众所周知，棋局山庄丧事不断，我宁家更是晦气连连。今年的棋局大赛，我一个弱女子，根本无力支撑，大家既然愿意捧场，我宁香云不能食言。这里是千两黄金，就当做送给各位的补偿吧。希望各位领取金子后，即刻下山。棋局山庄发生的事情，还请各位少说几句，香云在此，感激不尽。"

领头的高公子笑眯眯地盯着沉甸甸的木箱，径直而语："一切好说。"

"那就多谢各位！请——"宁香云直起腰板，摆出承让的手势。

"那就恭敬不如从命了。"众人一拥而上，为了多拿几两金子，不惜大打出手，丑态百出。

唯独王威远静静地站立一旁，痴情地盯着宁香云。宁香云避过那炙热的眼神，不以为然。

方一正重说："王公子才是真正的君子。"

"不敢当，方大人"王威远谦恭地低下头。

"王公子为何没有下山？"秦吱吱柳眉微挑。

王威远解释道："我留恋棋局山庄秀美的景致，不愿意白来一回。"

"如此说来，王公子还是有心人。"秦吱吱盯着满地狼藉的脚印和空空如也的木箱，悠悠地讲道。王威远苦涩地点了点头，若有所思。

"既然如此，不如王公子与我对弈一局，不算白来一回？"方一正抬起头。

"这——"王威远偷偷瞄过宁香云。宁香云正在仰望石壁上的残局。

突然，王威远双眼僵直，微黑的脸上凸起无数的小脓包，他不停地嘶叫。

李秋实封住他的穴道，低声说："我昨夜偷偷给你的字条，你没有看吗？"

倒在地上的王威远发狂地大喊："我看到了，但我不相信，我不相信她会害我！"

"你这又是何苦？"秦吱吱皱起柳眉。王威远拼着全身的力气向宁香云爬去，倒在了半路，宁香云连头都没抬。

方一正和秦吱吱心情沉重，一场已经预见到的谋杀，还是发生了。为了一个情字，违背良心，赔上一条性命，值得吗？

秦吱吱怒声痛斥道："为什么要杀了他？他只是一名寻常的书生，你为何要如此对他？"

宁香云猛然地转过身来，美艳的眸中散发出狠毒的光芒，说道："是你们害了他，若是没有你们，大哥不会死，王威远不会死，李玄不会死，陈叔也不会死，根本就不会死那么多无辜的人，死的只有该死的恶人。"

"事到如今，你还不知道悔悟吗？"方一正义正言辞地质问，"到底谁才是该死的人？宁香蕰和柳师傅该死吗？宁香蕰腹中的婴儿该死？"

"该死，他们的确该死，背着所有人做出苟且之事，暗结珠胎，自然要死。"宁香云大声痛斥。

"你竟然如此不可救药。"秦吱吱冷笑，"你诅咒他们的同时，千万别忘记了，是你背地里给宁香蓝和柳师傅下了药，才成就了他们的好事，一切的事情，都是你做出来的，你才是始作俑者。"

"对，是我，是我又怎么样？"宁香云哈哈大笑，"我一身绝学，我才是宁家最佳的继承人。"

"宁香云，你真是丧心病狂。"方一正厌恶地斥责，"宁香蓝和柳师傅对你情深义重，你竟然谋害他们，连腹中的婴儿都不放过。"

"我丧心病狂？"宁香云双目狰狞地喊道，"我只是以其人之道，还其人之身罢了。"

"我既然猜到你是凶手，自然知晓全部的真相。"秦吱吱缓缓地打开包裹，从中取出两个晶莹剔透的花瓶和一本木刻的经书，"你杀了这么多人，无非是想得到这些。"

宁香云一个箭步冲了过去，说道："你在哪里得到的棋子瓶和绝版棋经的？"

"忽如一夜春风来，千树万树梨花开。"秦吱吱念起宁子虔藏在鸟笼中的密语，"是宁子虔留下的线索，宁子虔早已经知晓一切，但他希望你能放下私欲。你却变本加厉，一心想报仇，还利用老仆陈叔帮助你。"

宁香云微微颤抖地说道："陈叔进入棋局山庄，留在爹爹身边，便是为了报仇，我们的目的是一致的，谈不上谁帮助谁。"

"是吗？"方一正眼神幽深地痛斥，"陈叔虽然背负仇恨，但人非草木，孰能无情？十余年的相处，陈叔对宁家人有了深厚的感情，但你却为了一己私利，痛下杀手，接连杀害了陈叔的一双儿女，嫁祸宁家，勾起陈叔对宁家的仇恨，只为成全你的一己私利。"

"那又如何？"宁香云宛如蛇蝎般大笑，"如今所有人都死了，棋局山庄家大业大，我是唯一的继承人，你们能拿我怎么样？"

"我的确不能将你怎样。"秦吱吱风轻云淡地说，"棋局山庄富可敌国，我们能将宁家大小姐怎么样呢？"宁香云的眼睛一直盯着棋子瓶和绝世棋经。

秦吱吱轻轻拂过棋子瓶，不动声色地说："香云小姐不妨听我讲个小故事。"

"好啊。"宁香云刻意地朝两旁的家丁们看了过去，暗含威胁的语气。

秦吱吱执着地讲道："此事已经时隔多年，知晓此事的人，或许都死光了。当年，有一位神秘的唐姓商人携带家眷，隐居山林，过着恬静而质朴的生活。有一日，宅院上来了一个陌生的男子，与神秘的唐庄主结为兄弟。可是后来，这位陌生的男子见到唐家的两样宝贝之后，见财起意，在井水中下毒，残忍地杀害了唐家所有的人。还好，苍天有眼，唐家的一双孪生姐妹，姐姐叫唐心窈，妹妹叫唐心宁，寄养在他地，逃过此劫，发誓要报血海深仇。"

"后来呢？"乔装打扮的李秋实对这个故事颇为好奇。

"后来？"秦吱吱盯着水流云在的峭壁，轻轻叹息道，"后来的故事，更加曲折。唐心窈和唐心宁从千金小姐沦为乞丐，磨难重重。因为她们偷听到仇家的话语，便执意寻仇家的家眷报仇。但苦于没有银两，所以，姐姐唐心窈自愿卖身花坊，妹妹唐心宁去寻仇家家眷。"

秦吱吱慢慢地走向宁香云，说道："但是妹妹唐心宁寻到仇家的家眷，无从下手，因为仇家的家眷仅仅是一个身体孱弱的小女孩。所以唐心宁将消息告知卖身花坊里的唐心窈。恰巧唐心窈在花坊中住得烦躁，便主动提出，可否两人交替住在花坊，妹妹唐心宁欣然同意。"

"你到底想说什么？"宁香云脸色铁青地问道。

秦吱吱微微一笑，说道："香云小姐，不要着急，听我慢慢说完。从此以后，这对孪生的姐妹花轮流住在花坊。但仇家的女儿心思缜密，发现了姐妹两人的秘密，最后姐姐唐心窈痛下杀手，残忍地杀死了仇家的女儿，妹妹唐心宁也无可奈何。就在姐妹两人商议逃走时，仇家竟然回来了，误将唐心宁认作女儿，所以妹妹唐心宁顺水推舟，摇身一变，成为了仇家的大小姐。"

"什么？"李秋实目瞪口呆地指向宁香云，"她是——"

"信口雌黄！"宁香云怒声痛斥，"方夫人讲得头头是道，好像是亲眼所见一般，但凡事都要讲证据，若没证据，便是诽谤捏造，我宁香云也不是好惹的。"

"香云小姐不要着急，我的故事还没有讲完，若是你心急，我也可以先说一说证据。"秦吱吱重敲一锤，"众所周知，宁家的兄妹几人，都是多指，宁子浩多的是小手指，所以他总是习惯穿衣袖宽大的服饰。宁子虔多的是小脚趾，我们曾经为其验尸，皆亲眼所见。至于宁香蔬，我怀疑她也是多小脚趾。那请问香云小姐，你多的是——"

宁香云慌乱地攥紧双拳，说不出话来。

小梦眼含热泪地大喊："小姐的确是多个小脚趾，所以小姐的绣花鞋要缝制得宽一些。"

"这能说明什么？真是无稽之谈。"宁香云不屑地说道。

"多指是父母遗传给子女的，所以我确定，宁庄主死去的夫人是多指的。"秦吱吱指向人群，问道，"你们可有见过宁夫人的？"

一位年纪略长的老妪缓缓向前，说道："我虽然没有侍奉过宁夫人，却见过宁庄主为宁夫人重新安葬的全部过程，还为宁夫人穿过寿衣。方夫人真是神机妙算，宁夫人的双手、双脚皆为六指，我可以证明此事。"

"这就对了。"秦吱吱偷偷瞄过小梦，小梦办事利落，真的找来了关键的证人。她继续高声说道，"从此，唐心宁便成了仇家的大小姐，也就是你——宁香云。"

宁香云紧紧地攥住手中的帕子，默不作声。

"一晃十余载，或许，在最初的几年，你还犹豫不决。但在之后的几年，你却忘记了自己是唐心宁，成了真正的宁香云。但一切都有变化，就在你平静地忘记仇恨后，再次与姐姐唐心窈相认。"秦吱吱盯着宁香云，说道，"你假借身子孱弱为名，住到落安镇的温泉山庄，玩起了儿时的游戏，与姐姐唐心窈交替住在花坊。"

顾砚竹恍然大悟道："原来姐姐唐心窈是琉月，唐心宁是香云小姐。"

"不错。"方一正解释道，"本案中最大的疑点，便是湘公子，我和吱吱总是想不清楚，如果湘公子真的是宁子浩，怎能没有留下一丝线索，直到明月死去，我们才真正想清楚事情的真相。"

"到底是怎么回事？"李秋实着急地问道。

方一正微笑道："这就是姐妹两人的厉害之处，两个大活人，又是花魁，交替住在花坊，远没有儿时那般简单。所以，姐妹两人商量一出偷天换日的绝妙计划。当姐姐唐心窈在花坊时，妹妹唐心宁便以湘公子之名来到花坊，与其相见。而离去时，姐妹两人调换了身份，演绎一出双面的好戏。真正的湘公子就是姐妹二人。"

"不错，这也是花坊里姑娘们的疑惑之处。"秦吱吱接着讲道，"姐姐唐心窈，也就是琉月，自幼在花坊长大，充满怨恨，所以性情急躁、残忍；而妹妹唐心宁，也就是香云小姐，自幼养在闺房中，性情温顺、柔和。"

"哦，我明白了，怪不得花坊的人都说，琉月的性情反复无常，阴晴不定，这分明就是两个人呀。"李秋实不停地咂舌，"果然是好筹划。"

"不仅如此。"秦吱吱微笑道，"她们为了让故事更加真实，故意安排宁子浩冒充湘公子，与明月相见，又让莘月看到宁子浩的真容，真可谓是用心良苦。”

“不对呀。”顾砚竹不解地说，“若是那样，宁子浩知晓琉月和香云小姐的身份？”

方一正说道：“此事最为蹊跷，或者是姐妹二人联合起来欺骗了宁子浩，又或者是宁子浩发现了端倪，却倾心于姐妹二人，心甘情愿地帮助她们。”

顾砚竹微微点头道：“琉月死后，宁子浩三番五次地装扮成湘公子，误导我们，想来，都是为洗脱香云小姐的嫌疑，看来宁子浩是情深义重的男子。”

“哈哈。”宁香云突然狂笑不止，凄厉的笑声响彻水流云在，“你们有何证据证明湘公子就我？”

“自然有证据。其一，花坊的人都知晓，琉月不能饮酒，但有人看到琉月在庭院饮酒，所以她们看到的不是真正的琉月，而是香云小姐；其二，琉月的首饰分为两大类，一类张扬跋扈，一类温婉贤淑，分明是两种性格迥异的人所佩戴之物；其三，就是宁香蕤、柳师傅和明月的死。”秦吱吱步步紧逼道，“他们都是最熟知琉月和香云小姐的人，但他们也都是爱护琉月和香云小姐的人。所以直到死，都没有说出全部真相，尤其是明月。”

“你到现在还不悔悟吗？”秦吱吱紧紧盯着宁香云的眼睛，说道，“所有人的死，都是为了维护你的秘密。明月见到你第一眼，就认出了你。她没有戳穿你，你却铤而走险，不惜演绎一出苦肉计，故意将我们引到八角亭，让王威远和陈叔射箭伏击我们，还好王威远和陈叔良心未泯，只射死了明月，留了我们一命。你却怀恨在心，埋怨至极，甚至出言不逊，激怒陈叔。”

秦吱吱又望了一眼小梦，说道：“还好苍天有眼，你所说的话，都被小梦听得一字不漏。只可惜，小梦告知我们的时候，已经太晚了。那日，陈叔抱着必死的心，现身天元阁，暴露了自己的身份，与宁庄主摊牌，将所有罪责都揽在自己身上，只为保全你，最后惨死在宁庄主的刀下。你摸摸你的良心，你如何对得起他们？"

宁香云不为所动地大笑道："谁让他们那么笨。狠毒？比起宁家人，我心软得很。要说良心？我也对得住他们。因为他们都欠我的，欠我的。"

"欠你的？"方一正道，"你的路是自己走的，不要怨天尤人。这世上根本没有亏欠之说，依我看，恰好相反，应该是你亏欠了他们的真心真意。"

"我怎么会亏欠他们？宁香蕊、宁子虔和宁子浩，他们都是宁家人，他们本来就该死。"宁香云终于承认了自己的身份，"他们宁家害了我们唐家上百口人的性命，即使他们死上一百遍也不足以平息我心头的恨意。柳师傅只是个意外，只能怪他倒霉。陈叔原本就是我唐家的人，自然是忠心护主。而王威远和明月只怪他们太聪慧，聪慧人总是要付出代价的。"

"哦？"秦吱吱挑动眉梢，"如此说来，你承认，所有的一切都是你做的了？"

宁香云看了看隐在树丛中的暗人，说道："承认又如何？不承认又如何？陈叔已经认罪，方夫人和大人又何必执着？要知道，如今掌控棋局山庄的人，是我，我只是拿回了原本属于我的东西，我有什么错？"

"是吗，你没有错？"秦吱吱从怀中掏出一个小布包，"你看这是什么？"

宁香云脸色微变道："这是——"

"这是琉月的牙齿。"秦吱吱一语惊人，"我到底是应该叫你唐心窈，还是应该叫你琉月？"

众人大惊。李秋实张大嘴巴迟疑道："琉月不是死了吗？"

宁香云故作沉静地说："方夫人说什么，我不明白。"

"别再掩饰了。"方一正紧紧地盯着宁香云，说道，"你骗过了所有人，唯独骗不过自己的亲妹妹——唐心宁。其实，死去的是自幼在棋局山庄长大，冒充真正大小姐的唐心宁。而你，是在月浓花坊长大的唐心窈，也就是琉月。"

"你有什么证据？"宁香云怒吼。

"证据就在这里。"秦吱吱指着泛着寒光的牙齿，"我们在海棠苑的衣柜下发现了一颗牙齿，这颗牙齿刚好和这牙床严丝合缝。说明死者不但长过智齿，而且还偷偷地拔掉了。莘月可以证实，琉月长了智齿，因为怕疼，死活不肯拔牙，所以这颗智齿应该还在。"

秦吱吱抬起头，说道："香云小姐，你可否张开嘴，让大家一看？"

"光凭借一颗牙齿，便认定我是琉月？"宁香云不以为然，显然不服气。

"自然还有——"秦吱吱拿出酒葫芦，说道，"花坊的人都知道，琉月不能饮酒，饮过酒后，会浑身起疹子。小梦已经证实，宁家的大小姐，也就是唐心宁，喝酒却是海量。你是不是琉月，不妨喝上一口月浓花坊上好的花露醉，来证明自己的身份？"

"放肆，我如今重孝在身，如何能喝酒寻乐？"宁香云痛斥，"方夫人真是无聊。"

"是呀，我真是无聊，而且无聊透顶，我去问过花坊的老嬷嬷，她说琉月刚到花坊时，带着一颗翠玉。"秦吱吱慢条斯理地瞄了宁香云一眼，"其实，那翠玉不过是一枚棋子罢了，可是我找过琉月所有的首饰盒，都没有发现这颗翠玉，直到那日，看到明月惊恐的眼神，我终于恍然大悟。"宁香云慌乱地摸了摸鬓间镶嵌着玉石的银钗。

秦吱吱目光明亮，举起手臂，说道："明月认出你是琉月，除了容貌相似外，它才是关键。因为这支银钗是当年明月帮你找工匠做的，镶嵌在中央的那颗玉石就是棋子瓶底座上的最后一枚棋子。也就是当年，你宁愿卖身花坊也不愿意舍弃的小棋子。如果我们没有猜错，宁庄主摆在书房中的棋子瓶都是空心的，当年，你们姐妹各有一枚小旗子，这原本是棋子瓶底部的一枚子，你的这枚为黑子，唐心宁拥有的为白子，你做梦也没有想到，那枚白子，被唐心宁放入了宁香蕬的墓中，后来被宁子虔花了高价从杨神通的手中买回，也就是这枚。"

秦吱吱拿起细腻如羹的棋子瓶，白色的棋子瓶底部完好无缺，而黑色的棋子瓶却少了一枚小圆子。

"宁子虔？"宁香云红艳的指甲抠到了肉里，说道，"原来他一直在装疯卖傻，竟然先下手为强，找全了所有的宝物，早知道如此，我不会留他活那么久。"

"琉月。"方一正取出一封信函，说道，"三年前，宁子虔早已经洞悉一切，他故意装疯卖傻，就是因为他对你和陈叔感情深厚，不忍心伤害你们，只能一边装疯卖傻地找寻真相，一边寻找机会感动你们。那天夜里，宁子虔在仙境阁所说的黄雀、山雀和黄鹂，其实就是想告诉我们事情的真相。而我们弩钝，竟然错过了先机，而第二日，你和陈叔密谋，狠心杀死了宁子虔。殊不知，宁子虔已经病入膏肓，早已安排好了身后事，留下了关键的线索。"

"什么线索？"宁香云忐忑地问道。

"忽如一夜春风来，千树万树梨花开。"秦吱吱微微晃动，"说起来，还真的要感谢你，你故意将我们引到八角亭，意图谋害我们，还将我们的视线都引向胡杨林，好让隐藏在树丛中的陈叔和王威远寻找机会放箭。

但你无意中的话语，引起了我们的注意，胡杨的种子在春天里漫天飞舞，不正是千树万树梨花开吗？你说过宁子虔喜欢去胡杨林里捉鸟，还被蛇咬伤过，我们果然在胡杨林的蛇洞里，发现了宁子虔留下的信函和宁香蕬墓中所有的随葬品，包括棋子瓶和棋经这两件宝物。"

宁香云凶狠地说道："原来他藏在了那里。"

秦吱吱怒气道："宁子虔和宁子浩与宁庄主感情疏远，却视你们为亲人，他们早已经知晓你们姐妹两人的身份，却没有告知宁庄主。后来宁子浩爱上了琉月，也就是你，一心想感化你。宁子虔与唐心宁姐弟情深，不愿意失去姐姐。但是你，琉月，就是你的出现，破坏了所有的平衡。"

"到底是怎么回事？"李秋实不解地问。

秦吱吱略带悲伤地解释道："当年，姐姐唐心窈，也就是琉月，留在了月浓花坊。而妹妹唐心宁，冒充真正的香云小姐住进了棋局山庄，历经多年，琉月成了花坊的花魁，而唐心宁也习惯于香云小姐的身份。唐心宁原本性情便婉约，与宁子浩、宁子虔和宁香蕬感情真挚。她陷入了极大的矛盾和痛苦。直到三年前的中元节，她在水流云在与潜伏在宁庄主身边的陈叔相认，在陈叔的推动下，开始实施复仇计划。"

秦吱吱缓缓地盯着水流云在的峭壁，说道："最开始时，他们并无害人之心，但找寻到姐姐唐心窈，也就是琉月之后，所有的一切都变了，琉月与唐心宁交替身份住在棋局山庄和月浓花坊。充满怨气的琉月非常不甘心，为什么自己沦落在烟柳之地，受尽屈辱；而唐心宁享尽荣华，依然是千金之躯，即使唐心宁一再谦让，但琉月始终充满怨恨，心里极度的不平衡。"

"对，我就是不甘心，不甘心！"宁香云突然脸色大变，"当初，若不是我杀死了真正的宁香云，她怎么会有机会成为棋局山庄的大小姐呢？这是她欠我的！"

"是吗？"秦吱吱微微叹了口气，"即使你对唐心宁有怨气，但也不能滥杀无辜啊？更何况宁香蓝天真烂漫，你又何必迁怒于她？"

"宁香蓝最该死。"宁香云咬紧牙根，"我才是心宁的亲姐姐，她却霸占了心宁所有的疼爱，凭什么，凭什么？"

"她们朝夕相处十余载，自然亲密。"方一正语重心长地将话接了过去，"你心怀怨恨，故意扮成湘公子，露出破绽，重语伤害宁香蓝。宁香蓝与唐心宁的感情犹如母女，哪里能接受如此残酷的真相，又加上有孕在身，感情波动极大。最为可恨的是，你竟然吩咐陈叔买通了照料宁香蓝衣食起居的稳婆，点燃了催生的香料，导致宁香蓝早产。你千算万算，却没有想到宁香蓝毅力顽强，保住了胎儿，在就生下婴孩的瞬间，你又临时起了歹意，在宁香蓝的补药参汤里下了毒，生生害死了两条性命。这是稳婆的证词，由不得你狡辩。"方一正扔出一张证词。

"原来是你害死了小姐，你好狠毒啊。"小梦大哭道，"小姐临死前，还好心地想保护你，告诉我不要将见过湘公子的事情告诉任何人。谁知道你才是凶手。"

"那只能怪她命薄，偏偏喜欢上柳师傅。"宁香云眼中闪过狠辣，"柳师傅之前是钟情于我的，还说过非我不娶的话。但我成全他和宁香蓝的好事之后，他竟然转了性子，对宁香蓝关爱有加。他们两人，一个对我移情别恋，一个夺取了心宁的心，整日在我面前恩恩爱爱，我怎能咽下这口气？我从小就告诉过自己，我不喜欢的，即使不要，也不能给了别人，我得不到的东西，便要毁了它。"

"你真是太自私了。"秦吱吱义愤填膺地痛斥，"你可知道，柳师傅对你的心意从未改变，不然，他怎么会在送花宴上一声不吭地被活活烧死？现在我才知道，当日你欺骗了柳师傅，让他穿上沾满磷粉的衣袍，还假意帮助柳师傅破解水流云在的棋局，让其得到万两银票，都是为了掩饰你自己的罪责。"

方一正接着说道："琉月，你真的很聪慧。你利用明月，提议以花为容为死去的唐心宁梳妆打扮，那些花瓣应该是粘在唐心宁脸上的。柳师傅真的以为死去的是你，万分痛心地想送你最后一程。如今想来，他当时并不是因为孟浪，才去抚摸唐心宁的小脸，他是想拿走那些花瓣儿，最后仔细地看一眼你，可是你呢？你却恩将仇报，为掩人耳目，洗清自己的身份，生生烧死了柳师傅，你居心何在？"

"那只能怪他笨。"宁香云怨毒地说。

"对，他是笨，而且笨到极点，根本不了解自己喜欢的女子。"秦吱吱说道，"但人算不如天算，即使你自认为整件事情天衣无缝，你真是大错特错了。你万万没有想到宁香蓝的墓地会被人盗开，也万万没有想到唐心宁会将棋子瓶和茶经藏在宁香蓝的坟墓里。还好宁子虔下手快，从杨神通手中买回了所有细软。让案情有了突破性的进展。"

"我就知道她要败事，因为，她已经忘记了唐家的血海深仇，忘记了自己姓唐，不姓宁。"宁香云愤愤不平地痛斥，"她还被感情蒙蔽了双眼，喜欢上了宁子浩。"

"但宁子浩喜欢的人是你。"秦吱吱笃定地说，"他一直默默无闻地暗中照料你，甚至独自一人找寻宁家和唐家隐藏的秘密，你却一而再，再而三地利用他。宁子浩先是装扮成湘公子的模样引开我们的注意力，又在棋局山庄为你掩饰罪责，不承想，你连他也杀死了，你还有什么资格不承认自己就是琉月？"

"哼。"宁香云的脸上再无娇媚，而是写满了狠辣和不甘，"既然你们步步紧逼，我承认又何妨？宁毅奸贼活不过今晚，我唐家的仇，也已经报了。"她盯着棋子瓶和棋经，说道，"如今只差解开水流云在的秘密。没错，我就是琉月。"

“你不怕？”方一正沉稳地问道。

“怕？”宁香云又是一阵凄厉大笑，“从小习惯了心惊胆战、步步惊心的生活，还怕什么？当初爹爹总是站在这里，盯着水流云在的棋局沉默无语，我知道，水流云在藏着秘密，是关于娘亲的。”宁香云抿了抿红唇，“我们姐妹自打出生就没见过娘亲，爹爹更是绝口不提。每年的中元节，也就是我们的生辰，爹爹总是让我们跪在这里，朝着水流云在磕头，我们姐妹猜测，一定与娘亲有关。”

“那就满足你此生最后一个愿望。”方一正朝着秦吱吱使了个眼色。

秦吱吱心知肚明，将棋子瓶递给李秋实，说道：“看你的了。”

李秋实和秦吱吱配合，依照顺序将所有的小棋子放入棋盘的小洞内。

瞬间，水流云在的小瀑布停住了，一扇石门徐徐打开。

“宝藏？”宁香云第一个冲了过去。

“不要碰！”秦吱吱大喊。

偌大的山洞只有打仗用的辎重粮草。

“不会的。”宁香云的愿望落了空。方一正步步紧逼道，“你还是不肯说实话吗？”

宁香云哽咽地回道：“她是我杀的。我们因为报仇的事情起了争执，我失手将她推倒在地，她流了好多血，是我，是我杀了她。”

“不。”秦吱吱摇头，“她虽然受伤了，但不足以致命，她是在水中溺死的。”

“溺水？”宁香云震惊地抬起头，“她醒了？”

“对。”秦吱吱点头，“她虽然醒了，但为了保护你，为了化解你心中的仇恨，自愿浸在只有齐腰深的水中，安静地死去。”

“但她没有想到，你会一错再错，白白搭上了自己的性命。”方一正蹙眉，“你们是亲姐妹，你怎么下得去手？”

"她是为我死的？"宁香云捂住口鼻，怔怔出神地问道。

秦吱吱郑重其事地点点头，彻底摧毁了宁香云最后的信念，她转而狂笑不止，双眼变得空洞，嘴里还振振有词道："心宁，我刚学了一个翻绳的花样，我们一同玩吧。"

"不，子浩大哥，我不怕冷。"

……

点点滴滴的记忆涌上心头，摧残着宁香云的心智。她唱着山歌，盯着水流云在的峭壁走了过去……

"小心！"秦吱吱大喊。宁香云纵身跃下万丈深渊，只留下一朵被风吹下的绢花，孤零零地落在石崖上。

可怜和可恨之间，只是转身的距离，此案终于天下大白，但每个人的脸上都没有喜悦之色。

这是一场没有赢家的比赛，只有对人性和仇恨最深处的拷问。

若这精彩的世界是一盘高深莫测的棋局，那世上的人，谁又能逃脱棋子的命运呢？

秦吱吱、方一正、李秋实和顾砚竹怀着沉重的心情离开棋局山庄。李秋实恢复了男装，秦吱吱盯着他，问道："事到如今，你还要瞒着我们吗？"李秋实一顿。

方一正继续说道："此事与外族牵连甚大，明月没有说谎，琉月的确被人欺辱。只是那人不是宁庄主，而是宁庄主背后之人。如果宁庄主见过琉月本人，后面的事情都不会发生了。"方一正说出内心的推测，"能建造棋局山庄如此宏伟的建筑，隐藏在山洞如此多的辎重粮草，绝非一般人，背后的高人始终没有现身。你就是为那人来静江府的。若我猜得没错，你是李将军麾下之人，是来探我朝的细作。"李秋实哑口无言。

秦吱吱拿起那半枚玉佩，说道："胡杨林发现的半块玉佩与明月手中的半块玉佩是一整块，这块玉佩上的字是外族国师所创。你来自襄樊，一定熟悉吧？"

李秋实抿着唇，看着那字迹，攥紧了拳头。

"棋局山庄就是外族和我朝勾连的证据。"李秋实坦白说出，"襄樊僵持三载，军情泄露，一切都表明有细作。李将军派我前来，调查此事。我一人到了这里，遭受暗算。深知一人不行，必须有帮手。你们是好帮手，以一案之力捣毁了棋局山庄。我任务已完成，就要回襄樊了。"李秋实真诚地抱拳道，"后会有期。"

秦吱吱、方一正、顾砚竹还没有回神，李秋实便消失在眼前。

这时，山顶冒起浓烈的黑烟。

"水流云在，失火了！"

全书完